부흥백제군 발길 따라

백제의 山城 山寺 찾아

부흥백제군 발길 따라
백제의 山城 山寺 찾아

펴낸날 2020년 5월 29일

지은이 이방주
펴낸이 주계수 | **편집책임** 이슬기 | **꾸민이** 전은정

펴낸곳 밥북 | **출판등록** 제 2014-000085 호
주소 서울시 마포구 양화로 59 화승리버스텔 303호
전화 02-6925-0370 | **팩스** 02-6925-0380
홈페이지 www.bobbook.co.kr | **이메일** bobbook@hanmail.net

© 이방주, 2020.
ISBN 979-11-5858-666-9 (03810)

※ 이 도서의 국립중앙도서관 출판시도서목록(CIP)은 e-CIP 홈페이지(http://www.nl.go.kr/
cip)에서 이용하실 수 있습니다. (CIP 2020020327)

백제의 발자취를 찾다

부흥백제군 발길 따라
백제의 山城 山寺 찾아

이방주

밥북
B·OO·K

부흥백제군 발길 따라
백제의 山城 山寺 찾아

세종시 전동면에 운주산성이 있다. 운주산성을 그냥 산책 삼아 다녔다. 아름드리 소나무가 우거진 고즈넉한 산성길이 상쾌하고 좋았다. 독립기념관 푸른 지붕으로부터 공주 공산성까지 먹줄을 '탁' 튕겨 놓은 한가운데 정상 자리에 '백제의 얼 탑'이 있다. 백제의 얼이 왜 이곳에 모여서 탑으로 불끈 솟아 있을까. 그냥 지나는 궁금증이었다. 돌아내려 오는 길은 온통 활엽수가 하늘을 가려주는 오솔길이다. 성곽 십리길은 그냥 만족스러운 산책길일 뿐이었다.

성 아래 고산사라는 절이 있다. 오래된 절이 아니라 큰 관심은 없었다. 어느 추운 겨울날 지나는 길에 들렀다가 '백제국의자대왕위혼비' '백제루' '백제극락보전' '도침당' 이런 비와 전각을 보고 바로 스님을 찾았다. 이날 백제부흥운동, 부흥백제국, 주류성, 이런 단어들에 빠져버렸다. 그렇게 나의 부흥백제군 발길을 따라가는 산성 산사 답사의 첫걸음이 시작되었다. 이날 고산사 정대스님은 나를 꽁꽁 묶어놓은 어둠의 껍데기를 깨주는 망치와 정이 되었다.

비암사에 갔다가 어느 문화해설사에게 '비암사 연기설화'를 들었다. 설화는 전설이고 전설은 역사의 실마리가 된다. 그리스의 신화인지 전설인지로 여겼던 서사시 《일리아드》《오디세이아》에 나오는 트로이의 목마는 독일의 하인리히 슐리만이라는 엉뚱한 고고학자에 의해 트로이 유적이 발견되어 역사가 되었다. 비암사의 뱀굴 전설도 언젠가는 부흥백제의 마지막 동굴로 밝혀질 것이라는 아련한 믿음을 갖게 되었다. 나는 첫 번째 증거물로 연기지역 일대에서 발견되는 신비로운 불비상이라고 믿고 있다. 불비상은 국보가 된 미술품이 아니라 백제 유민의 한을 품어 안은 부처님이라는 연화사 운주스님의 말씀에 공감한다.

2007년부터 2017년까지 10여 년 동안 충청 전라지역을 중심으로 산성 167개를 답사했다. 또한 산성 아래에 있는 산사 45곳을 참배했다. 답사 끝에 나만의 결론을 어렴풋이 얻어내게 되었다. 우리나라 산성은 모성母城이 있으면 그보다 작은 자성子城이 있고, 그 사이에 보루堡壘가 있어서 중국의 만리장성과 같은 거대한 산성의 효과를 지닌다. 세종시 운주산성에서 공주, 부여, 청양, 예산, 부안의 우금산성으로 연결되는 산성의 띠나, 옥천의 관산성에서 대전, 회인, 청주의 낭비성까지 이어지는 산성의 줄기, 세종시 부강면의 금강 주변을 둘러싼 크고 작은 산성은 모두 이어진 하나의 성으로 보였다. 이를 보면 만리장성이 오히려 미련해 보인다. 산성은 공격과 방어의 의미를 지니고 있지만 청주 와우산토성, 당산토성, 청주읍성, 상당산성처럼 나성羅城을 이루어 보민保民 산성 역할을 하는 성도 있어서 백성을 사랑하는 정치인들의 배려도 엿볼 수 있었다. 보민 산성의 내부에는 사찰이 있어서 피난한 백성들의 정신적 안식처가 되었다. 이것은 유럽의 성안에 있는 성당이나 인도의 거대한 성안에 있는 힌두사원과도 역할과 의미가 상통한다. 또한 부흥백제군길과 관련된 산성 아래의 산사들은 대부분 본당이 극락전, 극락보전으로 아미타부처님을 본존불로 모시고 있다.

이것은 건립 당시 정토 신앙이 대세였던 의미 이외에도 백제 역대 왕과 억울하게 죽은 백제 유민들의 극락왕생을 발원했고, 지금까지 1천 5백 년간이나 영산대재가 지속되는 연유가 되었다고 생각했다. 이렇게 산성과 산사는 깊은 관련이 있다는 것이 산성과 함께 산사를 답사한 까닭이다.

 2017년에 낸 수필집 《가림성 사랑나무》(수필과비평사)에는 그동안 답사한 산성 산사 가운데 백제부흥운동의 격전지가 되었던 산성, 백제와 신라 고구려의 쟁패현장이 되었던 충청지역의 산성, 금강유역을 지키던 백제의 산성, 청주 나성으로 보이는 산성 48개와 산사 20여 곳을 가려 실었다. 그러나 이 책은 10여 년간 약 1,400km 이상을 발로 걸어 답사한 만큼의 기대에 부응하지 못했다. 종아리를 온통 가시에 찔리고 긁혀 얻은 만큼의 감동도 불러일으키지 못했다. 내가 사는 청주나 가까운 세종시, 부흥백제군길을 조성하여 관광자원으로 삼은 홍성, 예산, 청양이나 부여, 공주의 시군문화담당자에게, 그리고 지방신문의 문화담당 기자에게 《가림성 사랑나무》를 우송했지만 아무런 반응을 얻어내지 못하였다. 나는 심하게 좌절하였다.
 지금까지 백제부흥운동사를 연구한 논문이나 저서를 보면 부흥백제의 수도라고 할 수 있는 주류성의 위치에 대해 설이 분분하다. '주류성'이란 이름이 일본서기에만 전해지고 우리 역사에서는 묻혀버렸기 때문이다. 북쪽으로부터 세종시 전의면 운주산성, 홍성의 장곡산성 또는 학성산성, 청양의 두릉윤성, 예산의 임존성, 서천의 건지산성, 그리고 부안의 우금산성이 그것이다. 7개의 산성 중에서 모두 답사하고 부안의 우금산성만은 가지 못했다. 부안의 우금산성과 부흥백제군과 나

백제의 얼 상징탑

당연합군의 격전지였던 대전의 월평동산성(내사지성內斯只城으로 추정됨)을 답사하지 못하고 백제부흥운동을 테마로 한 《가림성 사랑나무》를 낸 것은 나의 성급함이라 생각되어 많이 후회하였다.

그러던 차 《가림성 사랑나무》를 본 도서출판 밥북 편집팀에서 역사의 현장을 일일이 답사하고 글로 잘 풀어낸 데다 사료적 가치도 뛰어난 만큼, 보완·개정하여 다시 펴낼 것을 제안해 왔다. 나는 뛸 듯이 기뻤다. 힘을 얻은 나는 부안의 우금산성과 대전의 월평동산성을 답사하여 보완하고, 《가림성 사랑나무》에서 부흥백제군과 관련한 산성 산사와 백제 신라의 쟁패현장이 되었던 산성 산사만 골라 이 책을 다시 내기에 이르렀다. 《가림성 사랑나무》의 때를 벗기고 금관을 씌워준 도서출판 밥북 편집진에게 다시 한 번 감사드린다. 한편 이 책의 발판이 된 《가림성 사랑나무》를 내 주시고 재판을 허락해준 수필과비평사 서정환 대표께도 감사드린다.

　이 책이 많은 이들의 가슴 속에 백제 역사의 진실을 다시 심어주고, 백제 산성이 그냥 산책하는 길이 아니라 '검이불누儉而不陋 화이불치華而不侈'라는 백제문화의 정신을 깨우치는 정과 망치가 된다면 내 종아리의 상처도 아름다운 꽃으로 다시 피어날 것으로 믿는다.

2020년 3월
수름재 느림보 서재에서

차례

제1부 부흥백제의 운명
– 비암절의 비밀

제2부 쟁패와 아픔의 현장
- 옥천에서 청주까지

1부

부흥백제의 운명

– 비암절의 비밀

운주산성에 뜨는 구름

나의 산성 산사 찾기 첫 발길은 백제의 마지막 항쟁지인 주류성이라 알려진 운주산성雲住山城으로 향한다. 세종시 기념물 제1호 운주산성은 세종특별자치시 전동면과 전의면에 걸쳐있다. 조치원에서 1번 국도를 따라 천안 쪽으로 가다가 운주산성 이정표를 보고 우회전해야 한다. 들머리 주차장에 차를 세우고 의자왕의 눈물처럼 서글픈 산줄기 끄트머리에 자리한 고산사를 오른쪽에 두고 부처님 산책길같이 고즈넉한 오솔길을 잠시 걷는다. 물소리가 급해지면 돌계단에 숨도 가쁘다. 반 시간쯤 오르면 높은 성벽을 만나는데 여기가 문지이다. 문루도 없고 이름조차 잃어버린 문지는 남문, 동문, 서문지가 따로 있는 것으로 보아 전의 쪽에서 성내로 들어가는 주요 통로였을 것이다. 복원한 문지 주변의 성벽은 원형인 여느 곳과는 축성 방법이 조금 달라 고증을 거쳤는지 의심스럽다.

들여다보이는 성안은 10년 전만 해도 갈대만 우거졌었는데 지금은 연못을 파고 꽃밭을 만들어 정비되었다. 눈에 보기는 좋으나 백제 유민들이 피를 뿌린 마지막 항전지라는 것을 생각하면, 꽃이나 연못이 피와 눈물로 보인다. 성안을 애써 외면하면서 남쪽 성벽 위 오솔길을 오르면 팔각정이 나온다. 정자에 앉아 바라보면 산줄기가 1번 국도를 건너 이성, 작성, 금이성 쪽으로 뻗어 용틀임하는 모습을 볼 수 있다. 여기부터 동문지를 제외하면 보수의 흔적이 없어 옛 모습을 엿볼 수 있다.

부흥백제군 발길 따라 백제의 山城 山寺 찾아

운주산성 남문지

무너진 성벽

운주산성은 해발 460m인 정상을 포함하여 3개의 봉우리를 거쳐 성내를 감싸 안은 포곡식 산성이다. 둘레 3,210m인 석축 외성이 있고, 안쪽으로 너른 평지를 감싸 안은 1,230m의 토축 내성이 있는 겹성이다. 관청이 있었는지 민가가 있었는지 몇 개의 건물터가 보이고, 본래 세 군데였다고 하나 지금은 두 군데만 남아 있는 샘물을 발견할 수 있다. 걷는 재미는 3km 남짓 석성을 따라 나 있는 오솔길에 있다. 포곡식 산성이지만 성벽 위로 난 오솔길을 밟아 걷다 보면 출발점으로 되돌아온다. 그래서 골짜기를 싸안은 테뫼식 산성 형식을 지녀 상당산성이나 임존성과 비슷하다.

　지금 인근 사람들의 산책로가 된 운주산성길을 걸으면 온갖 상념에 사로잡힌다. 대륙을 향했던 대백제국 역사처럼 허물어져 구르는 성석도 안타깝고, 찬란했던 문화 부흥에 대한 유민들의 꿈도 찾아볼 길 없

성의 내부

부흥백제군 발길 따라 백제의 山城 山寺 찾아

어 안쓰럽다. 갈피를 잡을 수 없는 마음을 가다듬으며 전동에서 올라오는 동문지를 지나 작은 날망을 오르락내리락하다 보면 정상에 도착한다.

운주산雲住山은 구름이 항상 머물러 있다는 의미로 그렇게 부른다고 한다. 정상에 서서 북으로 더 가까워진 흑성산 아래 독립기념관 겨레의집 푸른 지붕을 바라본다. 동으로 손에 잡힐 듯 오송읍과 그 너머에 청주 시내를 보는 재미도 괜찮다. 여기서 정북으로 직산의 위례성과 정남으로 계룡산 천왕봉, 공주 공산성과 직선으로 연결된다 하니 백제의 중심을 하나로 꿰어내는 요지라 여길만하다. 그래서 역사가들 중에는 이곳이 부흥백제의 왕성인 주류성이라고 주장하는 사람도 있다.

서기 660년 의자왕이 항복한 직후 임존성에서 왕족인 복신, 봉수산 대련사를 창건한 도침대사, 흑치상지 장군이 백제 유민을 규합하며 백제부흥운동의 돌풍을 일으켰다. 임존성에 있는 도침대사와 흑치상지 장군에게 유민 3만 명이 몰려와 부흥군이 되었다고 한다. 이들이 내건 부흥의 깃발은 일본에 있던 왕자 부여풍을 모셔와 주류성에서 새로운 체제를 갖추어 왕통을 이으면서 절정에 달했다. 그러나 뒷날 왕족이었던 복신이 도침을 살해하고, 실권을 주지 않는 복신에게 불만을 품은 풍왕이 복신을 살해하는 내분이 일어났다.

663년 내부 갈등을 눈치챈 나당연합군은 주류성을 총공격하였다. 신라의 김유신 장군이 28장군을 거느리고 웅진성에 있던 당의 유인원과 합세하여 주류성을 공격하였다. 또한 풍왕이 요청하여 부흥군을 돕기 위해 백강에 도착한 왜 선단은 조류를 잘못 이용하여 나당연합군에게 여지없이 궤멸당하고 말았다. 주류성전투와 백강전투에서 참패하여 백제 부흥의 깃발은 꺾이고 대륙백제의 꿈은 역사의 뒤안길로 참담하게 빛을 감추어야 했다.

부흥백제는 휘날렸던 의기의 깃발을 내리고 나서도 운주산성을 중심으로 연기지역의 산성에서 크고 작은 항전을 계속하였다고 한다. 운주산성은 부흥백제의 왕성이었던 주류성으로 추정되기도 하지만 확실하지는 않다. 그러나 연기지역의 산사에서 발견되는 불비상이나 이 지역에 세거世居해 온 천안 전씨의 행적으로 보아 백제 유민의 마지막 항전지로 추정하는 데는 큰 무리가 없을 것 같다. 운주산성에서 출토되는 유물이나 성의 구성으로 보아 왕성의 면모를 갖추어 옛 주류성이라는 주장도 완전히 부정할 수는 없을 것이다. 매몰된 역사가 전설에 의지하여 고증되어서 역사로 소생하는 사례를 보면, 연기지역에 전하는 '삼천굴 전설'을 확인하여 운주산성이 부흥백제 최후의 항전지라는 사실도 빛을 볼 수 있을 것이다. 연기지역에 전하는 삼천굴 전설을 요약하면 이렇다.

<연기지역 삼천굴 전설>

부흥백제군과 지역의 백제 유민들은 나당연합군이 운주산성을 포위하자 삼천 명이 불비석을 품에 안고 운주산 속 동굴 안으로 몸을 감추었다. 그런데 일행 중에 갓난아기를 안고 있는 아낙이 있어서 아기가 울어대자 부흥군과 유민은 눈물을 머금고 아기엄마를 동굴 밖으로 내보냈다. 이에 앙심을 품은 아기엄마는 나당연합군을 찾아가 동굴의 위치를 알려주었다. 나당연합군은 동굴의 입구를 막고 불을 피워 부흥군과 유민을 질식시켜 살해했다. 동굴 아래 '피숫골'이란 마을 이름도 부흥군과 나당연합군의 전투에서 피로 물들었기 때문이다.

고산사를 창건한 최병식 박사가 전설을 확인하기 위하여 굴착기를 가지고 동굴 확인 작업을 시도했다고 들었다. 만약에 삼천의 유골이 발견된다면 백제부흥운동의 새로운 역사가 확실하게 밝혀질 수도 있을 것이다.

　　정상부에 둘레가 약 30m 정도인 둥근 대지를 만들고 제단 앞에 고유문告由文이라는 표석을 세웠다. 문헌에 보면 기우제를 지내는 제단이 있었다는데 새로 세운 표석의 의미는 이해하기 어렵다.

　　제단 바로 아래, 백제의 얼 상징탑이 있다. 탑은 단아하다. 화려하지도 촌스럽지도 않다. 담담하면서 열망이 스민 백제의 정신 그대로다. 이곳이 분수령이 된다면 얼의 경계도 자연을 따라 이루어질 것 같다. 그렇다고 오늘 삼국으로 거슬러 올라가서 영호남 충청을 경계 짓는다면 소인배가 될 것이다. 정상에서 서쪽 성벽을 살펴 오솔길로 내려서며 위례와 공산성을 향하여 우뚝 서 있는 탑을 돌아보니 찬란했던 옛 문화를 그리워하는 백제의 얼이 구름 되어 머무는 듯하다.

운주산성

- 소재지: 세종특별자치시 전동면 청송리 산 90(해발 460m)
- 시대: 백제시대
- 문화재 지정: 세종특별자치시 기념물 제1호
- 규모: 길이 3,210m
- 답사일: 2009년 5월 10일(아내 송병숙 동행)

부흥백제군의 안양安養 고산사高山寺

　고산사에 가는 길에 운주산성에 또 들렀다. 차가운 겨울바람을 맞으며 성을 한 바퀴 돌아보는 것도 좋을 것 같아서이다. 그러나 눈 덮인 겨울 산성이 마음을 더 어지럽게 한다.

　운주산성에서 스산한 마음을 뒤로하며 무거운 발길을 고산사로 돌린다. 내려오는 길에 무너져 구르는 돌마다 백제 유민의 눈물이 발길에 차인다. 산야에 얽힌 옛이야기를 헤아리는 것도 어느새, 고산사를 이르는 표석 앞에 이른다. 고산사란 이름이 운주산은 본래 고산高山이었다는 것을 짐작하게 한다.

　석양은 오히려 차고 바람은 볼에 따갑다. 비탈길을 오르다가 '백제루'라는 종각을 만난다. 백제루 앞에 공덕비에는 운주산성의 유래, 백제부흥

고산사 백제루

운동의 개요, 1997년 고산사 창건의 동기와 백제극락보전 중창의 의미를 간략하게 적었다. 여기서 창건주 최병식 박사에 대해 궁금증이 일었다.

백제루, 백제극락보전, 백제선원, 도침당 등 전각에 붙인 수식어에 백제를 향한 창건주의 열망이 묻어난다. 극락보전으로 향하는 길에 '백제국의자대왕위혼비'를 보아도 의자왕을 비롯한 백제 역대 왕들의 한 맺힌 혼령을 위로하는 창건주의 심경을 짐작할 수 있었다.

극락보전을 참배하고 나오는 길에 스님을 찾았다. 처소가 검소하고 단아하다. 먼저 온 젊은 보살들이 스님과 대화를 나누다가 낯선 객에게 아미타부처님 손길처럼 따뜻한 대추차를 내왔다. 스님은 아주 오랜 친구를 만나듯 나를 맞아주었다. 나는 우선 창건주 최병식 박사 이야기를 꺼냈다. 주지 정대스님의 말씀마다 최병식 박사를 향한 감동이 묻어났다.

스님은 '주류성'을 최병식 박사의 백제 역사 바로 찾기의 화두로 삼았다. 의자왕이 나당연합군에게 항복한 후 백제 유민들은 부흥운동을 일으켰다. 임존성에서 흑치상지와 복신이 이끌던 부흥군은 도침대사가 이끄는 주류성을 중심으로 한 세력에 통합하였다. 부흥군은 주류성에서 나당연합군을 크게 물리쳐서 빼앗겼던 수많은 성을 회복하였다. 이때 복신과 도침대사가 근거지로 삼아 승리하였던 주류성의 위치는 충남의 한산, 홍성, 전북의 부안이라는 여러 설이 있지만, 이곳 운주산성이나 여기서 얼마 되지 않는 비암사 부근의 연기지역이 가장 유력하다고 믿고 있다.

스님의 말씀에 의하면 최병식 박사도 백제사에 설화처럼 전해지는 마지막 항전지 주류성과 마지막 저항군 3천 명이 몰살당한 삼천굴을 찾기 위해 일생을 바치고 있으며, 드디어 운주산성, 고려산성, 금이성으로 연결되는 이곳이 마지막 항전지라고 확신하고 있다고 한다. 백제 부흥군의 영혼을 위로하는 아미타불비상이 비암사나 연기 일대의 사찰에서만 발견되는 것만 봐도 틀림없을 것이다. 그는 해마다 고산사에서 백제고산대재를 개최하여 의자왕과 백제 부흥군의 극락왕생을 기원하고, 삼천굴을 찾기 위해 동분서주한다. 비운의 백제사를 바로 세워 밝히려고 20여 년째 한 우물을 파온 것이다. 우리 고장 음성 출생이며 연배도 비슷하다는 이야기를 들으니 더욱 그분을 만나고 싶어졌다.

백제 유민과 부흥군의 최후를 생각해 보면 너무나 비극적이다. 죽음으로 최후를 맞은 3년여의 삶의 모습을 그려보면, 그들의 영혼이 1,300여 년 세월을 넘어 운주산 골짜기마다 여전히 살아 숨 쉬는 느낌이다. 이것이 바로 최병식 박사가 '백제의 마지막'을 안고 통곡하는 이유일 것이다. 아미타불비상이 발견된 비암사가 백제 멸망 직후 유민들이 창건한 절이라면, 고산사는 현대에 백제사 연구가인 최병식 박사가 창건한 절이다. 3년간이나 계속되었던 백제 부흥 항전 최후의 용사 3천 명이 불에 타서 몰사했다는 삼천굴만 찾아내면 역사적 고증은 완성되는 것이다. 나는 그분의 노력이 헛되지 않기를 빌고 또 빌었다.

극락보전으로 향하는 길에는 백제의자대왕위혼비가 서 있고 제단까지 마련되어 있다. 제단의 양옆은 문인석과 무인석이 지키고 있다. 비문은 해동증자海東曾子로 불리던 의자왕이 당에 끌려가 대륙백제의 웅지를 낙양 북망에 묻어버리고 유해조차 돌아오지 못한 한을 적었다. 얼마나 절절히 썼는지 구절마다 피눈물이 배어날 지경이다. 합장하고 삼배를 올렸다. 그가 영웅이었든 아니었든 나도 그에게 사랑받은 백제인의 후예라도 된 듯 가슴 아팠다.

웅장한 계단을 오르니 단청도 없는 현판이 백제극락보전이다. 법당

백제극락보전

백제국의자대왕위혼비

에서는 염불소리가 흘러나왔다. 조용히 문을 열고 들어갔다. 아무도 없다. 촛불조차 꺼졌다. 그러나 남향으로 볕이 들어 따뜻하다. 전각의 규모나 닫집의 크기에 비해 겸손한 아미타부처님이 안온한 미소로 중생을 내려다보고 계셨다. 삼배를 올렸다.

영가전에는 백제국의자대왕, 백제국부흥대군, 백제국달솔여자진장군, 백제 부흥을 지원했던 왜국의 장군 삼인의 영가를 모셨다. 달솔여자진장군은 도침대사라는 것을 후에 주지 정대스님에게 들어 알았다. 백제 부흥을 위해 3년간이나 항전하다 삼천굴에서 열망을 불사르고 산화한 한스러운 영령들을 모신 것이다.

의자왕은 어버이를 효성으로 섬기고 형제들과 우애가 깊었기에 태자 때부터 해동증자라 불렸다. 왕위에 오른 처음에는 국정을 개혁하고 고구려와 연합하여 신라를 공격하여 영토를 넓혔다. 그러나 말년에는 신라 김춘추의 적극적인 친당정책에 밀려 당이 친신라로 기울어 외교 정책이 실패로 돌아갔다. 결국 나당연합군의 침공을 막아내지 못해 비운의 마지막 왕이 되었다.

서기 660년 8월 2일 의자왕은 나당연합군에 굴욕적인 항복을 하고 태자 부여융, 부여효를 비롯한 왕자, 대신, 백성 1만2천여 명과 함께 당의 낙양으로 끌려갔다. 그리고 바로 얼마 후에 병사하였다. 60대 중반의 노년이었다지만 죽음에까지 이르게 한 왕의 심경을 짐작할 만하다. 그의 시신마저 사랑했던 백제로 돌아오지 못하고 낙양 땅 어느 곳에 묻혔는지 알 수도 없다. 딱한 후손들이 중국에서 백제 유민의 안타까운 명맥을 이어갔을 것이다. 아마도 의자왕의 한스러운 영혼만은 수없이 백제의 하늘을 떠돌았을지 모를 일이다.

이제 백제 부흥의 마지막 근거지로 알려진 운주산성 기슭의 고산사에 위혼비를 세우고 극락보전에 영가를 모셨으니 아마도 편안하게 좌정하였을 것이다. 고산사에서는 그가 세상을 떠난 음력 9월 8일이 낀 토요일에 20여 년째 영혼을 위로하는 백제고산대재를 지낸다. 이뿐 아니라 옥천 구진벼루에서 신라 김무력 장군의 매복군에게 죽임을 당한 26대 성왕의 재는 음력 7월 20일, 고구려 장수왕에게 죽임을 당한 개로왕의 재는 음력 9월 25일에 지낸다. 이제 고산사는 백제의 한스러운 왕들의 영혼이 편히 잠드는 지상의 안양安養이 된 셈이다.

우리는 왜 패자의 역사를 인정하지 않고 묻어버리는지 답답한 일이라는 스님의 말씀에 나도 공감하였다. 백제의 역사도 그렇고 고구려의 역사도 그렇다. 조선의 역사는 또 일제 식민사관에 의해 얼마나 왜곡되었는가? 그뿐만 아니라 근현대사의 평가도 정치적 승자에 의해 오락가락한다.

차는 주인의 안타까움을 아는지 모르는지 비포장도로를 울렁거리며 내려와 1번 국도를 북으로 달린다. 핸들을 잡은 느림보의 마음은 더 심란하고, 방송에서는 갈라섬과 만남으로 혼탁한 속셈 정치 뉴스가 계속된다.

고산사

- **소재지**: 세종특별자치시 전동면 미곡리 6-1
- **답사일**: 2015년 12월 28일

부흥백제의 항전지 금이성金伊城

금이성은 세종시 전동면 송성리에 있는 백제의 성곽이다. 운주산남성, 금이산성이라고도 한다. 이름처럼 철옹성이라 천년 세월을 넘어 원형이 고스란히 남아 있다. 둘레 약 710m, 폭 4~5m, 높이 3m 테뫼식 석축산성으로 규모가 비교적 크다. 백제부흥운동의 중심지인 주류성으로 추정되는 성곽 중에 근처의 운주산성, 예산의 임존성, 서천 한산의 건지산성 다음으로 큰 산성이다.

금이성 가는 길은 전의면 다방리에 있는 비암사를 거쳐 가는 길이 편하다. 주차장에서 작은 다리를 건너 언덕 위에서 아름다운 비암사를 내려다보면 자비처럼 햇살이 쏟아진다. 솔가리가 포근한 오솔길을 걸으

금이성 가는 길

며 쌓인 솔잎마다 담긴 옛이야기를 헤아리노라면 절로 고즈넉한 분위기에 젖어든다.

비암사에서 금이성 가는 길 4.3km는 이렇게 처음부터 끝까지 순하다. 길은 지나간 사람의 발자국이다. 순한 길은 순한 사람의 흔적이다. 철옹성인 금이성을 지킨 사람들은 용감했겠지만, 마음은 순했기에 길도 순한 것이다. 길은 시대에 따라 그 시대를 사는 사람들이 지난 시대 사람의 발자국을 지우며 지나기도 한다. 순했던 길도 강한 사람에 의해 강하게 왜곡된다. 역사도 문화도 그렇게 강자의 발자국에 의해 바뀌는 것이다. 현대는 문명이라는 이름으로 이 산기슭처럼 임도를 내고, 운주산성과 금이성의 이어진 지맥을 끊어 1번 국도를 내기도 했다.

끊어진 지맥을 잇듯 임도를 건너 비탈길을 오르니 금이성이다. 성안에는 잡목이 우거지고, 잡초가 무성하다. 무너진 곳도 있지만, 대부분 원형이 잘 남아 있다. 이렇게 원형이 잘 보존된 산성이 잡목에 묻혀 있는 것이 안타깝다. 성벽 위에 앉아 축성 모습을 살펴보았다. 외부는 돌을 조금씩 다듬어서 쌓았고 내부는 자연석을 그대로 박아 넣는 방식이었다. 축성에 쓰인 돌은 크기가 비슷한 직사각형이다. 문지門址가 남북으로 두 군데이고, 동쪽으로 수구水口도 보인다. 이 많은 돌을 어디서 어떻게 옮겨 왔을까? 동원된 백성 가운데는 장정도 있었겠지만, 노인도 부녀자도 어린아이도 있었을 것이다. 굶주림과 병마에 시달리다 돌에 치여 죽은 사람도 있었을 것이다. 성돌 하나가 근동 백성의 생명이다. 사람의 목숨은 불러 부리는 사람에게는 별것 아니겠지만, 불려가는 가족에게는 무엇보다 소중하다. 성석을 덮은 검은 바위옷만큼 지난 세월은 오래지만 그날의 신음이 들리는 듯하다.

　금이성은 백제가 고구려의 침범에 대비하고, 고려 때는 몽고군을 막았으며, 임진왜란에는 왜구의 노략을 막는 전략적 요충지가 되었다고 한다. 특히 660년 백제가 멸망하고 난 후 주변에 있는 운주산성과 더불어 도침, 흑치상지, 복신이 이끌던 부흥군의 전략적 근거지였다고 전해진다.

　미호천이 동쪽을 막아주는 세종시는 금산에서 발원한 금강이 합류하여 자연적인 해자垓字가 되어 신라 세력의 진입을 차단할 수 있었다. 백제는 신라 세력의 진공을 차단하기 위해 이곳에 많은 성을 축조했으며 백제로서는 상당한 군사력을 집중했다. 지금까지 확인된 주변의 백제성은 운주산성, 금이성, 작성, 저산성 등 4개소나 된다. 그러나 이 주요 성들은 660년 나당연합군의 백제 공격을 알고도 손을 쓰지 못했다. 신라군이 기습으로 탄현을 넘어 황산벌로 진공할 때 세종시 주력 부대들은 그저 땅을 쳐야만 했다. 의자왕이 공산성에서 항복하였으나 백제 정예 군사들은 신라와 당나라에 의한 멸망을 인정할 수 없었다.

예산 임존성에서 일어난 부흥군과 당진, 천안, 청양, 서천, 홍성 등의 여러 성이 백제부흥의 깃발을 들고 나당연합군에 처절하게 저항하기 시작했다. 그 중심에 이곳 금성산의 금이성이 있었다. 660년 8월 사비가 함락되고 공산성의 치욕을 본 부흥군은 일본에 있던 왕자 부여풍豐을 옹립하고 3년이나 버티다가 한을 품고 전멸한 부흥군의 넋을 위로하기 위해 연기지역 유민들이 세운 비암사가 인근에 있는 것으로 보아 마지막 항전지로 추정되기도 한다.

지팡이로 여기저기를 파헤치니 와편과 토기편이 보인다. 건물도 있었고 사람도 상주했었다는 증거이다. 와편은 물고기 가시 같은 줄무늬가 있고 토기편은 민무늬에 갈색을 띤다. 토기편에서 옛사람의 젓가락 소리가 들리는 듯하다. 체계적이고 학술적인 고증이 이루어진다면 금이성은 백제의 역사를 더 뚜렷하게 밝혀 줄 것이다. 묻혀버린 비운의 백

무너진 철옹성

제 역사를 이곳에서 찾을 수도 있을 것이다.

비암사 극락보전 아미타부처님께 삼배를 올리노라니 금이성 성돌 하나하나가 눈에 밟혔다. 오늘 세 시간 특별한 걸음이 더 많은 생각을 하게 했고 백제사에 대한 애착과 함께 아쉬움이 남았다.

금이성金伊城

- 소재지: 연기군 전의면 달전리, 전동면 송성리(금성산 해발430m)
- 시대: 백제시대
- 문화재 지정: 세종특별자치시 기념물 제5호
- 규모: 주장 714m, 높이3~10m, 폭2m
- 답사일: 1차 답사 2013년 10월 20일 (친구 남주완 동행)
  2차 답사 2016년 3월 15일 (친구 이효정 동행)

운주산 비암사와 불비상의 비밀

✳ 아니 오신 듯 다녀가소서

금이성을 뒤로하고 내려오는 길에 언덕에서 바라본 비암사는 풍경조차 애잔하다. 산은 말이 없고 절집은 눈물을 머금었다. 가람 배치는 정제되었는데 삼층석탑이 극락보전에서 몇 보쯤 동쪽으로 치우쳐 혼자 얌전하게 서 있다. 나지막한 산이 양팔을 벌려 한 아름에 쓸어안고 있어 절집은 아담하고 정겹다. 마당으로 오르는 돌계단을 지나노라면 800여 년 늙은 느티나무 한 그루가 금강역사처럼 눈을 부릅뜨고 서 있다.

'아니 오신 듯 다녀가소서.'

계단에 흰 글씨로 쓰여 있는 경구가 놀랍다. 부처님의 말씀으로 생각된다. 마당 저편에 극락보전이 단정하다. 현존하는 세계가 극락정토이든 사바세계이든 '아니 온 듯 다녀가'야 한다. 역사에 흔적을 남기려 발버둥 쳐도 그것은 한낱 허무한 티끌일 뿐이다. 제행이 무상이다.

비암사의 역사는 전설처럼 전해진다. 이천여 년 전 창건한 삼한 고찰이라고도 하고, 문무왕 13년에 혜명대사가 지은 절이라는 얘기도 있다. 신라 말에 고승 도선이 중창하였으며 그 이후의 역사는 전해지지 않는다. 그러나 1960년 이 지역 출신 한 대학생이 삼층석탑 상륜부에서 발견한 불비상인 계유명전씨아미타불삼존석상癸酉銘全氏阿彌陀三尊石像에 의하면, 백제가 멸망한 지 13년 만인 673년 4월 15일, 인근에 사는 전씨가 백제 국왕과 대신들의 명복을 빌기 위해서 탑을 세운 것으로 밝혀졌다. 백제가

비암사 전경

멸망하고 계속됐던 백제부흥운동에서 가족과 친지를 잃은 백제 유민들이 뜻을 모아 지었다는 설이 맞을 것 같다. '비암'이 불비상으로 밝혀졌지만 발음 때문에 '뱀절'이라 알려지기도 했었다. 절의 동쪽 끝에 구렁이 굴이 있어 새벽마다 총각이 내려와서 탑돌이를 하고 굴로 돌아갔다는 전설도 전해지는데 이 이야기도 간과해서는 안 될 것 같다. 구렁이 굴은 삼천의 백제 부흥군이 최후를 맞았다는 동굴과 일치할 수도 있으며, 뱀 총각은 바로 부흥군의 영령을 상징적으로 말하는 것이 아닐까 의심스럽다.

극락보전은 조선시대 지어진 건물이다. 자연석으로 아무렇게나 쌓아 올린 기단 위에 널찍한 덤벙 주추를 놓았다. 배흘림이 뚜렷한 둥근 기둥이 지붕을 받치고 있다. 서까래나 도련 부연이 다 정교하고 아름답다. 빛바랜 단청이 정밀하여 미의 극치를 이룬다. 극락보전極樂寶殿이라는 현판의 필체는 마치 정토에 도달한 어느 묵객이 마음도 비우고 기교도 없이 써서 걸어놓은 것처럼 순진하다. 하지만 한편으로는 날카롭고 힘찬 기운을 느낄 수 있다. 기둥마다 주련은 현판보다 세련된 필체이다.

부흥백제군 발길 따라 백제의 山城 山寺 찾아

법당 안으로 들어가니 서방정토를 관장하는 아미타부처님의 미소가 자애롭다. 중생을 불자의 이상향인 정토로 인도한 뒤 깨닫는 법열의 미소가 이러할까? 부처님은 매우 높은 연좌에 모셨다. 극락보전에는 아미타불이 사바세계를 굽어보고, 밖에서는 꾸밀 줄 모르고 아무렇게나 생긴 소나무 한 그루가 협시불처럼 서 있다. 불전이나 불당 밖이나 세상은 둘이 아니다. 부처와 중생이 다르지 않다. 부처님도 마음속으로 불계나 사바나 다를 바가 없다고 여길 것이다.

극락보전 바로 뒤에 대웅전이 있다. 극락보전에서 영산회 괘불탱화가 발견되었는데 석가모니부처님이 탱화로 모셔져 있어 최근에 한 청신녀의 시주로 대웅전 불사를 일으켰다고 한다. 매년 4월 15일 백제대재 때는 영산회 괘불탱화를 밖으로 모시고 야단법회를 연다.

극락보전 앞 거북이 입에서 나오는 감로수는 부처님의 자비의 말씀이다. 감로수를 한 구기 마시니 시원한 기운이 온몸에 전해진다. 물은 끊이지 않고 흐른다. 비암사는 백제의 남은 정신을 지탱하는 매우 의

극락보전

미 있는 사찰이다. 전각마다 구석마다 백제인들의 한이 서려 있는 듯하다. 백제 유민의 영혼이, 그들의 숨결이, 나무에도 돌에도 스며들어 흐르는 물처럼 끊임없이 숨 쉬고 있는 것은 아닐까?

권력을 쟁취한 자는 지난 권력이 이루어 놓은 찬란한 문화와 역사를 지우려 애를 쓴다. 오히려 지워야 할 그릇된 족적은 드러내고 싶어 안달하는 것이 새로운 권력의 심사이다. 그러나 역사는 지우려 한다고 지워지는 것도, 드러내려 한다고 드러나는 것도 아니다. 이렇게 돌 하나 나무 한 그루에서 역사가 묻어나고 있지 않은가? 그냥 가는 것이다. 내가 온 것 자체가 쓰레기이니 아니 온 듯 그냥 가는 것이다. 마음에 두지 말고 비우고 가야 한다. 내려놓을 것도 가져갈 것도 없이 그냥 허한 마음으로 돌아가야 한다. 그 말씀을 잊지 말자.

"아니 오신 듯 다녀가소서."

✳ 비암절의 비밀

사람들은 운주산 비암사에는 배암이 있다고 생각했다. 새벽마다 뱀굴에서 뱀이 총각으로 변신하여 내려와 탑돌이를 하며 사람 되기를 발원했다는 전설이 전해지면서 비암사를 '뱀절'이라고 믿었다. 그런데 1960년 부근 쌍류리에 거주하는 한 대학생의 기지에 의해서 '배암(蛇)' 아니라 '비암碑岩'이라는 것이 확인되었다. 그의 남다른 예지로 1300년 가까이 감추어졌던 비밀이 세상의 빛을 보게 되었다.

극락보전 앞 삼층석탑 상륜부 대개 복발이 있어야 할 부분이 특이하여 의문을 제기하는 바람에 조사한 결과 불비상 3점은 찾아내었다. 국보 제106호 계유명전씨아미타불삼존석상癸酉銘全氏阿彌陀三尊石像, 보물 제367호 기축명아미타여래제불보살석상己丑名阿彌陀如來諸佛菩薩石像, 보물 제368호 미륵보살반가석상彌勒菩薩半跏石像이 그것이다. 부처님을 부조한 이 석상들은 작지만 모두 비석 모양이라 불비상이라 부르게 되었다. 이 불비상은 매우 특이한 불교미술품이고 연기지역에서만 발견된다. 의미 있는 것은 제작 시기가 백제 멸망 13년 뒤인 673년에 계유명전씨아미타불삼존석상이 만들어지고부터 15, 6년간이라는 점이다.

계유명전씨아미타불삼존석상
(국보 106호)

백제부흥운동 과정에 대하여 많은 의문을 품고 알아갈수록 백제의 최후를 안타까워하는 내게 불비상이 넌지시 일러주는 것은 매

국보 106호 측면

우 많았다. 비암사에서 전시용 불비상을 보았지만 궁금증을 견딜 수 없어 국립청주박물관에 갔다. 박물관의 허락을 받고 학예사 한 분의 도움을 받아 촬영하면서 설명을 들었다.

모니터에 확대하여 보고 싶었다. 우선 국보로 지정받아 제일 전면에 전시된 계유명전씨아미타불삼존석상을 들여다보며 전씨의 심경을 생각해 보았다. 총 높이는 43cm, 두께는 26.7cm인 비석 모양의 돌에 부처님이 부조되었다. 전면과 배면 그리고 옆면에도 그림이 있다.

전면에는 이름대로 극락정토를 관장하는 아미타부처님이 연꽃 자리

위에 설법인으로 가부좌를 틀었다. 몸에 두른 법의 자락이 무릎을 덮었다. 흘러내린 주름이 살아 있는 것처럼 자연스럽다. 주름 사이로 실에 꿴 구슬(연주)이 보이고, 머리에도 연꽃과 연주가 아름답다. 본존불 좌우에는 보살인지 인왕인지 나한인지 칠존상이 반듯하게 서서 아미타부처님을 따른다. 뒤에서 상반신만 내보이는 상은 아마도 나한인 듯싶다. 본존은 앉아 있고 그 왼쪽에 3위 오른쪽에 4위가 대좌보다 조금 높은 연꽃무늬 자리에 반듯하고 공손하게 서 있다.

아미타부처님의 뱃머리 모양 광배는 2중으로 되어 입시한 보살이나 나한을 감싸 안았다. 그 안에 칠존상도 머리 뒤에 원광이 밝았다. 뱃머리 모양 이중 광배에는 여러 가지 아름다운 모양의 불상과 비천문상을 새겨 놓았다. 아미타부처님 연좌 옆으로 사자가 양쪽에서 마주 서서 호위하고 있다. 이 모든 것이 연꽃무늬 대좌 위에 조각되어 있어서 화려하고 섬세한 아름다움을 엿볼 수 있다. 문득 백제문화를 하나로 쓸어안고 있는 백제금동대향로가 생각난다.

배면은 4등분 하여 단마다 5위씩 모두 20위를 새겼다. 흉부와 여백에 잘게 새긴 글자들은 읽기 어렵다. 이 글자들은 관명과 인명으로 밝혀졌다는데 아마도 전씨가 극락왕생을 발원하는 부모님을 비롯한 백제 사람이 아닌가 한다. 측면에는 주악비천상(음악을 연주하며 승천하는)이 새겨져 있는데 악기는 생황, 비파, 피리, 거문고로 보인다. 여기에도 작은 글씨들이 있다.

제작연대인 계유년은 백제가 멸망한 지 13년 만인 673년으로 추정된다. 전면의 아랫부분에 새겨 넣은 글자에 의하면 당시 연기 일대의 백제 유지 전씨라는 사람이 백제 역대 국왕과 대신들, 칠세 부모와 전쟁으로 죽은 백성을 위하여 절을 짓고 극락왕생을 발원하였다고 한다. 인명으로 백제의 대성인 전씨, 진씨, 목씨가 나오고, 백제 관명과 신라

관명도 나온다고 학예사는 설명한다.

계유명전씨아미타불삼존석상은 작은 불비상이다. 무한의 우주에 비하면 하나의 점에 불과한 미술품이다. 그러나 고통받은 중생이 지향하는 크나큰 정토세계가 담겨 있다. 여기에 백제의 역사와 백제 유민의 감출 수 없는 아픔이 숨어 있다. 최근 정치인들의 역사관에 대한 시시비비로 나라가 시끄럽다. 역사는 어리석은 정치가가 힘으로 묻어버릴 수 있는 것은 아니다. 훗날 이렇게 작은 불비상 하나에서도 수많은 이야기들이 쏟아져 나오고 있지 않은가.

기축명아미타여래제불보살석상
(보물 367호)

비암사 3위의 불비상 중 보물 제367호인 기축명아미타여래제불보살석상己丑名阿彌陀如來諸佛菩薩石像은 가장 늦은 689년에 만들어졌다. 예술적 가치를 측정하였는지 보존의 정도를 측정하였는지 국보가 되지 못한 연유는 알 수 없지만 들여다볼수록 백제 유민의 발원이 가장 절실하게 표현된 진수이다.

높이가 56.9cm라고 하는데 계유명전씨아미타불삼존석상癸酉銘全氏阿彌陀三尊石像보다 약간 크고 몇 군데 투박한 흠집이 보인다. 전체 모양은 아미타삼존석상의 광배처럼 상부가 뱃머리 모양으로 생겼고, 위로부터 아래로 약간 둥그스름하게 내려와서 중간보다 밑 부분이 약간 좁아졌다. 앞면에만 불상을 새겼고 측면은 조용하다. 뒷면에는 명문銘文이 있는데 육안으로 다 읽어내기는 어렵다. 설명에 의하면 '기축년에 부모님의 극락왕생을 기원하면서 아미타불과 보살상을 삼가 만들었다'라는 의미라 한다.

전체를 4등분 하여 하단은 연꽃무늬 대좌가 있으며, 그 위로 연못인지 바다인지 물결무늬가 있고 연꽃이 솟아난 위로 아미타불의 연좌를 이루고 있다. 물결무늬 좌우에는 사자가 서로 마주 보고 부처님을 떠받들고 있다. 사자 앞에는 합장하는 화생化生(부처님의 지혜를 믿어 정토에서 보살과 같은 몸으로 왕생한 몸)이 합장하고 있다. 연좌 위에 아미타불을 모셨다. 아미타불은 상호가 약간 마모되어 알아보기 어려우나 수인이나 법의는 매우 자연스럽고 아름다운 모습이다. 부처님 두상 뒤에는 원광이 자비의 빛을 보내고 있다. 좌우에 보살과 나한상은 키도 크고 모두 입상이다. 원광이나 손을 든 모습이나 장식들이 섬세하고 아름답다. 불상 위로는 수많은 중생과 나무, 꽃, 연주를 모아 놓았다. 좁은 공간에 정토의 아름다움을 다 모아 놓고 싶은 착한 소망이 엿보인다.

아미타불이 관장하는 서방정토는 정말 이만큼 평화로운 세계일까? 불비상을 시주한 이는 백제 부흥을 위해 목숨을 바친 부모님이나 인근 중생, 그리고 역대 백제왕의 극락왕생이라는 절실한 발원을 여기 담고 싶었을 것이다. 절실한 마음으로 이 작은 돌에서 극락정토 모습을 찾아내어 발현하였다. 금이성이 보이듯 장수는 돌에서 국가 보존의 강한 의지를 찾아내었고, 불비상에서 보듯 불제자는 돌에서 부처님과 아름다운 정토세계를 찾아냈다.

보물 제368호인 미륵보살반가석상彌勒菩薩半跏石像도 아미타여래제불보살석상과 같이 673년에 만든 것으로 추정된다. 높이가 40cm 정

미륵보살반가사유석상
(보물 368호)

도로 아미타삼존석상보다 약간 작다. 오늘날에도 흔히 볼 수 있는 비석 모양이다. 이름 그대로 미륵보살이 반가부좌를 한 모습을 중앙에 모셨고 4면에 모두 조각이 있으나 전면이 중심이 된다. 맨 위에는 비석처럼 옥개가 있고 아래에는 대좌가 있으며 네 귀를 모두 꽃으로 장식한 기둥 모양을 새겨서 미륵보살이 계신 곳이 감실龕室임을 나타내었다. 미륵보살은 금동미륵보살반가사유상과 비슷한 자세로 오른손으로 턱을 괴고 생각에 잠긴 모습이다. 머리 뒤쪽에는 원광의 모습으로 보주寶珠가 있고 반가상 주변에 영락瓔珞을 새겼다. 아랫부분에는 꽃을 꽂은 화병이 있고 좌우에 스님과 공양주 모습의 사람이 있다. 지붕 모양은 나무와 나뭇잎으로 장식하였고 측면에도 보살상을 새겼는데 미륵보살의 협시불 모습으로 보인다. 이면에는 보탑이 가득히 조각되었다.

미륵보살반가석상과 아미타삼존석상이 조성된 시기는 백제 멸망 후 13년 지난 때라서 신라 문화라기보다 백제의 문화로 이해할 수 있다. 이후부터 약 15, 6년간은 백제부흥운동이 수포로 돌아간 후 유민들은 신라 조정의 온갖 회유와 핍박을 받은 것은 불 보듯 뻔하다. 아마 새로운 국가에 적응하지 못하는 시대 상황에서 한을 남기고 세상을 등진 사람도 많았을 것이다. 고인의 한은 다시 남은 사람들의 한으로 전이되어 쉽게 지워지지 않았을 것이다.

정토신앙은 죽음 이후에 괴로움과 걱정 없는 지극히 안락하고 자유로운 안양의 세상을 지향하는 신앙이다. 연기지역 일대의 사찰에서만 발견되는 불비상은 백제 멸망과 부흥운동 과정에서 겪은 연기지역 백성들의 고통을 담고 있다. 전씨 가문을 비롯한 민중의 고통이 얼마나 컸으면 비암사에 아미타불의 불비상이 조성되었을까? 백제인의 한이 비암에 남아 오늘에 이어지는 듯하다. 애잔한 마음으로 돌아오는 길에 고통받은 민중의 극락왕생을 빌고 또 빌었다.

비암사

- **소재지**: 세종특별자치시 전의면 비암사길 137(다방리 4)
- **시대**: 백제시대
- **문화재 지정**
  - 비암사극락보전(세종특별자치시 유형문화재 제1호)
  - 비암사 삼층석탑(세종특별자치시유형문화재 제3호)
  - 비암사 영산회괘불탱화(세종특별자치시 유형문화재 제12호)
  - 비암사 소조아미타여래좌상(세종특별자치시 유형문화재 제13호)
  - 계유명전씨아미타불삼존석상(국보 제106호) (국립청주박물관 소장)
  - 기축명아미타여래제불보살석상(보물 제367호) (국립청주박물관 소장)
  - 미륵보살반가석상 보물 제368호(국립청주박물관소장)
- **개요**: 대한불교조계종 마곡사의 말사
- **답사일**: 2013년 10월 20일(친구 남주완 동행)

비암사 영산대재로 승화한 백제 유민의 염원

2017년 4월 15일 오늘은 1,344차 운주산 비암사 백제영산대재가 열리는 날이다. 아침 7시 40분에 출발했다. 연서면 연화사 앞을 지나 고복저수지 옆 도로를 달렸다. 세종시 연서면 일대는 온누리가 꽃동산이다. 도로는 벚꽃이 낙화 되어 차가 지날 때마다 눈송이처럼 따리 날리고, 도로 주변에는 연분홍 복숭아꽃과 백설 같은 배꽃이 만발했다. 비암사 가는 길이 마치 극락으로 들어가는 길목처럼 아름다웠다. 저수지 끄트머리 고개를 넘을 때는 아직도 만발하여 남은 벚꽃이 꽃구름이 일어난 듯 뭉게뭉게 피어올랐다. 연서면 전체가 꽃의 축제를 이루고 있는 듯했다.

비암사에 가까이 가자 꽃은 끝나고 온산이 연둣빛으로 덮여 봄이 치맛자락을 여미며 다가오는 것처럼 신비롭다. 8시 40분에 비암사 입구에 도착했다. 아직 교통 통제를 하지 않는다. 느티나무 아래 사찰 주차장에는 행사를 준비하는 차량 몇 대만 있었다. 준비하는 사람 말고는 제일 먼저 도착했다.

사찰은 고요하다. 비암산이 연둣빛으로 변하기 시작했다. 뜰에 벚꽃이 아직 남았다. 비암사의 상징인 느티나무 아래 계단을 밟았다. '아니 오신 듯 다녀가소서'라는 이 말이 내 안에 진하게 파문을 일으킨다. 그것은 여기 올 때마다 그렇다. 오늘도 그렇다. '아니 오신

백제영산대재 범패

듯 다녀가소서.' 가까이는 비암사의 말이고 크게는 우주가 인간에게 주는 삶의 메시지이다. '아니 오신 듯 다녀가소서.' 정말 그렇게 다녀가리라.

절 마당에 올라서자 극락보전 앞에 비암사의 보물 불비상을 머리에 이고 있던 삼층석탑이 고고하다. 탑 앞에 삼배를 드렸다. 탑 너머 극락보전 현판이 순진하다. 아미타여래가 성큼성큼 걸어 나와 일필휘지로 써서 올린 것처럼 거침없다. 소박하지만 천박하지 않고 화려한 듯 사치스럽지도 않다. 극락보전은 아미타불이 주불이다. 650년경 삼한에 유행했던 정토신앙의 흔적이라고만 보기에는 그 이유가 너무 처절하다. 내가 답사한 운주산에 있는 또 다른 사찰 고산사로부터 서천 건지산성 안에 있는 건지산 봉서사에 이르기까지 산성 아래에 있는 사찰들이 모두가 극락보전이 큰 법당이다. 백제부흥운동의 발길이 닿은 곳의 사찰은 모두가 정토신앙의 도량이라는 것은 우연이 아니다. 다만 정토신앙 유행으로만 볼 수는 없을 것이다. 부흥군의 처절한 저항이나 유민들의 시달림을 짐작할 만하다. 지금도 아미타불을 염불하면 정토에 귀의할 수 있다고 한다. 그래서 나도 백제 유민이라도 된 듯 '나무아미타불'을 외며 극락보전 부처님 앞에 삼배를 올렸다.

비암사 극락보전 뒤편에는 대웅전이 있다. 대웅전 불사가 있은 것은 바로 몇 해 전의 일이라고 한다. 극락보전 불단 아래에 굉장히 커다란 목함이 있었는데 마치 금기처럼 아무도 열어보지 않다가 어떤 주지스님이 열어보니 괘불 탱화가 있었다. 탱화에 모셔진 부처님은 석가모니불이었다. 주지스님은 곧 대웅전 불사를 일으키고 탱화를 대웅전에 모셨다. 오늘 영산대재에는 석가모니불 탱화를 야단에 내어 걸고 법석을 열게 되어있다.

절집을 한 번 돌아보고 설선당 앞에서 기웃거리며 준비하는 과정을 지켜보았다. 극락보전은 문이 닫혀 있고 대웅전은 문이 활짝 열려 있다. 스님들은 대웅전 앞에 모여 있고 주지 스님은 마당에서 다른 스님이나 신도들의 준비 상황을 점검하고 있었다. 먼 데서 왔는지 보살 한 분이 차를 극락보전 앞까지 끌고 왔다. 나는 눈살을 찌푸렸으나 영산재에 올릴 떡을 준비해 온 것 같았다. 트렁크를 열자 떡 상자가 하나 가득 나왔다. 대구에서 올라온 상자이다. 탁자 위에 떡을 놓고 분류하고 제단으로 갈 것과 점심 공양에 쓰일 것으로 나누는 것 같았다. 남자들이 천막을 치느라 분주해서 나도 카메라를 목에 걸고 도왔다.

형형색색의 주련이 내 걸리고 제단에는 부처님께 올리는 음식과 과일, 꽃이 올라갔다. 아름답다. 사람들의 손놀림이 재고 단아하다. 범패를 맡은 여섯 분의 스님은 오른쪽 천막에 앉아 연주를 준비하는 모습이다. 백제 8악기를 연주할 악사들이 오고 불교합창단이 자리를 잡자 마곡사 산하의 말사 주지스님들이 내빈석에 자리를 잡았다. 세종시장이 늦게 도착하여 자리를 잡자 사회를 맡은 스님이 개회를 선언했다.

드디어 괘불이운의 순서라고 사회 스님이 선언했다. 젊은 스님들이 대웅전에 모여들었다. 커다란 카메라를 든 사람들이 대웅전으로 달려간다. 내 카메라는 아주 작지만 나도 극락보전 앞을 지나 대웅전으로 갔다. 주지스님을 비롯한 스님들이 석가모니부처님 연좌 앞에 섰다. 염불이 시작되었다. 범패와 찬탄이 울려 퍼진다. 원명스님의 염불소리는 골짜기를 쩌렁쩌렁 울린다.

여덟 분의 스님들이 연좌 아래 기다란 함을 열고 괘불을 들어 모셨다. 이운이 시작된 것이다. 나는 이런 의식을 처음 보는지라 숨이 막히는 것 같았다. 커다란 괘불을 스님들이 어깨에 메고 돌아서서 문을 나섰다. 제단에서는 부처님을 맞이하는 염불과 범패와 불교무용이 계속된다. 무용은 바라를 들고 추는 바라춤과 부채를 들고 추는 나비춤이다. 바라춤을 출 때 바라가 햇빛을 받아 번쩍이는 모습이 눈이 부시다. 그러는 동안에 여섯 분 스님이 괘불탱을 제단에 모셨다. 매우 조심스럽고 경건하게 괘불 걸이에 걸자 부처님은 상호를 드러내기 시작했다.

괘불탱이 하늘에 걸리자 범종이 5차례 울렸다. 합창단이 삼귀의를 합창할 때 천막 아래 내빈들이 모두 일어서서 함께 합창했다. 물론 나도 함께했다.

- 거룩한 부처님께 귀의합니다.
- 거룩한 가르침에 귀의합니다.
- 거룩한 스님들께 귀의합니다.

사회 스님은 범패와 찬탄이 지루할 수도 있다고 했지만 그렇게 지루하지 않았다. 오히려 그 음악과 염불과 찬불가를 듣고 있노라니 나를 불교

백제영산대재 괘불이운

부흥백제군 발길 따라 백제의 山城 山寺 찾아

문화가 융성했던 백제로 데려다 놓는 것 같은 기분이었다. 특히 연기지역 주민들이나 백제 유민들의 고통스러운 삶을 위로하는 것 같았다. 웅진이나 사비로부터 쫓겨 온 유민 중에는 왕족도 있고, 궁녀도 있고, 높은 벼슬아치도 있고, 시중의 백성도 있었을 것이다. 그분들이 품에 안고 다니면서 정토를 그리던 부처님이 바로 불비석이다. 그리고 유명을 달리한 부흥군의 넋을 위로하기 위해 삼층석탑의 꼭대기 복발 대신 모셨는지도 모른다. 이렇게 은밀하게 불비석을 모셔놓고 비암사라 칭했는지도 모른다. 아마 그랬을 것이다. 나는 찬불가와 찬탄곡이 끝날 때까지 합장하고 서 있었다.

다음에는 주지인 노산스님의 권공 축원이 있었다. 노산스님 인사 말씀 중에 "부흥군이 신라와 힘을 합쳐 당군을 압록강 이북으로 몰아냈다"는 언급이 있었다. 나는 내가 들어온 사실과 달라 의아했다. 특히 비암사는 백제 유민들 가운데 연기지역에 세거해 온 천안 전씨들이 불비석을 만들고 헌납하여 백제 역대 제왕과 부흥군의 넋, 그리고 고통받다 돌아가신 칠세부모의 극락왕생을 발원하는 마음으로 창건되었다고 생각해 왔는데 주지스님은 다르게 말하고 있었다. 백제 유민이 군사를 일으켜 자신을 망하게 한 신라와 힘을 합쳐 당군을 몰아내려 했다는 것은 앞뒤가 맞지 않는다. 부흥백제군은 신라와 당에 저항하여 싸운 것으로 나는 알고 있다.

우리말 반야심경이 있은 후 천안전씨종친회장이 추도사를 했다. 그분의 말씀은 또 다르다. 종친회장은 내가 아는 것과 같은 말씀을 하며 추도사를 했다. 비암사 신도회장이라는 분도 나와서 한 말씀 했다.

이어 백제국왕 대신 칠세부모를 위한 헌화, 헌향, 헌다가 있었다. 헌다는 주지스님 이하 스님들과 사부대중과 함께 내빈 중에서 차를 올리고 싶은 이들에게 모두 기회를 주었다. 이때 범패와 함께 하는 모습을 보니 의식이 2013년에 왔을 때보다 많이 정제되고 경건하게 진행되었다. 사홍서원을 함께 했다.

- 중생을 다 건지오리다.
- 번뇌를 다 끊으오리다.
- 법문을 다 배우오리다.
- 불도를 다 이루오리다.

다음에 백제국왕, 대신, 칠세부모, 법계함령등중 및 부흥백제군을 위한 위령 문화행사가 있었다. 먼저 중학교 1학년 학생의 회심곡이 있었다. 소리가 청아하고 내용을 살려 소리를 했다. 회심곡을 들으면 사람의 일생이나 한 국가의 운명이나 나고 성장하고 죽는 것은 다름이 없다는 생각이 들었다.

다음에 중앙대학교 국악과 이수민 교수가 중심이 된 8악기 연주와 백제 불교 춤이 있었다. 백제 음악과 백제 불교 춤을 복원하여 보여주었다.

백제 불교무용의 복원

나비춤

스님들의 헌다

아직 완벽하지는 않지만 백제의 예술을 보는 것 같아 감격했다. 그렇게 노력하는 분들이 있어 백제문화는 조금씩 소생하고 있다는 희망을 갖게 되었다. 다음은 백제 풍류선무가 있었다. 이것도 의미를 잘 모르겠지만 그림 같은 데서 본 백제인의 모습을 재현하여 보여주는 것으로 매우 신기하다.

1부 행사가 끝나고 2부 행사는 세종시 문화원이 주최하는 백제대재이다. 백제대재는 경과보고, 헌다(초헌, 아헌, 종헌) 순서로 진행되었다.

9시 30분에 시작한 의식이 오후 1시 20분까지 계속되었다. 그래도 끝까지 자리를 지켰다. 1부 행사가 끝나자 스님들은 다 들어가고 내빈석도 텅 비었다. 모두 점심 공양하는 곳으로 가버렸다. 그래도 의식이니까 나는 그냥 자리에 앉아 그들의 행사를 지켜보았다. 모든 행사가 끝나고서야 산채 비빔밥을 먹었다.

돌아오는 길에 꽃잎은 흰나비처럼 날고 볕은 따갑다. 비암사와 만남은 내가 백제 산성에 애착을 갖게 된 동기이다. 비암사 불비석이나 느티나무, 삼층석탑, 극락보전의 현판, 그리고 온순하기 이를 데 없는 비암산, 비암산 너머 금이성이 있는 금성산 등은 나와는 정말 소중한 인연이다.

고복저수지에는 사람들이 많다. 메기 매운탕집 앞에는 사람들이 줄을 서 있다. 둘레길을 걸으며 스마트폰으로 사진을 찍는 5, 60대 여인들의 모습이 평화롭다.

제1,344차 운주산 비암사 백제영산대재

- 일시: 2017년 4월 15일 오전 09시 30분부터 오후 1시 20분
- 장소: 세종시 전의면 운주산 비암사
- 주관: 비암사
- 후원: 세종특별자치시, 천안 전씨 종친회, 비암사 대중 일동
- 문화행사 내용: 회심곡, 8악기 연주 및 백제 불교 춤, 백제 풍류 선무, 사물놀이

부흥백제군 발길 따라 백제의 山城 山寺 찾아

연화사는 도리원桃李園에 있었네

연화사 비로전

　연화사는 세종시 서면에 있는 자그마한 사찰이다. 복숭아밭 가운데로 골목을 따라가면 일주문 격으로 연화문이 있고, 우뚝 서 있는 비로전毘盧殿과 그 뒤로 숨은 듯이 보이는 삼성각이 전각의 전부이다. 요사채로 쓰는 양옥집이 마당 한쪽에 민가처럼 있을 뿐이다.

　연화사는 산중에 있는 절이 아니다. 봄이면 배꽃을 시작으로 복숭아꽃 자두꽃이 흐드러지게 피어나는 마을 안에 있다. 이백李白의 〈춘야연도리원서春夜宴桃李園序〉를 떠올리게 하는 무릉도원이다. 경내는 고요하다. 법당에 들어가니 비로자나석불 양쪽에 협시불처럼 무인명아미타불비상과 칠존불비상을 모셨다. 삼배를 올렸다. 마음은 진품 불비상에 있다. 몰래 사진 찍을 방법을 욕심내 보지만 그럴 수는 없다. 눈으로 볼 수 있는 것만으로도 옹골진 복이다. 뒷면을 보지 못하는 것이 안타까울 따름이다.

법당에서 나와 스님을 찾았다. 스님은 낯모르는 중생을 "차나 한잔하고 가십시오" 하고 쉽게 허락했다. 합장하는 모습이나 구김살 없는 얼굴이 고향 사촌 집에 들른 것 같다. 스님께서 손수 차를 만드는 동안 검소한 처소를 둘러보았다. 언젠가 아내와 함께 들렀을 때 신도가 한 명도 없는 법당에서 혼자 예불 드리던 모습이 생각났다. 바로 그 스님이 연화사 주지 운주스님이다.

혼자 예불 드리는 모습이 인상적이었다고 말해 보았다. 아무도 없는데 예불이 끝나기 전에 나왔던 일이 마음에 걸려 말씀을 건네어 보았다. 신도의 유무가 예불에 미칠 일은 아니라고 했다. 있는 중에도 없음이 있고 없음 가운데에도 있음이 있는 것이 불법이 아니냐고 반문해서 나를 부끄럽게 했다.

대부분의 사찰이 산중에 있는데 연화사는 마을 가운데 과수원에 있는 것이 궁금했었다. 스님은 처음 왔을 때 절집이 과수원 가운데 움푹 빠져 있는 느낌이었다고 했다. 그래서 기단을 높이는 비로전 개축 불사를 이루었다고 한다. 한창 꽃이 필 무렵 이 앞길을 지나노라면 복숭아꽃 배꽃이 만발한 가운데에 우뚝 솟아 있는 비로전의 모습이 동양화처럼 아름다웠다.

연화사에는 연기설화가 전해 내려온다. 조선말 조정에서 승려들을 공역에 동원한 적이 있었다. 한 스님이 공역을 피해서 만행을 하다가 운주산과 인연이 되어 아미타 백일기도에 들어갔다. 기도 중에 꿈속에서 부처님께서 이곳을 정해 주시어 땅을 파보니 아미타불이 출토되었다. 그래서 아미타불을 모시고 수행하게 된 것이 지금 연화사의 기원이 되었다고 전해진다. 연화사가 소장하고 있는 불비상은 2점이다. 무인명아미타불비상(보물 제649호)과 칠존불비상(보물 제650호)인데 이 불비상은 1961년 인근 쌍류리 생천사지에서 발견되었다. 설화에 전해지는 아미타불상이 지금 연화사가 모시고 있는 불비상과 일치하는지 알 수는 없다. 만약에 일치한다면 연기설화는 뒷날 연화사를 사랑하는 지역주민들이 지어낸 이야기 같다.

무릉도원은 도가道家에서 꿈꾸는 이상향이다. 그렇지만 사찰이 복숭아꽃 배꽃 피는 아름다운 동산에 있으면 안 된다는 법도 없다. 연기설화처럼 이곳에서 아미타불이 출토되었으니 이곳이 정토세계이다. 스님의 말씀을 듣고 부처님은 특별한 곳에 존재하는 것이 아니라 아미타불이 정좌한 곳이 곧 정토라는 것을 깨달았다. 산중과 산하가 다를 것이 없는 것이다.

나는 궁금한 것이 참 많다. 무인명아미타불비상 이면에는 미륵보살 반가상이 새겨져 있다. 서광암에서 발견된 계유명천불비상에는 수많은 부처님을 새겼다. 아미타신앙과 미륵신앙이 하나의 불비상에 표현된 것도 그렇고, 왜 작은 돌에 그토록 많은 불상을 새겨야만 했는지 궁금증이 꼬리를 물었다. 운주스님과 차 한 잔의 시간은 그래서 점점 길어질 수밖에 없었다.

연화사

▣ 소재지: 세종특별자치시 연서면 연화사길 28-1
▣ 문화재 지정: 무인명아미타불비상 및 대좌(보물 제649호)
　　　　　　　 연화사칠존불비상(보물 제650호)
▣ 답사일: 2016년 6월 5일

연기지역 불비상佛碑像에 숨은 한

세종시 연화사 무인명불비상 및 대
좌蓮花寺戊寅銘佛碑像 및 臺座(보물 제649
호)는 들고 다니기에는 좀 커 보였다.
높이 52.4cm, 너비 22.5cm, 두께 16cm
인 곱돌 제재이다. 인근의 쌍류리 생
천사지生千寺址에서 발견되었다. 명칭에
'무인戊寅'은 678년으로 추정된다. 앞면
에는 아미타오존상을, 뒷면에는 미륵
삼존상을 새긴 것이 특징이다. 앞면에
는 시무외施無畏 여원인與願印을 한 부
처님을 주존으로 양협시보살과 승려
상 등 오존五尊으로 구성되어 있다. 대

무인명아미타불비상과 대좌
(보물 649호)

좌는 물결무늬와 연꽃 줄기가 있고 좌우에 공양자가 무릎을 꿇고 있
다. 뒷면은 고개를 한쪽으로 약간 숙이고 커다란 오른손을 얼굴에 갖
다 댄 모습이 반가사유상임을 말해준다. 앞면에는 아미타신앙이 뒷면
은 미륵신앙이 표현되어 당시의 예불 모습을 미루어 짐작할 수 있다.

연화사칠존불비상蓮花寺七尊佛碑像(보물 제650호)도 무인명불비상과
크기는 비슷하지만 형태는 뱃머리 모양으로 약간 다르다. 높이가 무인
명불비상과 같은 52.4cm라고 한다. 같은 시대에 제작된 것으로 추정한

다. 역시 부드러운 곱돌이라 마모가 심하다. 여래좌상은 머리가 크고 시무외·여원인을 한 손이 강조되었다, 대좌는 연꽃 봉오리와 줄기로 이루어졌다.

연화사칠존불비상
(보물 650호)

　시무외·여원인은 중생을 아픔과 고통에서 벗어나게 하는 자비심을 드러낸다. 운주스님은 삼국시대 불상의 전통을 따르면서도 전환기의 양식을 보인 대표적인 예라고 설명하였다. 연기지역에서 발견되는 불비상의 공통점은 통일신라시대 작품이면서도 백제의 양식을 지니고 있고 서방정토를 주제로 한다는 점이다. 이것은 백제 멸망의 아픔과 함께 이 지역의 치열한 전투에 직접 참여한 사람들이나 그 가족과 이웃이 고통과 갈등에서 벗어나려는 소망을 표현한 것이라고 해서 공감했다.

　운주스님은 비암사에서 발견된 불비상 말고도 공주시 정안면에서 출토된 삼존불비상(보물 제742호, 동국대 박물관 소장)과 조치원 서광암에서 출토된 계유명천불비상(국보 제108호, 673년, 공주박물관 소장)이 더 있다고 설명했다. 나는 계유명천불비상에 수많은 부처님이 새겨진 것이나, 무인명불비상에 아미타불과 미륵부처님을 함께 표현한 것에 대한 궁금증을 토로했다. 스님은 아주 현실적인 의미로 대답했다. 당시 핍박받으며 쫓기는 신도들이나 군사들이 커다란 불상을 모시고 다닐 수 없는 형편이라 작은 돌에 많은 부처님을 새긴, 쫓기면서도 부처님께 의탁하려는 절실한 신앙심의 발로였을 것이라고 했다. "부흥운동으로 죽은 백제 유민, 귀족, 왕족, 역대 왕의 사후 극락왕생도 빌어야겠고, 비록 목숨은 부지했더라도 고통받는 사람들에게 미래에는 평화스러운 세상을 만들어주는 부처님도 계셔야 하잖아요." 스님의 말씀이다. 스님은 보물인 불비상을 굳이 연화사에 모시고자 한다. 박물관으로 가는 순간 부처님의 성스러움은 사라지고 예술품이 되어버린다고 여겼을 것이다.

해가 서쪽 하늘을 물들이기 시작했다. 스님은 어리석은 나의 질문에 보태지도 덜지도 않으며 미소로 답을 주었다. 삼국시대 쟁패의 역사, 백제부흥운동 과정, 불교사상이 현대에 미치는 영향에 대하여 탁월한 식견을 가지고 계셔 알아야 믿음도 단단해진다는 진리를 확신하였다. 깊은 사찰에 묻혀 있으면서도 오늘날의 정치상황도 수학공식처럼 꿰고 있어 마치 도인을 만난 듯했다.

이사명연무분별 시불보현대인경

理事冥然無分別 十佛普賢大人境

(진리와 현상은 은은하여 분별없으니 수많은 부처님과 보현보살 경시로다.)

법성게法性偈 한 구절을 외며 작고 아담한 연화사와 작별하였다. 스님은 마당에서 비로전 풍경소리를 듣는지 하늘을 바라보고 있었다. 내년 복숭아꽃이 만개할 때 다시 찾아오리라 마음먹었다.

부흥백제군의 격전지 월평동산성_(내사지성內斯只城)

월평동산성을 언제 가나 하고 벼르기만 한 것이 벌써 언제부터인가. 지금 떠나야 한다. 취재 노트를 찾아서 배낭에 넣고 카메라를 챙겨 바로 출발한다.

신탄진 쪽으로 가려면 동부우회도로로 문의까지 가서 그냥 바로 신탄진으로 달려들면 된다. 신탄진에서 대덕연구단지를 지나 갑천을 건너니 바로 월평동 월평타운아파트이다. 아파트 앞 길가 간이 주차장이 자리 한곳을 비워놓고 날 기다린다. 어렵지 않게 주차하였다. 월평타운아파트로 쓱 들어섰다. 싸락눈이 쏟아진다. 102동과 103동 사이에 산성으로 올라가는 좁은 시멘트 포장도로가 보인다.

포장도로가 끝나는 곳 습지에는 겨울 미나리가 파랗다. 서남쪽에 산성인 듯한 언덕배기가 보였다. 모롱이를 돌아가니 수렛길 양쪽으로 경작지가 무질서하다. 한 사람의 밭이 아니라 인근 시내 사람들이 조금씩 나누어서 취미로 채소를 가꾸는 것 같았다. 비닐이나 버리는 광고 현수막으로 성城처럼 경계를 지은 성터에는 옛사람들의 불신의 혼이 남아 꿈틀거리는 것 같았다. 동쪽으로 대나무 숲이 파랗게 둘러친 곳이 있고 수렛길을 한 50m쯤 돌아가니 월평동산성 올라가는 이정표가 보였다. 0.3km라고 한 것으로 보아 앞을 가로막고 있는 언덕배기가 바로 산성이라는 내 짐작이 맞았다.

정말 한 300m쯤 올라가니까 월평동산성의 안내 표지판이 보인다. 선답자들이 월평동산성이라고 했고 일부 문헌에서도 그렇게 나왔는데 여기는 이정표에는 월평산성이라 했다. 월평동산성이라고 부르는 게 맞을 것 같다. 삼국사기에 나오는 대로 내사지성이라고 하는 것도 맞을 것 같지만 아직 고증되지 않았기에 조심스럽다.

안내 표지판 양쪽으로 오솔길이 갈라졌다. 한쪽 길은 성안으로 올라가는 길이고 다른 한쪽은 성 밑으로 돌아가는 길이다. 두 길이 다 산성 가는 길이라 오르막길을 택했다. 가파른 오르막길 앞을 막아서는 높은 언덕은 분명 인위적으로 쌓은 장대지임이 틀림없다. 큼지막한 돌과 흙을 섞어 두두룩하게 쌓았다. 올라가면서 동북쪽을 살펴보니 분명 성벽이다. 흙이 덮인 위에 낙엽이 쌓이고 잡목이 마구 자라났지만 뚝 눈으로 대충 보아도 성벽이다. 낙엽은 다시 썩어 흙이 되어 흙이 점점 두텁게 덮인 것이다. 흙을 조금만 허물어 내면 저 안에 고스란히 남은 성벽이 알몸을 드러낼 것이다. 성벽으로 치면 꽤 높아 보였다. 눈짐작으로 대중해 보아도 5~8m는 되어 보였다. 비교적 가파른 산 정상 부근에 이렇게 높은 성벽이 있었다면 요새 중의 요새이다.

흙에 묻힌 남벽

언덕으로 올라보니 널따란 대지가 나온다. 평평한 정상 부분은 푸릇푸릇한 풀이 무성하다. 너비가 15~20m쯤 되어 보이는 대지가 길이 한 250m는 되게 펀펀하다. 100m 달리기 코스를 만들어도 될 것 같다. 아마도 건물이 빽빽하게 들어섰을 것 같다. 남쪽 끄트머리 두두룩한 언덕배기는 분명 장대지이다.

장대지 먼저 올라가 보리라. 다른 사람들도 이곳을 올라가 봤는지 길이 분명하다. 그렇다. 누구나 여길 오르려 한다. 산성에 함께 가보면 남자들은 대개 장대지에 먼저 오른다. 올라가는 길은 사람들 발길에 흙이 묻어나고 씻겨서 돌이 드러나 있다. 이곳은 흙과 돌을 섞어 다지고 쌓아서 높게 만들었다. 드러난 돌은 화강암으로 매우 단단해 보였다. 다듬어 각이 진 것도 있고 자연 그대로인 것도 있다. 아마도 성을 쌓을 때 나온 돌조각이나 남은 돌을 흙과 섞어 다지면서 시루떡처럼 편축하였을 것이다. 장대지에 올랐다. 키 낮은 소나무 한 그루가 자리를 차지했다. 열 평쯤 펀펀한 대지가 있다. 이곳에 장수가 머무는 건물이 있었

월평동산성 장대지

을 것이다. 그것이 장대이다. 지금으로 치면 연대장쯤 되는 장수가 된 것처럼 성안의 대지를 내려다보았다. 거기 건물이 빽빽하게 들어선 것처럼 보인다. 군사들이 이리저리 분주하게 움직이고 성가퀴에 보초를 서는 병사도 있고, 오색 깃발이 나부낀다.

여기서 갑천이 다 내려다보인다. 유성 주변의 산봉우리들이 다 눈 안에 들어온다. 이 앞의 대전에서 공주로 가는 길이 바로 눈 아래에 있다. 선답자들의 보고에 의하면 월평동산성에서 동북쪽으로 구성리산성이 있고, 서쪽으로는 성북리산성, 남으로 사정성과 연결된다고 한다. 동쪽으로 이미 답사한 질현성이나 계족산성도 있을 것이다. 그렇게 보면 백제시대에 노사지현奴斯只縣으로 불렸던 유성현의 다른 산성들이 월평동산성을 중심으로 성곽의 띠를 이루고 있었을 것이다. 신라에서 웅진이나 사비로 가는 길목이 바로 여기였을 것이다. 그러니 이 성이 매우 중요한 요새라는 것을 짐작할 수 있다. 삼년산성이 신라의 전방사령부라면 신라군이 백제를 치려면 회인을 거쳐 이곳을 지나는 것이 지름길이다. 더구나 계족산성이 신라의 손으로 넘어가는 날엔 월평동산성이 계족산성이 맡았던 사령부 노릇을 대신했을 것으로 짐작된다.

660년 의자왕이 공산성에서 나당연합군에게 항복하고 소정방에게 술잔을 올리는 수모를 보다 견디지 못한 흑치상지를 비롯한 백제 일부 장수들이 임존성에서 불같이 일어났다. 백제 군사와 유민 3만이 구름처럼 그 뒤를 따랐다고 한다. 이른바 부흥백제군이다. 662년 7월로 추정되는 시기에 현재 대전시 동구 질현성에서 부흥백제군과 나당연합군이 격전을 벌였다. 당군은 세작細作을 통해 백제의 방비가 허술한 것을 간파하고 기습적으로 공격했다. 제대로 대적하지 못한 부흥백제군은 크게 패하였다. 《자치통감》 권200 당기16 고종 용삭 2년(662) 추칠

부흥백제군 발길 따라 백제의 山城 山寺 찾아

산성 내부

월조秋七月條에 '仁願仁軌知其無備 急出擊之' 곧 당나라 장수 유인원과 유인궤가 그 무방비 상태를 알고 급히 나와서 그를 공격했다는 기사이다. 질현성 전투에서 크게 패한 부흥백제군은 그해 8월 내사지성 인근의 진현성眞峴城을 크게 보강하고 경비를 강화했다. 그래서 나당연합군에 애를 먹였는데 방비가 튼튼해지자 오히려 부흥백제군이 방심하였다. 이를 파악한 당나라 유인궤는 신라군을 시켜서 진현성을 공격하여 부흥백제군 800여 명이 전사하였다. 부흥백제군은 질현성과 진현성이 함락되자 내사지성을 근거로 하여 신라를 공격하였다. 신라는 김흠순을 비롯한 장수 19명을 동원하여 대규모 공격을 감행하였다. 삼국사기에는 부흥백제군의 공격을 "662년 8월에 백제의 잔적殘賊들이 내사지성에 모여 악한 짓을 했으므로 장군 열아홉 명을 보내어 쳐부수었다"고 하였다. 삼국사기는 부흥백제군의 공격을 '작악作惡'으로 표현하여 당이나 신라의 시선으로 해석하였음을 보여주었다. 부흥백제군은 끝까지 저항하였으나 결국 패배하고 말았다. 나당연합군이 장수 11명을 보냈어도 한 달 이상이나 버티었던 청양의 두릉윤성 전투의 패배와 유성의 내사지성 전투의 패배로 부흥백제군은 웅진과 임존성 부근의 모든 성을 함락당하고 말았다.

내사지성은 발굴하거나 지표조사는 하지 않은 것으로 보인다. 그러나 인근에 정수장 공사를 하면서 1990년 충남대학교와 공주대학교가 합동으로 약 4천여 평을 조사한 결과 백제시대 집자리, 대형 목곽과 목책을 발견하였다고 한다. 또한 석축 성벽과 나무기둥 자리 등이 발견되었다. 성벽 일부에서도 백제식 축성방법 위에 고구려식 축성법이 발견되어 세종시 부강 지역까지 진출한 고구려 세력이 유성까지 영향을 주었음을 시사하고 있다.

장대지에서 내려오면서 보니까 성안 대지 한가운데에 자치구에서 주민들을 위해 세웠는지 정자가 있는데 마치 동아시아 해변에 온 듯한 느낌을 주었다. 백제 당시를 연상할 수 있는 건물이었으면 더 좋았을 것을 그랬다는 생각이 들었다. 성벽을 따라 성안을 한 바퀴 돌았다. 동북쪽에 장대지보다 낮고 건물지보다 높은 곳이 보였다. 갑천을 내려다보는 망대이거나 작은 장대가 있었을 것으로 추정할 수 있다. 아래 내려가서 보니 큰 바위 위에 흙으로 쌓은 것으로 보였다. 북문지는 비교적 낮은 곳에 있는데 옹성의 효과를 볼 수 있도록 성벽을 어긋나게 축성했다. 청주 정북동토성에서 볼 수 있는 축성법이다. 돌아오는 길에 운동기구를 설치한 것을 볼 수 있었다. 산책하다가 운동도 하라는 배려인 것 같은데 녹슬고 먼지가 묻어 아무도 사용한 흔적은 없었다. 건물지를 함부로 파고 시설물을 설치하면 유적지는 망가지게 되어있다. 안타까운 일이다.

　월평동산성은 규모에 비해 역사적으로 매우 중요한 산성이다. 보다 깊은 관심을 가지고 고증을 거쳐 시민에게 공개되었으면 좋겠다. 장대지에 다시 한 번 올랐다가 내려오는 길에 함박눈이 내린다.

월평동산성

- 소재지: 대전광역시 서구 월평동 산 12번지 월평타운아파트 뒷산(해발 138m)
- 시대: 백제시대
- 문화재 지정: 대전시 기념물 제7호(1989년 3월 18일 지정)
- 규모: 둘레 680m 또는 745m
- 시설: 문지 3개(동문 500cm, 서문 360cm, 북문 300cm) 장대(將臺) 2개(서남쪽의 주장대와 북동쪽의 작은 장대), 집수시설, 건물지 다수
- 형식: 테뫼식 토석혼축산성
- 답사일: 2020년 2월 16일

공산성에 날리는 깃발

✳ 금서루錦西樓에서

　공산성은 문주왕 1년(475) 한성에서 웅진으로 옮겨와 성왕 16년 (538)에 부여 사비성으로 천도할 때까지 64년간 도읍지인 공주를 수호한 왕성이다. 660년 의자왕이 백제 700년 사직을 당나라 소정방에게 고스란히 넘겨준 슬픈 역사를 담은 성이다. 본래 웅진성이라 했는데 고려 때부터 공산성으로 부르기 시작했고, 조선 인조가 몽진을 다녀간 이후로 잠시 쌍수산성雙樹山城으로 불리기도 했다. 금강을 끼고 나지막한 계곡을 둘러싼 포곡식 산성이다. 축성 당시에는 토축이었는데 임진왜란 이후에 돌로 고쳐 쌓았다고 한다. 토성이 400m가량 남았고, 동서에 부속성이 있는 것이 특징이다.

공산성 금서루

　　　　　　　　　부흥백제군 발길 따라 백제의 山城 山寺 찾아

주차장에 차를 세우고 성으로 올라가는 길에서 바라보면 아름다운 금서루錦西樓와 거대한 성벽이 보인다. 금서루는 뚝눈으로 보아도 최근에 복원한 흔적이 뚜렷하다. 청주 상당산성 공남문처럼 조선시대 문루 양식을 재현하느라 애쓴 흔적이 보인다. 그런데 문루 아래 문은 출입할 수 없고 출입문은 따로 있는 것이 공남문과 다르다. 현재 출입할 수 있는 문은 본래 금서루가 있던 자리이고, 복원하면서 왜 그랬는지 문루를 남쪽으로 조금 이동한 것이다.

성석은 견고한 자연석을 사각형으로 다듬었는데 모양과 크기는 일정하거나 정교하지 않지만, 쌓기는 빈틈이 조금도 없다. 상당산성 공남문은 문루 위에서 문을 통과하는 적을 공격할 수 있도록 마루로 되어 있는 데 비해 천정에는 그림만 있다. 양쪽 성벽 위에서 공격할 수 있는 옹성甕城이 안에도 밖에도 없다. 성벽을 복원하면서 옹성을 생략한 것 같아서 안타깝다. 백제 문주왕 때 쌓은 토성을 조선시대에 고쳐 쌓았다면 복원할 때 최소한 조선시대 성곽 양식을 적용했으면 좋았을 것이다. 누각 주변 성벽 위에 성첩을 재현해 놓아서 보기 좋다.

남쪽으로 뻗은 성벽 위의 길에 올라 금서루를 보았다. 누각을 돌로 둘러싸 안에 함부로 들어갈 수 없도록 만들었다. 북으로 이제 한 바퀴 돌아내려 올 성곽과 공북루가 한눈에 보였다. 금서루를 지나 봉우리에 있는 공산성 전망대 너머로 금강과 공주의 신시가지가 눈에 들어왔다. 백제가 1,500년을 넘어 현대와 조화를 이룬 모습이 한눈에 보인다.

노란 깃발이 펄럭인다. 깃발을 자세히 보니 호랑이 그림이다. 깃을 하얀색으로 둘렀으니 서백호이다. 북에 등을 두고 남을 바라보면 우백호(서), 좌청룡(동), 남주작(홍), 북현무(흑)이다. 펄럭이는 호랑이 그림이 나를 과거로 이끄는 기분이다. 금방이라도 무령왕이 행차에 앞서 금서루 앞에서 근위병의 열병식과 행진이 벌어질 것만 같다.

성벽은 자연석을 네모나게 다듬어서 쌓았다. 역시 크기는 일정하지 않다. 바깥쪽은 축대처럼 아랫부분을 더 두껍게 쌓고 그 위에 5, 60cm쯤 줄여서 담장처럼 쌓아 올리고 안쪽을 흙으로 채워 마무리했다. 시에서 성벽 위에 따로 길을 내어 사람들이 산책하기 좋게 하였다. 넓지는 않지만 남녀가 손을 잡고 걸을 수 있는 넓이는 되었다. 어린이로부터 젊은이 노인들에 이르기까지 산책하는 시민들이 많다. 특히 젊은 연인들이 산책하면서 데이트하는 모습이 아름답다. 연인들은 스스로 왕과 왕비가 된 기분일까, 아니면 병사와 가난한 아내가 된 기분일까?

성곽 주변에는 참나무나 소나무가 많다. 바깥쪽으로는 길을 낼 수 없을만큼 가파르고 안쪽으로는 완만해서 성 어디서든지 성내로 통하기는 좋을 것 같다. 때로 안쪽으로도 경사가 급한 곳이 있어서 축성의 방법도 바깥쪽처럼 기단과 상단이 구분되어 있었다. 그래서 아래쪽의 너비와 위쪽의 너비가 차이가 크게 난다. 가파른 계단을 오르자 깃발이 주작으로 바뀌었다. 홍색 깃발이 나부끼는 사이로 넓고 평평한 왕궁지에 들어선다.

✳ 왕궁지王宮址에서

왕궁지에 올랐다. 금서루錦西樓에서 남쪽으로 우거진 숲 사이로 성벽길을 걸으면 진남루로 가는 내리막길 못미처 왼쪽으로 너른 빈터가 보인다. 몇 걸음만 걸으며 살펴도 이곳이 곧 공산성의 요지임을 바로 알수 있다. 웅진으로 천도한 백제의 왕궁이었다는 사실은 분명하게 밝혀지지 않았지만, 발굴조사 결과 건물지, 용수 저장하는 연못, 지하 저장 시설인 목곽고, 저장구덩이가 확인되었고, 삼족토기 같은 백제시대 유물이 나와서 왕궁의 가능성을 더한다. 공산성 정문인 진남루鎭南樓가 바로 아래인 것도 간과할 수 없는 일이다.

건물지에 남은 초석이 24칸, 10칸으로 비교적 큰 규모임을 말해준다. 밑에 돌을 박고 초석을 놓는 적심석 기초를 사용한 것도 웅진 천도 이후의 건물로 추정하는 근거가 된다고 한다. 출토된 수막새에 연화문이 8엽, 10엽인 것은 백제 초기의 전형적이 형식이라고 한다. 평기와에는 웅천熊川, 관官이라는 도장을 찍은 명문이 있는 것도 건물의 중요성을 강조하고 있다.

너른 건물지 북으로 장대처럼 높은 곳에 쌍수정雙樹亭이 있다. 조선 인조가 이괄의 난을 피해 공주에 파천하였을 때, 말을 타고 이곳에 올라 북쪽으로 대궐을 바라보았다고 한다. 환란이 평정되고 그 기쁨으로 나무에 금대를 두르고 벼슬을 내려 '쌍수정'이라 이름 붙였다. 통정대부 벼슬을 받은 나무는 이미 죽고 없으나 몇 그루의 고목이 정자를 호위하고 있다. 나무가 벼슬을 했다니 속리산 정이품송이나 보은 서원리 정부인貞夫人 소나무가 생각난다. 나라가 환란에 들면 임금이 마음을 의탁하는 곳은 대신이나 백성만은 아닌가 보다.

쌍수정은 인절미의 유래담도 지니고 있다. 인조가 이곳에 머무를 때 공주의 임任씨 성을 가진 한 농부가 찹쌀을 밥처럼 쪄 떡메로 쳐서 콩고물을 묻혀 진상하였다. 떡을 맛있게 먹고 임씨 성을 가진 이가 가져온 맛있는 떡이라는 뜻으로 '임절미'라 한 것이 인절미의 유래가 되었다. 백성이 임금을 위하는 마음도 도탑고, 진상하는 마음을 소중하게 받아들인 임금의 사랑도 따뜻하다.

쌍수정에서 내려와 24칸의 주건물지 남쪽에 원뿔을 거꾸로 박아 놓은 것과 같은 연못지가 있다. 연못이라 하기에는 작고 우물이라고 하기에는 커 보인다. 건물 앞에 조경을 목적으로 만들었을 수 있고, 유사시에 용수로 사용하였을 수도 있었을 것이다. 밑에서 위로 점점 넓게 안에는 점토를 박고 겉에 돌을 쌓아 사발 모양으로 만들었다. 꽤 많은 양의 물을 새지 않게 저장할 수 있었을 것이다. 물이 나지 않는 것으로 보아 길어다 채운 것이 아닌가 한다. 수백 년 내려오면서 흙에 묻혀버린 것을 1985년 발굴할 때는 유물이 쏟아져 나왔다고 하니 옛 연못이 오늘은 보물창고가 되었다.

왕궁지는 그리 넓지는 않으나 이곳에서 공주의 시가지나 송산리 고분군이 그대로 보인다. 가히 명승이라고 할 만하다. 건물이나 나무는 당시의 것이 아니라 할지라도 출토되는 기와나 토기 같은 유물은 당시를 살던 사람들의 손때가 묻은 것이다. 그들의 눈물도 영화도 다 거기에 담겼을 것을 생각하니 돌 하나 흙 한 줌이 새롭다.

공산성은 서기 475년 문주왕이 천도하여 538년 성왕이 사비로 옮겨가기까지 64년간 왕성을 지켰다. 의자왕의 아들 부여태가 굳게 지키던 사비성은 660년 7월 13일 함락되고, 태자 부여효와 의자왕이 피신해 머물던 웅진성마저 7월 18일에 항복하고 말았다. 소정방은 항복 2개월도 안 되어 의자왕은 물론 태자 효와 왕족, 귀족, 주민을 압송하여 당의 수도인 장안으로 압송했다.

웅진성은 영화도 있었지만 치욕의 왕성이다. 백제가 이렇게 빨리 나라를 내준 것은 의자왕이 당의 술수에 속았기 때문이다. 당군의 철수를 전제로 항복했으나 소정방은 철수하기는커녕 오히려 늙은 의자왕을 가두고 노략질을 했다. 신라와 당의 전승 축하연에서 의자왕이 무릎을 꿇고 술잔에 술을 따르게 했다. 뒷날 신라 문무왕이 된 태자 김법민은 신원사 고왕암에 은거했다가 소정방의 군사에게 잡혀 온 왕자 부여융 (태자였다는 설도 있음)의 얼굴에 말 위에 앉은 채로 침을 뱉었다. 얼굴에 침을 맞을 만큼 인간적 패륜을 저지른 것이 과연 누구인지 생각해 볼 일이다. 패전의 참혹한 현실은 백제 유민들로 하여금 부흥의 싹을 틔웠다. 흑지상지 장군은 노략질을 피해서 임존성으로 들어가 주민을 규합하여 부흥백제의 꿈을 꾸었다. 왕과 왕자의 치욕을 목격한 유민들이 임존성의 흑치상지 장군 휘하로 몰려들어 순식간에 3만이 되었다고 하니 당시 백제 백성들이 품은 원한의 크기를 짐작할 만하다.

공산성은 백제의 눈물과 피로 쌓은 것이다. 왕은 백성의 한을 쌓아 자신의 권력을 방어한 것이다. 인간은 왜 권력이란 걸 만들어 놓고 주인인 백성에게 피를 강요할까. 이념으로 갈등하는 것이나 권력으로 투쟁하는 것도 다 어리석음에서 나온 짓이다. 오늘은 왠지 문화에 대한 자부심보다 인간에 대한 연민으로 숙연해진다. 펄럭이는 남궁주작南宮朱雀 깃발을 바라보다가 옛사람의 발길을 따라 진남루로 내려간다. 문득 보수와 진보로 갈리어 갈등하는 정국이 안쓰럽다.

✸ 진남루鎭南樓와 만하루挽河樓에서

왕궁지에서 비탈길을 조금 내려가면 진남루이다. 시가지에서 올라오는 길이 누각 아래 문으로 통한다. 진남루는 공산성의 주요 출입문이다. 대개의 건축물이 남쪽이나 동쪽에 정문을 내는 것으로 보아 진남루가 남문이며 정문이었을 것으로 짐작된다. 기록에 의하면 삼남의 관문이었다고 하니 그럴 만도 하다. 석축 기단에 건물을 2층으로 세워 위엄을 보였다. 이 건물은 백제시대의 건물은 분명 아니고 조선 초기 성을 석축으로 개축할 때 지은 것을 여러 차례 다시 세웠다고 한다. 진남루는 그리 큰 규모는 아니지만 너른 길은 성내로 통한다. 여기서 바로 남으로 가파르게 오르면 동문인 영등루를 거쳐 광복루光復樓에 이르게 된다.

영등루로 오르면서 아래로 남쪽을 내려다보면 흙으로 쌓은 위에 돌로 쌓은 산성이 보인다. 이와 같은 축성법을 전문가들은 어떻게 설명할까. 왜냐하면 대개 토석혼축산성인 경우 아랫부분에 돌을 쌓아 튼튼히 하고 위에 흙으로 쌓아 올리거나, 외부는 돌을 쌓고 안쪽에 흙으로 채우는 경우가 많기 때문이다. 그렇다면 공산성은 백제시대에 흙으로 쌓은 성을 조선시대에 돌을 쌓아 개축했다는 말이 맞는 것 같다. 이것은 청주 상당산성도 마찬가지이다. 여기서 약 400m쯤 되는 토성이 보인다. 백제 때의 토성이 고스란히 남은 것이다. 나는 이 부분을 처음에는 겹성이라고 생각했었다. 아는 눈에만 보인다는데 무지한 내 눈을 한탄하면서도 한참을 바라보았다. 나무 계단을 밟고 올랐다. 여기는 석축한 부분처럼 돌로 아랫부분

공산성에 남은 토축산성

부흥백제군 발길 따라 백제의 山城 山寺 찾아

공산성 성가퀴

을 쌓고 윗부분을 조금 들여 쌓아 올려서 안정감이 있어 보였다. 옛날에는 토성을 쌓기 위해서 필요한 많은 흙을 어떻게 운반했을까 궁금하다.

　광복루에 오르니 가장 높은 마루에 임류각이 있고 명국삼장비明國三將碑가 있다. 이곳에서 동쪽을 바라보면 작은 산이 있고 정상에 보조 산성지가 보인다. 아마도 동서로 있다는 보조 산성 중 하나가 아닐까 한다. 북으로 비탈길을 내려간다. 청룡기는 검은색 현무 깃발로 바뀌어 어느덧 저녁 바람에 나부낀다. 해는 벌써 서산으로 기울어 숲 그늘이 어둑어둑하다. 내리막길을 빠른 걸음으로 걸었다. 경사가 급한 곳을 계단을 밟아 내려가니 바로 연지 만 하루이다. 영은사 쪽에서 내려오는 성안의 물이 강으로 빠지기도 하고, 금강 물이 성안으로 들어오기도 한다. 만하루는 전망대도 보루도 아니다. 아마도 벼슬아치들의 놀이터는 아닐까. 강 건너에서 배를 타고 만하루로 오르는 멋도 누릴 만했을 것이다. 전쟁 중에도 여인을 끼고 술을 마신 것이 옛사람이 아닌가? 그래야 호걸이라는 부러움의 대상이 되었을지도 모른다.

만하루 바로 앞이 성내 사찰인 영은사이다. 스님도 없는 절집은 고요하다. 마당 끝에 은행나무가 땅바닥에 은행을 수북하게 쏟아 놓았다. 부처님께 공양치고는 냄새가 지독하다. 공북루 앞에는 지표조사를 하고 있었다. 여기서 천오백 년 전 삶의 흔적이 쏟아져 나올지 모른다.

공산성 전망대로 오르는 길이 가파르다. 곰나루에서는 강물도 멈추었다 흐르는가. 낡은 철다리 아래 강물이 머뭇거린다. 백제 유민들의 여망이런가, 통한이런가. 잔잔한 수면을 저녁노을이 핏빛으로 물들였다. 세월 지나면 한도 아름다움으로 맺히는가 보다. 물에 잠긴 산과 사이사이 고층 아파트가 진홍대단에 놓은 자수처럼 조화롭다. 옛사람들은 이곳에서 무얼 바라 살았을까? 아낙들은 쌀 씻어 밥을 짓고 남정네는 우물 파서 물 마시며 살아가는 평범한 행복을 누렸을까. 따지고 보면 성안에 사나 성밖에 사나 예전이나 지금이나 하루 세끼 밥 먹고 자식 낳아 기르며 사는 것은 다 고만고만한 삶이 아니겠는가. 펄럭이는 검은 현무 깃발을 바라보며 산성을 돌아볼수록 발길은 무겁다.

공산성

- 소재지: 충청남도 공주시 산성동(해발 110m)
- 시대: 백제시대
- 문화재 지정: 사적 제12호
- 규모
  - 둘레 약 2,200m(석축 1,810m, 토축 390m), 높이 약 1m, 너비 3m
  - 포곡식 토석혼축 산성, 보조 산성 있음
- 답사일: 2015년 12월 6일

부흥백제군 발길 따라 백제의 山城 山寺 찾아

공산성의 호국도량 영은사靈隱寺

　공산성 북면 구릉에 금강을 바라보며 고즈넉하게 들어앉은 작은 사찰이 있다. 만하루에서 금강을 바라보다가 돌아서면 바로 거기에 영은사가 단아하다. 수백 년 묵은 은행나무가 사천왕 대신 부처님을 호위한다. 쌍수정으로 오르는 낮은 산줄기가 절집을 품에 안았다. 연지에 기다랗게 내 그림자를 드리우고, 진홍대단에 공주대학교를 수놓은 금강을 뒤로하며 영은사로 건너간다. 마당이 넓다. 마당 끝에 은행나무는 정진의 열음을 노랗게 쏟아 놓았다. 밟으면 냄새가 지독한데 스님은 왜 썩어가는 은행을 쓸어내지 않았을까? 껍데기 속에 숨어 있는 무한한 해탈을 기다리는 것일까?

　관일루는 금당인 원통전을 뒤에 숨겼다. 영은사가 승병을 양성하던 사찰이었다면 관일루는 호국 의기를 불법으로 벼리려 모여든 스님들의 강당이었다. 임진왜란 때는 승병들의 합숙소로 쓰이기도 했으며 여기서 조련된 승병들이 영규대사의 지휘 아래 금산 전투에 참여했다고 한

영은사 심우도

다. 광해군 때부터 승장을 두어 승병을 관장하게 했다는데, 한양을 수복하는 데 공을 세운 서산대사, 평양성을 수복하는데 결정적인 역할을 한 사명대사, 청주성을 수복한 영규대사가 대표적인 승장이었다. 과연 영은사는 호국불교의 성지라고 할 만하다.

관일루는 이름처럼 금강에서 떠오르는 해를 바로 바라볼 수 있다. 금강 건너 푸른 산 아래 공주대학교 캠퍼스가 아름답다. 편액은 '觀日樓'가 아니라 '靈隱寺'라 걸려 있다. 편액이 걸린 전면 벽에 심우도尋牛圖를 그렸다. 불화는 대개 측면이나 후면에 그리는데 전면에 그려 놓으니 마당에서 행자가 소를 찾아가는 모습을 그림으로 보면서 견성의 과정을 바로 알 수 있어 좋았다. 심우尋牛, 견적見跡, 견우見牛, 득우得牛, 목우牧牛, 기우귀가騎牛歸家, 망우존인忘牛存人, 인우구망人牛俱亡, 반본환원返

영은사 원통전

부흥백제군 발길 따라 백제의 山城 山寺 찾아

本還源, 입전수수入塵垂手란 노정에서 나는 어디를 헤매고 있을까? 환갑 지난 나이에도 소를 찾을 엄두도 못 내고 서성이고 있으니 내게 도道란 푸른 하늘에 뜬구름일 뿐이다.

관일루 뒤로 돌아가니 바로 원통전圓通殿이다. 정면 3칸의 작고 아담 한 전각이 충청남도 문화재 자료 제51호이다. 관일루나 요사채의 단청 도 아름답지만 원통전 단청은 더 아름답다. 법당 안에는 관음보살을 본존불로 모셨다. 목조관음보살좌상도 유형문화재이고, 아미타 후불탱 화, 월성탱화, 신중탱화, 독성탱화, 산신탱화 등 불화 5점이 모두 문화 재나 문화재 자료로 지정받은 소중한 유물이다. 관음보살님이시여! 세 상 모든 아픔의 소리를 다 들어 살펴주소서.

영은사는 조계종 마곡사의 말사이다. 안타까운 것은 사적기가 없어 사찰의 기원을 알 수 없는 일이다. 조선 세조 때 사액 사찰로 지었다는 기록이 전하지만, 사실은 백제 때 사찰이라고 전설처럼 전해 내려온다. 탑재와 초석은 통일신라시대의 양식이라고 한다. 분명 백제 때 왕궁의 내불당의 역할을 했겠지만 기록은 없다. 다만 조선시대에 승병 양성의 호국사찰이었던 것만은 틀림없다.

역사는 삶의 족적이고 후세에 대한 가르침이다. 그 족적이 공이든 과 든 적의 발걸음이든 나의 발걸음이든 현재의 내디딤의 방향을 일러준 다. 그런데 승자는 패자의 족적을 지우고 싶어 한다. 옛 족적이 아름 다울수록 오히려 더 깨끗이 지워버리려 한다. 그러나 여기 무수히 밟 혀 뭉그러진 은행알이 미래라는 가능성의 열매를 기약하듯 역사는 누 구도 밟아 뭉갤 수 없는 해탈의 씨알을 품고 있는 것이다. 산 그림자가 어둑어둑 내려앉은 절집은 붉게 타는 강물만 무심히 바라본다.

영은사

- 소재지: 충청남도 공주시 금성동 11-3 공산성 내부
- 시대: 1457년(세조 연간)
- 문화재 지정
  - 영은사 원통전(충청남도문화재 자료 제51호)
  - 영은사 청동범종(충청남도유형문화재 제161호)
  - 영은사 목조관음보살좌상(충청남도유형문화재 제160)
  - 영은사 아미타후불탱화(충청남도문화재 자료 제376호)
  - 영은사 칠성탱화(충청남도 문화재 자료 제377호)
- 개요: 대한불교조계종 제6교구 마곡사의 말사
- 답사일: 2015년 12월 5일

부흥백제군 발길 따라 백제의 山城 山寺 찾아

부소산성扶蘇山城과 사비의 꿈

　부소산성에 가면 낙화암이 먼저 생각난다. 산성이라는 건 까맣게 잊어버린다. 백화정에서 사진 찍고, 낙화암에서 삼천궁녀가 하얀 옷을 입고 낙화가 되어 백마강으로 몸을 날리는 모습을 그리다가, 고란사 감로수로 깔깔한 목을 축이고 돌아서는 게 전부이다.

　여름도 한풀 꺾이는가 싶은데 아직도 이마에 볕은 짠들짠들하다. 나의 알량한 상식은 성곽의 윤곽도 그리지 못하는데 부여군에서 발행한 안내서에는 산책길 위주로 되어있었다. 부소산성은 유네스코 세계문화유산으로서 문화적 자부심보다 시민의 산책길이라는 생각이 일반화되

부소산성

어 있는 것 같았다. 그래도 성곽의 윤곽을 짐작할 수 있어 답사에는 도움이 되었다.

부소산성은 백제 동성왕 때(500년) 산봉우리에 테뫼식 산성을 쌓았는데, 그 후 성왕 16년(538년) 천도를 전후하여 개축되었다고 한다. 물론 백제의 왕성인 사비泗沘를 수호하기 위한 산성이라는 것은 누구나 짐작할 수 있다. 부소산성은 웬만한 다른 성과 다르다. 테뫼식 산성도 포곡식 산성도 아니다. 정상부를 빙 돌아 쌓은 테뫼식 산성과 포곡식 산성이 합쳐진 이중의 성이다. 현재 관광안내소에서 삼충사, 영일루, 궁녀사를 잇는 테뫼식 산성과 구드레조각공원에서 백화정을 거쳐 백제관광호텔로 내려가는 포곡식 산성이 연결되었다. 총 길이 2.5km 정도이지만 외곽을 방어하는 나성과 연결하여 거대한 왕성을 이루어낸 것이다. 또 가까이에 청산성과 청마산성이라는 보조 산성도 갖추고 있어

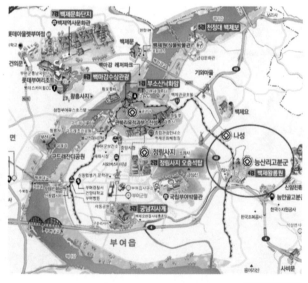

부여나성 지도

부흥백제군 발길 따라 백제의 山城 山寺 찾아

공산성과 함께 왕성으로서의 성곽 발달사에 중요한 의미를 지닌다.

부소산문으로 들어가 삼충사, 영일루, 조룡대, 고란사에 이르는 길을 택하기로 했다. 삼충사를 지나자 토성의 윤곽이 드러나 보인다. 삼충사를 뒤로 영일루 쪽으로 돌아가는 토성이다. 가슴이 뭉클하도록 반가웠다. 나무가 울창하고 지난가을 낙엽이 쌓여 자세히 확인할 수는 없었다. 부소산성은 흙으로만 쌓은 것이 아니라, 밑에 커다란 돌을 쌓고, 위에 흙을 쌓은 것을 육안으로도 확인할 수 있었다. 토성의 단면을 잘라보면 아래로부터 네 층으로 되어있다고 한다. 맨 아래층은 붉은색의 진흙으로 판축했는데 바깥쪽에는 4단의 석축이 남아 있다고 한다. 판축이란 시루떡을 만들 때처럼 흙을 다지며 한 층씩 쌓아 올리는 방법이다. 맨 위층에서는 조선시대의 유물이 출토되어 백제시대부터 조선시대까지 수축과 개축을 거친 것을 확인할 수 있다고 한다. 기록에 전하는 전체 성벽 규모는 높이 내면 7.6m, 외면 3.4m, 너비는 8.6m이다. 1,500년 세월 비바람을 견디어 오늘까지 토성의 흔적이 뚜렷한 것을 보면 당시의 축성 기술을 짐작할 만하다.

영일루로 올라가는 이정표를 버리고 성 위로 난 흙길을 따라 걸었다. 이렇게 윤곽이 뚜렷한 토성을 왜 전에는 보지 못했는지 모르겠다. 나무를 베고 잡초 대신 잔디를 심으면 누구나 쉽게 알아볼 수도 있고 보존도 될 것이라고 생각했다. 여기저기 살펴보니 백마강 쪽으로 가는 포곡식 성과 군창지 뒤편으로 가는 테뫼식 산성이 보였다. 여기가 테뫼식 산성과 포곡식 산성이 갈라지는 말하자면 산성의 사거리였다. 나는 너무나 신기해서 한참을 이곳에서 서 있었다.

나무가 우거져 서늘한 숲길로 궁녀사, 사자루 쪽을 향하여 천천히 걸으며 사비로 천도하면서 그렸을 성왕의 꿈과 무너진 백제를 상상하니 마음은 더욱 헝클어진다.

궁녀사, 사자루를 지나 백화정에 이르렀다. 백마강은 흐르는지 머무는지 고요하기만 하다. 강물도 한 맺힌 부소산성을 안고 바로 흘러가지 못하는 것인가. 유람선은 관광객조차 끊어져 선착장에 한가하다. 강 건너 들녘에 초가을을 맞은 농작물은 옛날을 기억이나 할까. 평화롭기만 하다.

백화정에는 오르지 않았다. 백화정 아래 돌에 새긴 낙화암 전설이 마음 아프다. 삼천궁녀의 안타까운 전설은 어디서부터 전해졌는지 모르지만 믿고 싶지 않다. 당시 백제, 신라, 고구려, 일본, 당의 관계가 오늘날 극동의 갈등만큼 미묘하고 복잡했는데, 태자 때부터 해동증자라고 불린 의자왕이 술에 취해 삼천궁녀와 흥청거렸다는 것은 있을 수 없는 일이다. 진실로 있었던 사실이라고 증명할 사람은 없다. 궁녀 삼천이 낙화암에서 몸을 던졌다는 전설은 삼천궁녀의 충절과 절개를 돋보이려 했다면 과장이고, 의자왕의 실정을 드러내려 했다면 왜곡이다. 의자왕이 받은 천오백 년 수모만도 분한데 옛 왕성에 돌에 새겨 놓은 저의가 안타깝다.

백마강의 유래는 더 분하고 억울하다. 백제 무왕이 용의 아들이라 용이 되어 강에 살면서 부소산성을 지키기 때문에 소정방이 아무리 해도 부소산성을 함락시킬 수 없다 하여 백마의 목을 잘라 미끼로 삼아 조룡대에서 용을 낚아 죽이고 부소산성을 함락시켰다 하여 백마강이라고 했다는 유래담은 차마 민망해서 귀에 담을 수조차 없다. 안내서나 안내 표지판이나 안내원의 설명에 소정방의 시각이 보여 섭섭했다.

부소산성 테뫼식토성

부소산성 토성

의자왕이 패륜 정치를 했다고 보기는 어렵다. 다만 신라와 당나라가 가까워지는 사이 외교경쟁에서 실패했다고 생각하면 맞을 것 같다. 아니면 김춘추를 중심으로 신라 조정의 세작을 통한 공작 정치에 말려들었다고 본다면 의자왕의 무능을 탓할 수 있다. 멸망한 나라의 역사가 긍정적이고 온전하게 기록되기까지는 바랄 수 없지만 지나치게 왜곡하고 폄훼하여 기록되는 것이 안타깝다. 낙화암에서 백마강을 바라보며 혹 몇몇 궁녀나 왕녀들, 귀족의 부인이 몸을 날려 삶의 최후를 맞이했을지도 모른다는 생각이 들어 가슴이 서늘해졌다.

낙화암 삼천궁녀의 전설이 거짓이거나 과장이라고 생각하면서도 고란사 극락보전에 삼배를 올리며 꽃처럼 몸을 날린 여인들의 명복을 빌었다. 법당을 돌아 고란정으로 가면서 백제의 중흥을 꿈꾸다가 어이없이 최후를 맞은 성왕에 대한 안타까움과 함께 찬란했던 문화가 한꺼번에 기울기 시작한 백제에 대한 향수로 우울함을 견딜 수 없었다.

성의 외벽은 상당히 높고 가파른 모습이 그대로 남아 있다. 이곳에서 백마강을 건너오는 적을 방어할 수 있도록 되어있다. 이처럼 부소산성은 중요한 요새였다. 성안에 군창지와 건물지들이 많은 것으로 보아 유사시에는 군사적인 목적으로 쓰였고, 평상시에는 왕과 귀족들이 아름다운 경관을 즐기는 비밀스러운 정원으로 사용되었을 것이다.

오늘날처럼 중장비가 있는 것도 아닌데 이런 요새를 만들기 위해서 얼마나 많은 인력이 동원되었을 것인가? 세계문화유산으로 등재되었다고는 하지만 동원된 백성의 고충을 생각해 보면 안타깝기 그지없다. 물론 축성의 기술이라든지 발굴되는 여러 가지 유물 같은 것을 보면 높이 평가될 만한 일이다. 성을 보고 당시 사회, 정치, 경제 등 모든 면을 짐작하여 묻혀 있는 백제 역사를 다시 찾아낼 수 있는 것도 모두가 이러한 문화유산의 덕이기는 하다.

부소산성에서 나와 사비의 중심가에 성왕의 동상을 찾아가 보았다. 지금까지 저렇게 늠름하게 앉아 있다면 어떨까? 부질없는 생각이다. 백제대향로 조형물 앞에서 우회전하여 나성 복원 공사 현장에 갔다. 낙화암 전설과 백제 역사에서 안타까운 평가를 받는 의자왕을 생각하니 돌아서는 마음이 가볍지 않다.

백제여! 성왕의 꿈이여! 의자왕의 한이여!

부소산성

- 소재지: 충청남도 부여군 부여읍 쌍북리
- 시대: 백제시대
- 문화재 지정: 사적 제5호
- 규모: 둘레 2,500m, 높이는 내면 7.6m, 외면 3.4m, 너비는 8.6m
- 답사일: 2016년 8월 24일(아내 송병숙 동행)

고란사 아미타여래는 미소가 없네

부소산성을 돌아보는 중에 반드시 들러보게 되는 사찰이 있으니 고란사이다. 부소산에 갈 때마다 들렀다 오지만 그때마다 새롭다. 낙화암에 있는 백화정에서 돌아 오른쪽으로 돌계단을 밟고 10여 분 내려간다. 내려가는 돌계단이 싫은 사람은 백화정에서 백마강만 바라보다가 그냥 돌아가 버린다. 조금만 내려가면 가까이에서 아름다운 백마강을 볼 수 있는데 말이다. '삶은 은총의 돌계단 어디쯤'이라 하지 않는가?

돌계단을 조심스럽게 밟고 내려가니 1천5백 년 백마강을 바라보고 서 있는 사찰이 바로 눈에 들어온다. 고란사는 그 연혁이 분명하지 않다고 한다. 백제 때 왕들이 기도하던 내불전이라고도 하고, 백제 멸망 이후에 왕과 대신들의 놀이터였던 것을 삼천궁녀의 영혼을 위로하기 위해서 지었다고도 한다. 대부분 신라 사찰이나 백제 사찰의 경우 원효대사, 의상대사 등의 고명한 스님들의 창건기나 연기설화가 존재하는데 고란사는 그 설이 분분하다. 부여군에서 발행한 안내서에는 고려시대에 삼천궁녀의 넋을 위로하기 위해 지었다고 되어있었다. 그러나 아마도 백제시대 왕들의 내불전이라는 말이 맞을 것 같다. 고란사 연혁이 제대로 전하지 않는 현실만 봐도 땅에 묻힌 백제의 역사가 안쓰럽다. 웅진에서 64년, 천도 후 멸망할 때까지 사비시대(538~660) 122년의 왕궁지도 제대로 전해지지 않으니 말이다.

부흥백제군 발길 따라 백제의 山城 山寺 찾아

고란사 극락보전

고란사 심우도

절이 앉은 자리는 그리 넓지 않지만 바로 앞에 백마강이 있어 답답하지 않다. 절 바로 아래 백마강 유람선 승선장이 있어서 오는 손님을 맞기는 편하겠지만, 스님은 세속의 시끄러운 소리를 들으며 염불을 외야하는 어려움이 있을 것 같다. 더구나 유람선 안내 방송이나 음악소리가 더 시끄럽다. 일체유심조一切唯心造라 하니 날마다 들으며 부처님의 가르침으로 삼으면 어지러울 까닭도 없을 것이다.

고란사 당우는 단순하다. 본전으로 극락보전이 있고, 영종각이 있다. 뒤편으로 삼성각이 바위 위에 간신히 몸을 의지하고 붙어 있었다. 극락보전은 정면이 7칸 측면이 5칸으로 주변의 공간에 비해 비교적 큰 편이었다. 겹처마로 팔작지붕이다. 단청이 곱다. 벽에 그린 불화 심우도尋牛圖가 아름답다. 진리를 찾아 떠나는 동자의 모습이 갸륵하다. 종각은 대부분의 사찰이 범종각이라 하는데 영종각靈鐘閣이라 이름 지었다. 영종각은 비교적 높이 있어서 종소리가 강을 어루만지며 이 땅에 스며있는 모든 백제 영혼의 울분을 달랠 만하다. 삼천궁녀의 죽음이 사실이라면 백마강에 잠긴 한스러운 영혼들이 위로받을 수 있었으면 좋겠다.

고란사는 조용하다. 본전인 극락보전은 열려 있으나 스님은 자리를 비웠다. 마당가에 기념품 가게 여인은 절을 찾아온 관광객을 상대로 흐트러진 이야기로 흥겹다. 마당을 가로질러 오른쪽 계단으로 바로 극락보전으로 향했다. 백제의 산성은 대개 사찰을 품고 있고 아미타여래를 모신 극락보전이 본전이다. 백제 유민들의 한이 얼마나 크면 백제지역의 고찰들은 대부분이 극락보전일까. 본존 부처님인 아미타여래는 미소가 없다. 아미타부처님 오른쪽에 대세지보살은 오른손을 가슴까지 올리고 왼손은 무릎 위에 올려놓았다. 아미타부처님 왼쪽에는 흰색의 관음보살이 앉았다. 양식은 약간 다르다. 두 손 모두 무릎 위에 올려놓았고 왼손에 병을 들었다. 중생을 위한 약을 담은 병인가? 후면으로 수많은 나한상이 있다. 아마도 극락왕생을 위하는 신도들의 기원이 담기었을 것이다.

촛불이 꺼지지 않은 것으로 보아 스님은 멀리 가지는 않은 것 같다. 삼배를 올렸다. 삼배를 올리면서 어떤 생각이었을까? 이번만은 정말 가족 생각을 하지 않았다. 성왕이나 의자왕의 한을 생각했다. 성왕이 어이없이 변을 당했던 옥천 구진벼루 냇가에 서 있는 유적비나, 고산사에 있는 의자왕 위령비가 그려진다. 언제라도 땅에 묻혀버린 백제의 역사가 고물고물 솟아올라서 이 하늘 아래 퍼져 나가길 기대했다.

영종각을 돌아 고란정으로 갔다. 바위 석벽 저 아래에 아득하게 물이 괴어 있었다. 물은 마시기만 하고 담아가지는 말라고 적혀 있다. 맞아, 물은 담아가서는 안 된다. 자루가 기다란 구기를 들어 물을 길어 올렸다. 키가 작은 사람이나 어린이들은 물을 뜨다가 사고가 날 우려도 있어 보였다. 물을 한 모금 마셨다. 시원하다. 그러나 속까지 시원해야 하는데 그렇지 못하다. 그냥 가슴이 서늘하다. 부처님의 은혜는 이렇게 서늘한 것인가? 물을 담아가지 말라는 말을 어기고 배낭에 있는 물병에 담았다. 병에 물은 떨어지고 얼음 덩어리만 있었기에 부처님의 은혜를 담아가듯 담았다. 그러나 큰 욕심은 내지 않았다.

삼성각에는 가지 않았다. 극락보전 벽에 그려진 심우도를 보다가 아쉬움을 남긴 채 마당으로 내려왔다. 스님이 계셔서 다만 한 5분이라도 사찰과 부소산성의 연유를 듣고 싶었다. 스님은 자리를 지키며 신도나 탐방객에게 말씀을 주셔야 한다. 스님은 부처님의 제자이고 대중의 스승이다. 그래서 대중을 부처님께 인도하는 길잡이가 되어야 한다. 대중이 원하는 곳에 존재해야 한다. 스님은 부처님과 대중을 이어주는 나무(world tree)가 되어야 한다. 스님은 대중의 영혼에 영양을 주는 영양사가 되어야 하고, 대중의 영혼을 맑게 헹구어주는 세탁사가 되어야 한다. 그래서 스님은 법문을 거부하거나 피해서는 안 된다. 스님의 말씀은 부처님의 은혜를 대신 전하는 고란정 물맛이어야 한다. 스님도 못 뵈었는데 고란초가 다 무슨 소용이고 조룡대가 다 무슨 소용인가?

기념품 가게 여인은 아직도 절 마당을 서성이고 있다. 스님 대신 그녀에게 합장했다. 그녀도 손을 모은다. 가슴은 텅 비었는데 몸은 무거워 돌계단을 힘겹게 올라 부소산문을 나왔다.

고란사

- 소재지: 충남 부여군 부여읍 쌍북리 산 1번지
- 시대: 백제시대
- 문화재 지정
  - 고란사(충청남도 문화재 자료 제98호)
  - 고란사 목조아미타여래좌상(충청남도 문화재 자료 제418호)
- 개요: 대한불교 조계종 제6교구 마곡사의 말사
- 답사일: 2016년 8월 24일(아내 송병숙 동행)

부흥백제군 발길 따라 백제의 山城 山寺 찾아

임존성任存城에서 발흥勃興 백제부흥운동

✳ 임존성 가는 길

　예산에 있는 임존성은 서천 건지산성, 세종시 운주산성, 홍성 학성산성, 홍성 장곡산성, 부안의 우금산성 등과 함께 부흥백제군의 주요 거점으로 알려진 주류성으로 추정되고 있다. 말하자면 멸망한 백제 부흥을 위한 임시정부 수도라고 할 수 있다. 주류성은 백제 왕족 복신, 승려 도침, 흑치상지 장군 등이 전열을 재정비하고, 신라군의 군량 수송로를 차단하여 나당연합군을 괴롭히던 거점이라고 한다. 또 일본에 있던 왕자 부여풍을 모셔와 왕통을 이은 부흥백제의 왕성으로 알려져

다시 쌓은 임존성

있다. 그리고 백제 부흥에 실패한 최후의 삼천여 명이 토굴 안에서 몰살을 당했다는 전설도 전해진다. 일본서기에 전하는 주류성의 확실한 위치는 아직도 고증해내지 못하고 있다. 임존성이 부흥백제의 왕성은 아니라 할지라도 백제부흥운동의 시발점이 되고 중요 거점이었던 것은 부정할 수 없을 것이다. 궁금증을 견디지 못하고 실제로 주류성일지도 모르는 임존성을 찾아 나섰다.

임존성 가는 길은 봉수산 자연휴양림에서 가파른 등산로를 약 1시간 정도 올라 성의 북장대지에 이르는 방법도 있고, 봉수산 대련사에서 서북쪽으로 오르는 오솔길도 있다. 대련사에서 오르는 오솔길을 택했다. 안내판은 해묵어 글자가 희미하기는 했지만 상세하게 기록되어 있었다. 지난밤 내린 눈으로 길이 약간 질척거렸다. 길은 가파르지도 않고 메마르지도 않아서 걷기에 좋았다. 어제 내린 눈이 군데군데 녹지 않았지만 날은 포근하였다. 미세먼지도 산이라 심하지 않았다. 올라갈수록 오솔길엔 솔잎이 깔리고 낙엽이 있어 양탄자를 밟는 느낌이었다.

오솔길 왼쪽으로 사람들이 살았던 흔적이 있었다. 감나무, 오래 묵은 뽕나무, 앵두나무가 있었다. 집터였는지 우물터와 축대도 보인다. 사람들이 살림을 살던 터전일까? 군사시설이었을까? 사찰의 부속건물일까? 농지로 판단되는 곳은 보이지 않아 민간의 터전으로 보기는 어려웠다. 그냥 궁금증만 뒤로 하고 올라갔다.

임존성은 대련사에서 멀지 않았다. 20분 정도 천천히 걸으니 남문지에 도착할 수 있었다. 대련사가 백제부흥운동의 주역인 도침대사가 세운 절이니 임존성에 가까이 있을 수밖에 없었을 것이다. 임존성에 오르

임존성 개념도

면 백제부흥운동을 주도했던 도침대사를 생각하지 않을 수 없다. 대련사를 세운 도침대사는 백제가 멸망하자 왕족이던 복신과 함께 일본에 있던 왕자 부여풍扶餘豊을 왕으로 삼아 독립 국가로서의 면모를 갖추도록 하고 백제부흥운동을 전개하였다. 승려인 도침은 복신과 흑치상지와 더불어 백제의 유민들을 모아 임존성에 운집하였다. 그리고 나당연합군에 저항하여 그 세력을 점차 넓혀갔다. 흑치상지가 당나라로 끌려가는 귀족의 무리에서 빠져나와 임존성에서 백제부흥의 깃발을 들자 금방 3만의 군사가 모여들었다. 당나라 장군 유인궤도 무시하지 못하였고, 한때 옛 수도 사비성을 포위할 정도로 위세를 떨쳤다. 그러나 도침은 백제부흥운동을 함께 주도해 오던 왕족 복신과의 반목으로 그에게 도리어 죽임을 당하였다. 게다가 흑치상지가 유인궤에게 포로가 되어 당에 들어가 전향하여 도리어 부흥군을 공격하는 데 앞장섰다. 부흥군의 세력은 점점 약화되었다. 지세를 잘 아는 흑치상지의 공격으로 임존성이 함락되어 부흥백제는 내리막길을 걷게 되었다.

복신의 부흥운동은 백제가 아니라 왕족으로서 영화에 목적을 둔 것이 아닌가 싶다. 정권이 사리와 사욕을 바탕에 두면 금방 허물어진다. 정당한 정권이 아니라 남을 지배하려는 패권이 되기 때문이다. 정당한 정권은 백성에게 사랑을 나누어주고 하늘의 은총을 얻어 성공한다. 진심으로 하늘의 뜻을 얻고 백성에게 감동을 주는 방법은 예나 지금이나 다를 바가 없는데 일단 정치에 손을 대면 눈이 멀어버린다. 답답한 노릇이다.

✳ 임존성은 복원 중

성벽이 보이기 시작한다. 남문이다. 남문은 약간 서쪽으로 치우쳐 있었다. 어느새 나는 너른 남문지에 서서 여전히 아름다운 백제의 산하를 내려다본다.

정남 쪽은 구릉이라 성내로 통하는 정문이 될 만한 길을 낼 수 없을 것 같았다. 남문을 정문으로 본다면 정문치고는 좁은 편이다. 성의 규모가 꽤 큰데도 성문이 작은 것은 특이한 현상이다. 그런데도 문의 양쪽을 바깥쪽으로 튀어나오게 쌓았다. 작지만 치성雉城이다. 서쪽 성벽은 7~8m 정도로 상당히 높아 보였고 거의 원형이 남아 있었다. 고증이 어려웠는지 서쪽 성벽을 복원하면서 이곳 치성 부분은 다행히 그냥 두어서 무너지기는 했지만 옛 모습을 그대로 볼 수 있었다. 성벽에는 잡초가 우거져 있다.

문지를 지나 산기슭으로 올라가면서 동쪽으로는 큰 건물이 있었는지 대지가 넓다. 아마도 최근까지 건물이 있었던 것으로 보인다. 문루인지 다른 건물의 잔재인지 기왓조각이 여기저기 흩어져 있다. 안내도에서 보여주는 것처럼 건물은 한두 동이 아니라 큰 건물 작은 건물이 밀집되어

부흥백제군 발길 따라 백제의 山城 山寺 찾아

있었던 것 같다. 주건물, 부속건물, 망대가 있어 이곳이 대련사와 통하고 외부와 연결되는 중심 통로가 아닌가 한다. 대개 건물이 성의 중앙부에 있는 데 비해 임존성은 남문 부근에 있던 것으로 보여 특이했다.

예산군에서 공원으로 조성하여 공원 안내판이 있고 벤치도 있다. 벤치에 앉아 점심으로 가져온 빵을 먹었다. 빗방울이 몇 방울 떨어진다. 남문 근처 높은 곳에 올라 주변을 바라보았다. 새로 복원하여 쌓은 서쪽 성벽이 북으로 뻗어있다. 성벽은 뚜렷하지만 정말 고증을 통해서 복원한 것인지 의심스럽다. 보기에는 좋았다.

본래 축성 방법을 살피기 위해 아직 원형이 유지되고 있는 성벽 아래로 내려갔다. 산딸기 덩굴이 얼굴을 후리더니 가시덤불이 바지를 잡고 놓아 주지 않는다. 멀리 이곳까지 무슨 이유인지도 모르고 끌려와서 싸우다 죽은 당나라 군사의 원혼은 아닐까. 백제를 그리는 내게 반감을 드러내 보이니 말이다. 옛 축성의 방법을 알아볼 수 있을 만큼 원형이 유지되어 있는 곳이 있었다. 반갑다. 축성에 쓰인 성석은 화강암으로 매우 단단하고 무거워 보인다. 높이는 3~5m 징도 될 것 같다. 물론 성루 위쪽의 너비도 2m쯤 되었다. 성석은 일정하지 않고 아주 작은 것에서부터 너비가 60~90cm, 두께가 30cm 정도 되는 큰 돌도 있었다. 이렇게 크고 작은 돌을 엇갈리게 쌓았고 중간중간 쐐기가 될 만한 작은 돌을 끼워 넣어 쉽게 무너지지 않게 했다. 성벽은 속을 단단히 다지고 바깥을 돌로 쌓는 이른바 외축내탁外築內托 방식으로 쌓았다. 돌의 너비나 두께가 일정하지 않아도 돌을 다듬어 쓴 것 같은 흔적이 보인다.

남문 근처의 축성 방법은 특이하다. 성벽을 둥그스름하게 둘러쌓은 것이 아니라 일정 부분에서 각지게 쌓았다. 쉽지 않았을 텐데도 이렇게 쌓은 이유는 무엇일까? 성이 더 견고하거나 치성의 역할을 하도록

한 것으로 추측되었다. 무너진 돌 하나하나마다 백제인의 손길이 간 것이라고 생각하니 신비스럽다. 돌 하나하나를 들어 올려 정으로 쪼고 망치로 때려 다듬어서 쌓기 좋으면서도 견고하게 손질을 하였으리라. 돌마다 그들의 피와 땀이 배어나는 것 같다. 돌에 배인 얼룩은 천년 세월을 지나도 지워질 수 없는 백성의 한이었을지도 모른다.

　풀을 잡고 잡목 가지를 움켜쥐면서 간신히 성벽 위로 올라섰다. 성에 대해 자세히 공부해 두지 않은 것이 후회되었다. 다시 성벽 위로 올라와 산책로처럼 나 있는 서쪽 성벽 위를 걷는다. 여기부터 멀리 보이는 망루 5까지는 최근에 복원된 모습이 뚜렷하다. 가능하면 원래 모습으로 복원하려고 애쓴 흔적이 보인다. 성석의 크기가 공장에서 찍어낸 것처럼 일정하지 않은 점, 가로줄 세로줄을 맞추어 쌓지 않은 점, 중간중간 쐐기돌을 넣어 무너지지 않게 쌓은 점 등이 눈에 띈다. 그래도 말끔하게 단

허물어진 남문

부흥백제군 발길 따라 백제의 山城 山寺 찾아

장된 성이 달갑게 보이지 않는 것은 옛 성에 대한 나의 집착인지도 모른다. 아무튼 지방자치단체의 노력을 가상히 봐줘야 할 것 같다.

새로 쌓은 성벽 위를 걷는 것은 산책 이상의 큰 의미는 없는 것 같다. 그래도 전망이 좋고 길이 좋아 걸을 만했다. 광시면 마사리 쪽으로 통하는 수렛길이 나 있는데 시멘트로 포장되어 자동차도 다닐 수 있을 것 같다. 이곳으로 행사 때 차량이 올라오는지 도로에서 바로 올라오면 아주 널찍한 공간이 있고 이곳에 백제의 역대 왕에 대한 제향을 지내는 제단도 마련되어 있다. 근처에 우물지가 있다는 이야기를 들어서 이리저리 살펴보았는데 우물터라기보다도 최근에 다시 만들어 놓은 것 같은 우물을 발견할 수 있었다. 여기서 망루 1, 북문지, 북장대지로 직접 통하는 지름길이 나 있었으며 건물이 있었을 것으로 예상되는 빈터가 보인다.

이곳에 백제복국운동기념비와 제단이 마련되어 있다. 아마도 백제 부흥군의 넋을 위로하는 제사를 지내는 모양이다. 제단의 규모로 보나 여러 가

남문 부근 치성

지 정황으로 보아 세종시 비암사에서 시행하는 백제대재처럼 큰 행사는 되지는 못하는 것으로 생각된다. 제사는 규모가 크든 작든 정성을 다해야 한다. 옛 성의 복원도 성벽만 다시 쌓을 것이 아니라 성에 묻힌 역사를 복원해야 한다. 임존성은 복원 중이다. 성벽이든 전쟁의 흔적이든 백제 유민의 정신이든 제대로 복원되기를 간절히 빌며 묘순이 바위로 향한다.

✳ 묘순이 바위 전설과 백제 부흥의 꿈

현재 복원이 끝난 부분의 중간쯤에는 묘순이 바위라는 전설이 담긴 바위가 있다. 묘순이 바위는 성벽에서 바위가 밖으로 툭 튀어나왔다. 말하자면 바위가 성벽 속에 박혀 있는 모양을 하고 있는 것이다. 이것이 본래의 위치대로 복원한 것인지 복원하면서 묘순이 바위를 성벽 속으로 넣은 것인지 확실히 알 수가 없다. 아마도 원형대로 복원한 것이라 생각하는 것이 마음 편할 듯하다.

<묘순이 바위 전설>

예산군 대흥의 한 마을에 길동이와 묘순이라는 힘센 두 남매가 살았는데, 한 집안에 힘센 사람 둘이 있으면 안 된다는 말에 어머니는 아들인 길동이는 무거운 쇠 나막신을 신고 한양에 다녀오도록 하고 딸인 묘순이는 성을 쌓도록 하는 내기를 했다. 그리고 내기에서 지는 사람의 목숨을 거두기로 했다. 길동이는 쉬지 않고 한양으로 가고 묘순이는 큰 돌로 성을 쌓기 시작하였는데, 어머니는 남매 중 하나가 죽어야 하는데 아들이 돌아오기 전에 묘순이가 성을 완성할까 걱정되었다. 어머니는 길동이에게 시간을 벌어주기 위해 묘순이가 좋아하는 종콩밥을 만들어 묘순이를 불렀다. "묘순아, 그만 쉬어가며 하여라. 길동이는 보이지도 않는다. 네가 좋아하는 종콩밥을 했으니 먹고 일해라." 묘순이는 산에서 내려와 물 한 모금 마시고 종콩밥을 먹기 시작했다. 사발이 거의 비어갈 때쯤 길동이가 길을 내려오는 것이 보였다. 묘순이는 깜짝 놀라 사발을 내던지고 마지막 남은 돌을 쌓기 위해 아래에서 큰 돌을 치마에 안고 산을 오르기 시작했다. 길동이가 약속한 지점에 거의 도착할 무렵, 묘순이는 뒤를 돌아보다가 그만 발을 헛디며 그 돌에 깔려 죽고 말았다. 어머니는 슬퍼하며 묘순이를 성벽 쌓던 곳에 묻었다. 지금도 묘순이 바위에 가서 돌로 이 바위를 두드리며 "묘순아, 콩밥이 원수지?" 하고 부르면 "네"하고 대답한다고 한다.

이 이야기는 '오누이 힘겨루기 전설 유형'을 띠고 있어서 전국적으로 분포되어 있다. 청주 지방의 구녀성에도 이와 유사한 전설이 전해 내려오고 있다. 전설은 이와 같이 주인공이 최후의 파멸을 맞고야 마는 비극적 구조로 되어있는 것이 많다. 또한 반드시 증거품이 전해지는 것이 특징이다. 대개 인근 주민들이 어떤 목적을 위하여 만들어 놓은 경우도 있다. 묘순이 바위 전설에는 남매 중에 아들이 이기기를 바라는 어머니의 심정이 드러나 있다. 이것은 남아 선호 사상과 종족 보존 의지를 반영하고 있다고 하겠다.

묘순이 바위 부근에 백제 복국운동 기념비와 제단이 있다. 비문에는 복신, 도침, 흑치상지의 복국 저항 운동의 개요를 적었다. 그러나 이곳이 부흥운동의 거점이라는 말은 있어도 최후의 저항지라는 말은 없었다. 또 도침과 복신, 복신과 부여풍의 비극적 이야기나 흑치상지의 패배와 배신의 삶의 내용은 감추어졌다. 다만 이들이 나라를 부흥시키려 했던 구국정신을 기리고 숭고한 뜻을 후세에 전하기 위하여 비를 세운다는 의도를 간략하게 적었다. 임존성을 백제부흥운동의 거점으로는 보았어도 최후의 비극을 가져온 주류성이라는 말은 없고 주변에 주류성이라는 새로운 성이 있다는 말도 없었다.

묘순이 바위에서 북쪽으로 성벽 위를 걷는다. 한가하고 힘들지 않다. 미세먼지는 더 심해지고 날씨는 무척 따뜻하다. 한참 걷다가 복원 공사가 끝나는 부분에서 성벽을 보니 본래의 성벽과 새로 축성한 성벽을 비교할 수 있는 부분이 있다. 거의 비슷하지만 새로 쌓은 부분이 더욱 정교하고 돌을 다듬어 축성한 것이 뚜렷하다. 망루 4에서 망루 5로 가는 길은 매우 가파르다. 이곳의 성벽이 원형대로 잘 남아 있었다. 비탈

묘순이 바위

부흥백제군 발길 따라 백제의 山城 山寺 찾아

길이라 사람들의 손이 덜 갔고 잡목이 우거져 성벽을 가려 잘 보이지는 않지만 뚜렷하게 원형을 볼 수 있었다.

✳ 민족의 저항의지가 담긴 임존성

망루 1에서 성벽은 동쪽으로 구부러진다. 여기는 눈이 아직 쌓여 있다. 사람들이 아무도 없다. 북쪽에서 찬바람이 휘이익 불어온다. 갑자기 등줄기에 소름이 쫙 끼치는 것을 느꼈다. 참나무 가지에 걸린 비닐 조각에 소스라치게 놀랐다. 누군가 하늘에서 덜미를 잡아당기는 것 같다. 온몸에 흐르는 혈액이 종아리에서 발바닥으로 흘러나가 성벽으로 스며드는 것 같다. 어쩔거나. 앞으로 나아갈 수도 그렇다고 뒤로 돌아설 수도 없다. 그때 어떤 가인佳人이 내게 전화를 걸었다. 소름이 걷힌다. 현재의 세상에서 과거의 세계에 헤매고 있는 사람을 보이지 않는 줄로 구원한 것이다.

북문지까지는 약간 아래로 내려가서 비교적 순탄한 길이다. 남쪽 성벽보다 그렇게 높아 보이지 않는다. 망루 1에서는 의좋은 형제의 고향 대흥을 감싸는 산줄기가 보인다. 봉수산 정상이 손에 잡힐 듯하다. 여기서 동으로 대흥면 소재지가 훤히 내려다보였다. 그러나 북문지로 가는 성벽은 높지 않아 겨우 성벽이라는 것을 알 수 있는 정도에 지나지 않았다.

눈을 밟으며 조심스럽게 북문지로 향한다. 이곳에서 북문지를 거쳐 망루 2나 북장대지까지 가는 길은 아주 순탄하였다. 성벽도 나지막하다. 이런 점으로 보아 마사리 쪽에서 오는 적을 대흥 쪽에서 막으려는 목적이 뚜렷하게 드러난다. 이 성은 처음에는 신라의 군사를 막기보다 바다로부터 들어오는 당이나 고구려의 군사로부터 수도인 사비성을 방어하려는 목적으로 축성한 것으로 볼 수 있다.

북장대지는 임존성에서 가장 높은 곳이다. 대흥 저수지와 대흥면 소재지가 다 내려다보였다. 그러나 미세먼지 때문에 사진이 선명하게 나오지는 않을 것 같았다. 북장대지 위에는 산불 감시 초소가 세워져 있고 보루답게 성도 잘 보존되어 있었다. 그리고 다른 곳보다 성벽이 훨씬 튼튼하고 높았다. 성을 이렇게 높게 쌓고 안에 흙을 채워 보루를 만들어 주변을 살폈을 것으로 생각된다. 이곳에서 봉수산 자연휴양림으로 내려가는 가파른 길이 보였다.

임존성은 봉수산에 쌓았다고 해도 봉수산 정상은 조금 떨어져 있다. 어떤 이는 북장대지를 봉수산 정상이라 말하기도 하지만 북쪽으로 약간 떨어진 곳에 정상석이 있다. 봉수산이 저기에 있으니 이 성을 봉수산성이라고 하는 것은 맞지 않을 것 같다. 임존성에서 발견된 백제 와편에 '任存', '任官', '任存官' 등의 명문와銘文瓦는 이곳이 분명 임존성이고, 백제부흥운동의 시발임을 잘 말해준다. 임존성은 2,450m의 테뫼식 산성이지만 골짜기를 안고 있으면서 테를 지은 성이다. 그래서 골짜기 안에 우물지라든지 건물지를 품고 있어서 마치 포곡식 산성으로 보일 수도 있다. 이것은 산의 봉우리를 가운데 두고 테를 두른 산성이 아니라 산 능선을 따라 아래쪽으로 내려와 빙 둘러 쌓은 형태이다. 대전의 계족산성과 비슷한 형태이다. 그러나 계족산성은 정상부에서 산기슭으로 흘러내린 형태이지만 임존성은 마치 골짜기를 싸안듯이 쌓은 산성이다. 그래서 성안에서 사람들이 거주했을 수도 있는 모습이다. 공주의 공산성과 유사한 형태라고 보는 것이 좋겠다.

부흥백제군 발길 따라 백제의 山城 山寺 찾아

이 산성은 백제가 무너지고 나서 부흥군의 근거지가 되기도 하고 고려시대에는 몽고와 대결의 장이 되기도 했다. 임존성은 참 많은 이야기를 안고 있다. 그 이야기 속에서 우리 민족의 저항 의지와 삶의 애환을 발견할 수 있다.

임존성任存城

- 소재지: 충남 예산군 대흥면 상중리, 광시면 동산리 산 10번지(봉수산 해발 494m)
- 시대: 백제시대
- 문화재 지정: 사적 제90호(1963년 1월 21일 지정)
- 규모: 둘레 2,450m, 높이 동북쪽 성벽 4.2m, 서쪽 성벽 2.6m, 석루石壘 너비 1.6m
- 답사일: 2016년 1월 15일(2차 답사 때 친구 남주완 동행)

도침대사의 발자취가 남은 대련사

대련사 극락전

봉수산 대련사는 산성과 산사를 함께 찾아가는 내게는 매우 의미 있는 절이다. 백제의 마지막 항전지 주류성으로 추정되는 몇 개의 성 가운데 하나인 임존성 바로 아래에 있기 때문이다. 임존성에 연당蓮塘과 연정蓮井이 있어서 절 이름을 대련사大蓮寺라 했다고 전해진다. 일본서기가 백제부흥운동의 근거지라 말하는 주류성은 연기 운주산성, 금이성, 한산 건지산성, 홍성 학성산성, 홍성 장곡산성, 청양 두릉윤성, 부안 우금산성, 이곳 예산의 임존성을 놓고 학자들 간에 의견이 분분하다.

임존성이 주류성이 아니고 운주산성이 주류성이었다 하더라도 이곳

부흥백제군 발길 따라 백제의 山城 山寺 찾아

이 백제부흥운동의 중심이라는 것은 부정할 수 없다. 일본서기의 기록과 아울러 전해지는 여러 가지 전설과 답사한 산성을 중심으로 생각해 보면 임존성이나 임존성 주변의 어떤 성이 주요 거점이었고, 임존성을 지키던 흑치상지가 포로가 된 후에 도침대사, 복신, 풍왕이 내분과 패망으로 유민들은 운주산성과 금이성 등으로 쫓기어 최후까지 항전한 것으로 본다. 그러다가 최후의 삼천 명이 쫓기고 쫓기어 운주산의 삼천굴이나 비암사 부근의 토굴에 숨어 있다가 비극적인 죽임을 당한 것이 아닐까 혼자 추정해 본다. 품에 모시고 다니면서 기도하던 불비석은 비암사 탑신에 숨겨두고 백제 부흥과 역대 왕과 유민의 왕생극락을 부처님께 발원한 것일지도 모른다. 이것은 근거 없는 내 생각이다. 이렇게 소설을 써도 충분히 개연성이 있을 것 같다.

예산 대흥면을 거쳐 임존성 가는 길은 몇 군데 있지만 대련사를 거쳐 가는 것이 가장 의미 있는 일이다. 왜냐하면 이 사찰이 백제 부흥을 위하여 마지막까지 항전한 도침대사가 창건했다고 전해지기 때문이다.

내비게이션에 대련사를 입력하니까 대련사란 이름을 가진 사찰이 몇 군데 보이는데 예산의 대련사는 한 곳이다. 청주에서 오송으로 접근할 수도 있는데 익숙한 부강을 거치는 길을 택했다. 세종시를 지나 서세종 나들목으로 대전 당진 간 고속도로로 진입했다. 신양 나들목에서 나와서 대흥 저수지 갓길을 지나 차가 산길로 접어들었다. 길가에 눈이 녹아 포장도로가 흥건하다.

가파른 산길을 올라 주차장에 차를 대니 바로 사찰 아래이다. 절은 남향인데도 아주 습하다. 이것이 어제 눈 때문인지 아니면 주변이 습한 것인지 판단하기 어렵다. 주차장에 눈이 아직 쌓여 있다. 눈 위에 주차하고 가방을 챙겨 사찰로 올랐다. 극락전은 작고 아담한데 절집 마당에 서 있는 느티나무 세 그루는 어마어마하다. 사천왕이 따로 없다. 비록 퇴락했지만 역사를 말해주는 듯하다. 성벽처럼 높이 쌓아 올린 축대를 보면서 물때도 천오백 년 세월을 지나면 이렇게 아름다워지는 것이라 생각했다.

스님은 마당에서 어느 속인 한 분과 이야기를 나누고 있었다. 스님에게 합장했다. 스님은 내가 도침대사를 뵈러 온 것을 아는지 모르는지 합장이 아주 짧았다. 보살 한 분이 심검당尋劍堂에서 나왔다. 정말로 정진의 칼로 무명의 검은 머리카락을 자르고 지혜를 찾아들고 나오는 것인지는 알 수 없다. 극락전 앞에 삼층석탑이 고고하다. 정작 절집 마당을 지키는 부처님은 석탑과 느티나무와 느티나무 아래서 나그네를 보고 지그시 눈을 감는 개가 아닐까 하는 불경스런 느낌이 들었다. 절에 가면 스님에게 "차 한 잔 주십시오"라고 말해 보라던 보살사 원각스님의 말씀이 생각났지만 차를 얻어 마실 수 있는 분위기는 아니었다. 이렇게 뜻깊고 오래된 절에 대중이 모이지 않는 이유는 무엇일까. 가끔 이렇게 답의 실마리가 보이기도 한다.

마당은 빗물에 쓸려 백골 같은 자갈이 드러났다. 그런 마당 한편에 배추를 심었다. 불탑 주변에는 쓸데없는 물건들이 어느 농가의 마당처럼 어지럽다. 가을이 돌아오면 산에서 황토를 파다가 마당을 돋웠던 옛날이 생각났다. 하기야 절이라 해서 깔끔하기만 하라는 법은 없는 것이니까.

극락전을 알고 극락전에 가자. 극락전은 얼른 보아도 보물이다. 정면 세 칸, 측면 두 칸인 비교적 작은 규모이지만 작게 보이지 않았다. 큼직큼직한 자연석을 아주 높게 쌓아 올리고 그 위에 기둥을 세웠다. 그런데 그 기둥이 예사롭지 않다. 건물 규모에 비해 엄청나게 굵고 크다. 맞배지붕도 마찬가지이다. 겹처마로 더 웅장해 보이는데 처마의 고색창연한 단청도 본존부처님인 아미타불의 자비를 대신 말해주는 듯했다. 거

부흥백제군 발길 따라 백제의 山城 山寺 찾아

기 올려 모셔놓은 극락전 현판 글씨가 또한 소박한 명필이다.

조용히 닫힌 문을 열고 들어가서 가방을 내려놓고 모자도 벗고 삼배를 올렸다. 마음으로는 도침 승장에게 올리듯 그렇게 경건하게 올렸다. 좁은 법당 안에도 삼존불을 모셨고 탱화도 거룩하다. 사진은 찍지 않았다. 최근에 누가 큰 재를 올렸는지 짙은 향흔이 아직 남아있다.

아마타부처님, 관세음보살님, 대세지보살님을 바라보며 도침대사의 안부를 물었다. 부처님은 다 알고 있으리라. 바로 이곳 임존성에 머물러 있던 흑치상지가 당의 소정방에게 사로잡힌 후 도리어 도침을 공격할 때 어떤 심정이었을까? 동지가 적과 한편이 되어 그 적에게 공격을 당하는 도침의 심정은 또 어떠했을까 하는 부흥백제군의 기막힌 최후를 상상해 보았다. 동지들이 다 흩어져 일부는 사로잡히고 사로잡힌 대장이 다시 적이 되어 나타나고 배반한 동지에게 죽임을 당하는 슬픔을 지금 어떻게 짐작이나 할 수 있을까? 나라의 운명이 비바람에 휩쓸려도 그렇게까지 처참하게 되지는 말아야 한다. 아무리 승자가 되었다 하더라도 적장을 포로로 잡아 그로 하여금 제 나라를 다시 치게 하는 치졸한 지도자가 되어서도 안 된다. 공연히 숙연한 기분이 되어 극락전을 나왔다.

이 절은 도침대사가 의각 스님과 함께 창건했다고 전해진다. 의각스님은 예산의 향천사 창건 설화와 함께 전해지는 의자왕 대의 고명한 스님이다. 대련사는 본전을 한 때 대웅전이라 했으나 후에 극락보전 현판이 발견되어 현판을 바꾸어 올렸다고 한다. 절의 역사야 어떻든 간에 이제는 도침을 비롯한 백제 부흥군의 왕생극락을 빌어야 하지 않을까 싶다. 아미타부처님의 그윽한 미소는 찾아오는 대중에게 그런 깨달음을 주는 미소이리라.

소박한 삼층석탑 아래서 가만히 합장하고 서 보았다. 석탑은 세월의 시달림 때문인지 비바람의 보챔 때문인지 닳고 닳았다. 사실 풍우에 닳고 닳아야 보물이 아닌가? 석탑은 마모될수록 고고하고 인간은 세파를 못 견디어 깨어질수록 추해진다. 마당에 서 있는 불경스런 복장을 한 속인은 아직도 세속의 이야기로 선중의 스님을 어지럽히고 있었다. 그분들은 나를 참 이상한 손님이라고 생각했을 것이다. 시주도 없이 삼배만으로 고고한 척하는 내가 나도 우습다. 커다란 느티나무를 한 번 만져보고 산신각은 가지 않았다. 마당을 돌아 바로 임존성으로 오른다. 산성으로 오르면서 자꾸 절집이 되돌아 보였다.

대련사

- 소재지: 충남 예산군 광시면 동산리 11
- 시대: 656년(의자왕 16)에 백제의 의각과 도침이 창건
- 문화재 지정
  - 대련사(충청남도 유형문화재 제130호)
  - 극락전(충청남도 문화재 자료 제177호)
  - 삼층석탑(충청남도문화재 자료 제178호)
- 개요: 대한불교조계종 제7교구 본사인 수덕사修德寺의 말사
- 답사일: 2016년 1월 15일(2차 답사 때 친구 남주완 동행)

부흥백제군 발길 따라 백제의 山城 山寺 찾아

부흥백제국의 왕궁지로 알려진 장곡산성長谷山城

장곡산성은 홍성군 장곡면 대현리 마을회관에서 오르기 시작한다. 회관 앞 공터에 주차하고 차에서 내리니 목덜미로 싸늘한 기운이 스며든다. '춘래불사춘春來不似春'이라더니 시국이 싸늘하니 봄조차 머뭇거리나 보다. 느티나무 아래 놓여 있는 평상에 서리가 하얗다. 낮 기온이 높게 올라간다는 예보가 있어 속옷을 한 겹 벗고 배낭을 메었다. 목에 건 카메라가 계속 덜렁거린다. 사람이라곤 없는지 마을은 조용하다. 개도 짖지 않는다. 장곡산성이 격전지라 천오백 년 넘어 아직도 바다에서 오는 적이 두려워 밖에 나오기를 꺼려하는 버릇이 남은 건지도 모른다.

마을 골목을 기웃거리며 들머리를 찾았다. 이정표를 아주 작고 예쁘게 세워 놓아서 곁에 두고도 찾지 못했다. 길을 찾았으니까 이제 찬바람을 가르며 올라가면 된다. 장곡산성은 바로 앞산 정상이다. 오르막길이 가팔라도 참을 만했다. 시멘트 포장길은 다리를 팍팍하게 한다. 서문지에 이르러 벌써 등줄기에 땀이 밴다.

문지에서 양쪽을 살펴보았다. 성의 윤곽이 뚜렷하다. 장곡산성은 해발 255m 산줄기에 포곡식으로 쌓은 둘레 1,352m의 비교적 큰 규모의 산성이다. 테뫼식 산성인 임존성에 비하면 반 정도의 크기이다. 성벽 위에 자란 나무를 다 베어내어 산책길이 생겼다. 솔잎과 활엽수가 떨어져 길은 포근하여 시멘트 포장길에 힘겨웠던 발을 달래준다. 서문에서 남쪽을 향하여 성벽 위를 걸었다. 성벽은 매우 가파른 산비탈에 돌로 외벽을 쌓고 안쪽은 흙으로 채웠다. 외벽 산비탈에 지금은 나무가 빼곡해서 밖이 보이지 않았으나, 나무만 없으면 서쪽으로 바다를 통하여 들어오는 길머리가 다 보일 것 같았다. 작은 나무들을 다 베어냈지만 낙엽이 쌓이고 잡초가 우거져 성벽은 잘 보이지 않는다. 천오백 년 역사가 흙과 낙엽에 묻혀 있는 모습이다. 지팡이로 낙엽을 긁어 돌을 드러나게 해보았다. 정교하게 다듬지는 않았지만 다듬어 쓴 흔적은 뚜렷하다. 정상까지 올라갔다가 내려왔다. 북쪽 사면은 가지 않고 성안으로 들어갔다.

성안 골짜기는 넓지 않다. 성안으로 들어가는 길은 다시 남쪽 성벽으로 올라간다. 임존성이 정상 부분의 너른 산줄기를 둘러싼 테뫼식 산성이라면 이곳은 좁은 골짜기를 싸안은 포곡식 산성이다. 좁은 골짜기에는 건물지가 있다. 풀더미에 묻힌 저수지도 보였다. 저수지 부근에 우물이 있었는지 웅덩이가 있다. 이 우물과 저수지가 부흥백제의 식수원일 것이라 추정하기도 한다. 우물지 주변에 사람이 살았던 집터가 있는데 최근까지 농사를 지은 것 같았다. 석축을 쌓은 모습이라든지 건물이 있던 자리에 감나무, 뽕나무, 앵두나무, 두릅나무 같은 나무들이 인가가 있었음을 말해주고 있었다. 아직도 넓고 펀펀한 건물지는 부흥백제시대에 큰 건물이 있었던 것으로 추정한다. 이 건물은 정면 9칸, 측면 5칸, 약 119평이나 되는 다층 건물로 지휘소 같은 주요 군사시설로 추정하고 있다. 안내판에는 상명대학교 박물관에서 지표조사를 하고 건물의 규모를 설명하면서 건물 규모로 보아 부흥운동의 왕궁지 정도로 추정하였다. 그러나 기와편에서 통일신라시대의 고지명을 기록한 명문이 나왔다고 하니 백제부흥운동의 근거지인 주류성의 흔적이라고 보기는 쉬운 일이 아니다.

장곡산성 북벽

장곡산성 건물지

산성은 서쪽인 장곡면 쪽은 성벽이고, 동쪽인 광시면 쪽은 골짜기가 틔어 있는 것으로 보아 서쪽에서 오는 적을 방어하는 용도였던 것이 분명하다. 당이나 고구려가 바다로부터 침입할 경우 방어하기 위한 용도였을 것이라는 것이 나의 생각이다. 신라를 방어하는 성은 아닌 것 같았다. 임존성의 경우는 테뫼식 산성이기에 사방에서 오는 적을 방어하기에 편리하게 되어있다.

성의 내부에서 이곳저곳을 살피고 다시 안내 이정표를 따라 남쪽 성벽으로 올라갔다. 여기서 아까 올랐던 정상 쪽으로 올라가 보았는데 성벽의 생김새는 서벽과 다름이 없다. 거의 같은 방식으로 쌓은 것이 분명하다. 그런데 약간 다른 모습은 성의 내벽과 외벽의 모습이 뚜렷하게 남아 있는 것이다. 비록 무너진 성벽이라 쌓기의 방법을 알아볼 수는 없지만 성의 모양을 어느 정도 알아볼 수 있을 것 같았다. 정상에서 장곡면 쪽을 바라보니 훤하게 다 보였다. 다시 되짚어 내려오노라니 북쪽 성 줄기를 다 살피지 못한 것이 아쉬웠다.

홍성 사람들은 이 산성을 달리 '석성산성'이라 하면서 분명히 백제부흥운동의 마지막 근거지인 주류성이라고 주장한다. '석성'이란 이름을 어디에 근거하여 불렀는지 모르지만 지방에서는 거의 기정사실로 생각하고 있는 모양이다. 백제부흥운동의 과정에 대해서는 이견이 없다. 대련사를 세운 스님 도침, 왕족 복신, 장군 흑치상지, 의자왕의 왕자 부여풍 등의 행적과 공적, 그리고 맹약에서 배신의 과정에 이르기까지 백제의 부흥운동이 실패로 돌아간 역사적 사실에는 이의가 없으나, 이들의 마지막 은신처 또는 부흥운동의 거점인 주류성이 어디인가 하는 것에 대해서는 설이 여러 가지이다. 홍성 사람들은 학자의 주장까지 근거로 대면서 이곳 장곡산성이 가장 확실한 주류성이고 백제부흥운동의 거점이었다고 주장한다. 장곡산성을 주류성으로 보는 근거는 김정호의 대동지지大東地志 홍주목조에서 "홍주목은 본래 백제 주류성인데, 당唐이 지심주支潯州라고 고쳤다"라고 한 것과 '건지산성은 고려시대에 축성되어 조선시대에 폐성廢城이 되었다'는 충청매장문화연구원의 건지산 조사보고서를 근거로 장곡산성을 주류성으로 보고 건지산성이 주류성이라는 설을 부정하였다. 내포 문화 사학자인 박성흥은 이 성을 답사하고 주류성은 바로 장곡산성이고 백강은 당진 해안일 가능성이 높다고 하였다.

성안에 평탄한 건물지가 있고, 백제 말기의 토기나 기와편이 발견되었다는 것, 우물지가 있어 사람이 살았던 흔적이 발견된 것을 근거로 백제부흥운동의 근거지라 하기는 논리가 너무 미약하다. 홍성지방의 관광안내 책자나 홍성지방 문사들이 장곡산성을 돌아보고 쓴 답사기에는 이곳이 주류성일 가능성을 강하게 주장하고 있다. 나의 스승이신 한국교원대학교 최운식 교수님의 〈오누이 성 쌓기 내기 전설의 의미와 기능〉이라는 논문을 발췌하여 근거로 삼은 글도 여러 곳에서 읽었다. 그래서 백제부흥운동의 거점은 임존성이라는 평소의 생각을 버리고 정말 장곡산성이 주류성일 것이라고 생각했었다. 그런데 이번 답사를 끝내고 아직 가보지 않은 학성산성이 근거지가 아니라면 분명 임존성이 근거지이고 최후의 삼천 명이 동굴 속에 갇혀 죽은 곳은 연기지역의 운주산성이나 금이성일 가능성이 크다고 생각하게 될 것 같다.

전에는 문헌 자료를 보고 장곡산성이 주류성일 가능성을 믿었으나 오늘 답사 결과 그 믿음이 희미해졌다. 그래도 장곡산성은 서해안으로부터 들어오는 적으로부터 수도를 방어하는 요새였다는 것은 분명하다. 임존성에서 홍성의 소구니산성, 태봉산성, 학성산성, 장곡산성으로 산줄기를 잇는 일련의 산성들이 마치 하나의 전선戰線이 되어 웅진까지 34.7km, 사비까지 27km 거리인 수도를 가까이에서 방어하는 지리적으로 중요한 위치라는 것을 충분히 짐작할 수 있다. 주요 거점이나 마지막 저항지는 아니더라도 당연히 백제 부흥군의 주둔지가 되었을 것은 분명하다. 백제부흥운동은 실패로 돌아갔고 지금은 신라와 백제를 가를 필요가 없는데 확실한 근거도 없이 서로 자기 고장이라고 싸울 필요는 없을 것 같다. 아무튼 산성이 많은 홍성과 예산의 백성들도 편안한 삶은 아니었을 것이라는 생각을 하며 학성산성으로 향한다.

장곡산성

- 소재지: 충남 홍성군 장곡면 산성리(해발 255.5m)
- 시대: 백제시대
- 문화재 지정: 충청남도 문화재 자료 제360호(1998년 7월 25일 지정)
- 규모: 둘레 약 1,352m 면적 58.025㎡ 포곡식 석축산성
- 답사일: 2017년 2월 17일(친구 이효정 동행)

부흥백제군 발길 따라 백제의 山城 山寺 찾아

부흥백제군의 저항선 학성산성鶴城山城

    장곡산성에서 내려와 한국 식기 박물관을 들러 바로 인근의 사운고택을 돌아보고 얼공원에 올라갔다. 얼공원 바로 옆으로 학성산성 이정표가 있다. 산성으로 올라가는 길은 팍팍한 시멘트 포장길이다. 그러나 그렇게 멀지는 않았다. 시멘트길이 끝나자 숲 속으로 올라가는 계단이 시작된다. 그런데 이것 좀 봐라. 계단을 만든 돌이 심상치 않다. 비슷한 크기로 잘 다듬어졌다. 홍성군에서 부흥백제군길을 조성하면서 계단공사를 한 것 같은데 돌을 이렇게 다듬었을 리도 없고 최근에 다듬은 흔적도 보이지 않는다. 분명 성돌을 날라다가 사용한 것으로 보였다. 청주읍성을 허물어 무심천 제방을 쌓았다는 일제나, 문의 구룡산성을 허물

무너진 학성산성

어 탑을 쌓은 몰지각한 사람이나, 학성산성 성돌로 부흥백제군길 계단 공사를 한 것이나 훼손이라는 점에서 다를 바가 없어 보인다.

이마에 땀이 솟는다. 땀을 닦으며 얼마를 올라가니 문득 무너진 성벽이 앞을 막아선다. 어마어마한 돌무더기에 입이 다물어지지 않는다. 돌무더기로 보아 성의 규모는 엄청났을 것이다. 아마도 높이는 8~10m 정도, 너비도 2~4m 이상 되었을 것으로 추정된다. 돌은 자연석을 그대로 쌓은 것이 아니라 다듬어 쓴 흔적이 뚜렷하다. 성돌은 너비 40~50cm, 높이 20~30cm, 두께는 대중이 없지만 몇 개를 측정해 보니 20cm 이상이었다. 정교하게 다듬은 것은 아니지만 성의 외벽은 발을 디디고 올라설 수 없을 정도로 정교하게 쌓았을 것이다.

이렇게 많은 돌을 어디서 옮겨 왔을까? 운반해 오는데 얼마나 많은 장정들이 동원되었을까? 그리고 이 많은 돌을 다듬기 위해 얼마나 많은 백성이 정과 망치에 손을 짓찧었을까? 파랗게 멍들고 피 묻은 손이 보이는 듯하다. 이렇게 높은 성을 수많은 인력을 동원하여 쌓았다면 그만큼 백성에게 그 부가가치가 돌아갔을까 하는 것은 부질없는 생각일지 모른다. 백성을 위해서라기보다 쓸데없는 권력 다툼이다. 왕이 백성에게

원형이 남은 성벽

부흥백제군 발길 따라 백제의 山城 山寺 찾아

위임받은 권력으로 도리어 권력의 주인인 백성을 괴롭힌 것이다.

성벽 위를 걸었다. 잡목과 마른 잡초에 묻힌 성벽이 축성 당시 그대로 인 곳도 보인다. 가만히 살펴보니 내벽과 외벽이 모두 돌로 이루어졌다. 내벽의 모습이 뚜렷하게 남았다. 장곡산성은 외벽은 돌로 쌓았고 내벽 은 흙으로 채워 넣는 방식이었는데 학성산성은 다르다. 보은 호점산성 이나 삼년산성처럼 내외벽이 돌이다. 훨씬 규모가 크다는 의미이고 튼 튼하게 쌓은 것을 보면 그만큼 요새였을 것이다.

마른 잡초를 헤쳐가면서 성벽을 살펴보니 축성의 방법을 짐작할 수 있 을 정도로 본래의 형태가 남아 있는 곳이 있었다. 자연석의 한쪽 면을 다듬어서 큰 돌과 작은 돌을 서로 엇갈리게 쌓았다. 중간에 쐐기돌을 박 아 넣어 성벽이 흔들리지 않게 하는 것도 잊지 않았다. 성벽은 아랫부분 에 자연석을 무더기로 놓아 기초로 삼은 다음에 그 위에 좀 더 큰 돌을 다듬어 정교하게 쌓았다. 가파른 비탈에는 2단계로 쌓은 흔적이 아직도 남아 있었다. 일단 널찍하게 기단 부분의 성벽을 쌓고 그 위에 조금 들여 쌓는 방법으로 쌓았다. 얼마나 정교하게 쌓았으면 아직도 무너지지 않고 1,500년을 견디어 냈을까? 1978년 홍성에 일어난 강진에도 무너지지 않 고 남아 있는 부분이 너무나 경이로워서 한참 서서 쳐다보았다.

성의 정상 부분에는 학산정이라는 정자가 있었다. 정자에서는 사방 을 조망할 수 있었다. 정자에 올라 동으로 광시면 소재지 쪽을 바라보 니 시야가 아주 넓다. 주변의 산야가 한눈에 다 들어온다. 높고 낮은 산의 모습이 다 보인다.

이 성이 장곡산성과 다른 점은 같은 포곡식산성이면서도 장곡산성은 동쪽으로 주둔지가 있으면서 서쪽을 방어하도록 되어있고, 학성산성은 북쪽 천태 저수지 쪽으로 주둔지로 삼을만한 골짜기가 있으면서 동, 서, 남쪽에서 달려드는 적을 방어할 수 있도록 되어있다는 것이다. 광시면 소재지에서 천태로 가는 도로를 감시하는 역할도 했을 것이다. 그러므로 지형을 이용하여 그 기능을 달리한 것이다.

동쪽으로 구릉을 지나 산줄기를 다시 오르면 학성산성의 보조성이라고 할 수 있는 태봉산성이 있다. 그래서 장곡산성과 학성산성은 적의 침범에 따라 상호 보완적인 역할을 했을 것으로 추정된다. 백제인의 전략적 슬기가 엿보인다. 장곡산성에 비해 이 성이 훨씬 견고하고 웅장한 것으로 보아 그 중요성을 짐작할 수 있다. 북으로 태봉산성을 거쳐 소구니산성을 지나면 멀지 않은 곳에 예산의 임존성에도 연계된다.

학성산성처럼 규모가 큰 석성을 보면서 그 웅장함이나 문화재적 가치보다 우선 생각되는 것이 당시 백성들의 고충이다. 배고프고 기운 없고 권력도 배경도 없는 힘없는 백성들이 가족을 이별하고 이곳까지 끌려와서 죽도록 돌을 다듬고 돌을 짊어지고 나르고 쌓으면서 돌에 맞고 돌에 치이고 돌에 피를 바르면서 피눈물 나게 가족을 그리워했을 것을 생각하면 가슴이 아리다. 아무런 이념도 없는 삼국 전쟁, 그냥 자신이 권력을 잡아야 한다는 통치자의 야망 때문에 힘겨운 삶을 살았던 소시민의 하나밖에 없는 목숨이 이곳에서 의미 없이 죽어 갔다면 얼마나 안타까운 일인가? 오늘날에는 그런 무모한 정치가 없을지 생각해 볼 일이다.

홍성군에서는 이 학성산성도 장곡산성과 아울러 옛 주류성이라고 주장하고 있다. 그 근거로 조선의 신증동국여지승람에 임존성이 대흥에서 13리 떨어져 있다고 되어있어 대흥현에 있는 임존성은 봉수산성

부흥백제군 발길 따라 백제의 山城 山寺 찾아

이고 이곳 학성산성이 정작 임존성이니 이곳이 주류성이라는 것이다. 또한 주류성의 둘레가 200보(1,140m)라고 한 것은 학성산성이 1,156m이므로 이 성과 일치한다는 주장이다. 어떤 문헌에서는 '학성鶴城'이라는 한자를 '두류미성'으로 미루어 짐작할 수 있으니 '주류성'과 일치한다고 주장한다. 정말 그럴듯하다.

현재의 임존성은 백제부흥운동의 마지막 거점지인 학성산성을 점령하고 신라와 당이 이 지역을 통치하기 위해 봉수산에 새로 산성을 구축하고 임존성을 그곳으로 옮겨 갔다는 주장도 있다. 그러면 대련사에 있던 도침이 이곳 학성산성에서 부흥군을 일으켰고 임존성은 신라의 산성이라는 말이 된다. 앞뒤가 잘 맞지 않는 주장이라는 생각이 들었다. 임존성에서 발견된 백제 와편에 '任存', '任官', '任存官' 등의 명문와銘文瓦는 임존성이 백제부흥운동의 시발임을 잘 말해주고 있다. 또 임존성은 봉수산 부근에 있지만 정작 산의 정상은 테뫼식 산성 바깥에 있는 것도 어색한 일이다.

태봉산성

학성산성을 임존성이라 하고 옛 문헌에 맞추어 주류성이라 하는 것은 견강부회라는 생각이 든다. 학성산성이 높이나 부분적 규모는 크지만 포곡식 산성이 둘러싸고 있는 골짜기의 공간이 좁고 전체 규모가 임존성에 비해 작은 성이 삼만 이상이 웅거했던 부흥군의 근거지라는 말은 현장에 와서 보면 결코 이해되지 않을 것 같다.

임존성에서 소구니산성 태봉산성 장곡산성으로 이어지는 부흥백제군의 저항선이라고 말할 수는 있어도 지휘 본부가 있고 3천여 백제 부흥군이 678년 최후를 맞은 주류성이라 말하기는 쉽지 않을 것 같다. 운주산성에서도 말했지만 아무래도 일본서기에 전하는 주류성은 임존성이 아니라면 여러 가지 정황으로 보아 연기지역에 있는 운주산성이 맞을 것 같다.

학성산성

- 소재지: 충청남도 홍성군 장곡면 산성리 산 24-1(해발 212.1m)
- 시대: 백제시대
- 문화재 지정: 없음
- 규모: 둘레 1,174m, 높이 8~10m, 너비 2~4m 포곡식 석성
  학성산 정상을 중심으로 봉우리 5개를 연결하는 방식으로 축성됨
- 답사일: 2017년 2월 17일(친구 이효정 동행)

부흥백제군 발길 따라 백제의 山城 山寺 찾아

가림성加林城은 난공불락의 요새

✳ 당의 유인궤도 피해 간 가림성

　동성왕은 웅진 천도 초기에 왕권을 강화하기 위해 부여나성, 우두성, 사현성 등을 축조하면서 가림성 축조공사를 시작한다. 이때 16등 관직 가운데 가장 높은 품계인 위사좌평 백가苩加를 보내 관리하게 하였다. 그런데 축성이 완성되고도 백가를 조정으로 부르지 않고 가림성의 성주로 두었다. 백가는 앙심을 품고 사비성 서쪽 들판에 사냥 나온 동성왕을 자객을 보내 살해하고 가림성에서 반란을 일으킨다. 결국 동성왕의 뒤를 이은 무령왕에 의해 백가는 목이 베어져 백강에 고기밥이 되었다고 한다.

가림성 남문

　반란군의 사연이 있는 가림성은 부여군 임천면의 성흥산 정상부에 있는 테뫼식 석성이다. 사비도성의 남쪽을 방어하는 요새 중의 요새이다. 부여에서 논산을 동남쪽에 두고 서천, 군산으로 가는 길목이라고 하면 좋을까? 말하자면 임존성, 학성산성, 장곡산성이 사비성의 북서쪽으로 예산에서 홍성으로 뻗어가는 산줄기에서 서쪽을 방어하는 산성이라면 가림성은 금강의 하구에서 올라오는 적을 방어하는 산성이다. 나의 산성답사가 연기 주변의 산성으로부터 서천을 지나 부안에 이르는 산성까지라고 한다면 서천 건지산성으로 가는 길목에 있는 성인데 이제서 답사에 나서게 된 것이다.

　가림성을 반드시 답사해야겠다고 마음먹게 된 것은 공주대학교 백제문화연구소에서 나온 《백제부흥운동사연구》를 읽고 나서부터이다. 부흥백제군 섬멸이 급한 신라 문무왕은 직접 김유신 장군을 비롯한 28명이나 되는 장수를 이끌고 유인궤의 당군과 웅진성에서 작전회의에 들어갔다. 그들은 부흥백제군의 본부인 주류성보다도 외곽에 있는 임천의 가림성을 먼저 치자는 쪽으로 의견을 모았다. 가림성이 수륙의 요충지이므로 이를 내버려두고 주류성을 쳤을 경우 부흥군에게 뒤를 얻어맞을 것이 우려스러웠기 때문이다. 그러나 당의 유인궤가 이것을 반대하면서 가림성보다 주류성을 공격할 것을 강력하게 주장했다. 가림성이 워낙 험하고 견고하므로 많은 사상자가 나올 수 있고, 주류성이 부흥백제군의 심장부이므로 이를 공격하여 항복시키면 다른 성들은 자동으로 항복해 온다는 주장이었다. 유인궤는 손자병법에서 '피실격허避實擊虛'를 주장하였다. '實' 즉 가림성을 피하고 '虛' 즉 주류성을 친다는 의미이다. 유인궤의 주장은 예상대로 들어맞아 주류성에서 대패한 부흥백제국은 이때부터 허물어지기 시작했다.

663년은 부흥백제국의 시련의 해이다. 이해 부흥백제군은 백강전투에서 백제와 왜의 연합군이 신라와 당의 연합군에게 크게 패하고 임존성이 함락되었다. 포로가 된 부흥백제군의 흑치상지장군을 이용하여 이이제이以夷制夷 작전을 써서 임존성을 함락시킨 것도 당의 유인궤였다. 이렇게 임존성이 함락되었어도 가림성은 671년까지 부흥군이 남아 끝까지 저항하여 신라를 괴롭힌 역사적 흔적이 있다고 한다. 그래서 가림성의 존재에 대해 관심을 가지게 되었다.

출발 1시간 30분만인 9시 40분경 부여군 임천면 소재지에 도착했다. 조용하다. 장터였던 곳인지 공터가 있다. 가림성에 주차장이 있다고 하지만 걷기로 했다. 대조사를 지나는 포장도로에 벚꽃이 지느라 바람이 불 때마다 나비 떼처럼 하얗게 날아와 달려든다. 올라가는 길목에 신도비가 하나 있기에 가까이 가보았다. 고려 태조 왕건의 신하 유금필의 신도비이다. 가림성에서 유금필이 군량미를 풀어 빈민을 구제했다는 이야기이다. 아마도 신도비가 선 연도나 성안에 유금필 사당을 봐도 태조 왕건의 드라마가 있은 이후에 그 후손들이 세운 것으로 보인다. 후에 유금필 신도비는 정상 부분 사당 앞으로 옮겼다.

신도비에서 숨을 고른 다음 서두를 것도 없이 급할 것도 없이 유람하듯 천천히 걸었다. 배낭에 물도 한 병 있고 떡 한 덩이, 모나카 과자도 두어 개 가져 왔으니 오늘 양식은 충분하다. 혼자 다닐 때 가장 어색한 것이 밥 먹는 일이다. 산에서 떡이나 빵을 먹을 때도 그렇고, 식당에 가서 해장국 한 그릇을 먹어도 어색하기는 마찬가지이다. 나중에 정말 혼자가 된다면 어떡할까 참으로 두려운 일이다. 아니 이렇게 유유자적하면 된다. 남을 의식하지 않으면 된다. 나는 내 길이 있다. 그렇게 살면 되는 것이다. 당장은 가림성에 오르는 것이다.

신도비를 지나 주차장 부근 커다란 바위벽 앞에 휴식처가 있었다. 휴식처 앞에는 가림성에 대한 안내판과 지표 조사하는 사진과 개요가 있어 가림성의 개요를 알 수 있었다. 아마도 복원을 위한 지표조사를 맡은 연구회에서 마련하여 놓은 것 같다.

✳ 성생활城生活은 성생활性生活

바위 옆으로 난 계단을 밟아 성으로 올라간다. 줄어드는 계단이 아깝다. 이 순간도 성벽과 마주 섰을 때만큼 긴장한다. 사실은 이런 엷은 기대감과 긴장감이 나를 자꾸 성으로 불러낸다. 이런 묘한 쾌감을 성性을 준비하는 흥분과 기대감이라고 하면 외설일까? 그래서 오랜만에 만나는 친구들이 어찌 지내느냐고 물으면 '성생활'을 하며 지낸다고 대답

한다. 그러면 여자 친구들은 황당해한다. 아마도 '性生活'으로 알아들은 모양이다. 이렇게 단언한다. '城生活은 性生活이다.' 일단 오르기 직전의 엷은 흥분과 기대감이 같지 않은가? 더구나 여기 남문을 지나면 커다란 사랑나무가 있다니 오늘은 더욱 설렌다.

계단 돌 틈에 노란 양지꽃이 피고 봄맞이꽃이 하얗게 피었다. 성을 오르다가 또는 오르는 적을 막다가 여기서 죽은 이들의 피가 노랗게 하얗게 피어난 것인가. 그들의 아픈 넋이 꽃으로 피어난 것인가? 큰 바위에 올라섰다. 남문지 성벽 위에 커다란 느티나무가 수문장이 되어 서 있다. 느티나무는 참 예쁘게 생겼다. 이렇게 큰 나무가 이렇게 높은 곳에서 이렇게 아름다운 모습으로 서 있으니 사랑나무라 할 만하다. 먼 데서 보니 하트 모양이다. 여기서 돌아보니까 임천면 소재지는 물론이고 멀리 강경들에 하얀 비닐하우스와 생동하는 들판의 모습이 들어왔다. 그 너머로 금강의 모습이 빛을 받아 기다란 비단을 널어놓은 것처럼 반짝이고 있다.

바위에 무슨 건물이나 초소가 있었는지 기둥을 세운 것과 같은 홈이 4개인지 5개인지 파여 있다. 분명 사람의 손에 의해 사각형과 원형으로 파여 있어 초소를 세웠던 자리라 생각되었다.

성벽을 보자 허겁지겁 서쪽 성벽으로 내려갔다. 최근에 복원공사를 하면서 성벽 아래로 공사 장비가 드나든 흔적이 남아 있다. 잡초도 잡목도 없어 다니기 좋았다. 서쪽으로 산모롱이를 돌아가는 성벽이 잘 복원되어 있었다. 산의 모양이나 경사를 잘 이용하여 성의 기능을 극대화하는 방법으로 쌓았다. 서벽은 외축내탁식으로 밖은 돌로 쌓고 안은 흙으로 메우는 방식을 택했다.

바로 성벽으로 달려드는 적에게 성안에서 공격을 퍼부을 수 있을 것 같

있다. 적은 성벽 아래 평지가 없어 비탈을 올라와서 바로 성벽에 붙어야 하므로 공격 장비도 놓을 수 없고 공격과 후퇴를 마음 놓고 할 수 없을 것 같았다. 그래서 유인궤도 이 성을 공격하기를 꺼렸는지도 모른다. 동성왕이 사비에서 10~15km밖에 되지 않는 데다가 금강어구와 부여의 남서부를 지키는 요새이기 때문에 고위직에 있는 백가를 파견했을 것이다.

복원한 부분도 성석은 단단한 화강암 소재로 본래 성벽의 바른층쌓기 모양을 본떴다. 그런데 돌을 이곳의 무너진 성돌을 모아 쌓지 않고 새로 들여와 다듬어 쓴 흔적이 있다. 옛것은 돌을 정으로 다듬어 정교하지 않은데 새로 쌓은 부분의 돌은 칼로 자른 것처럼 정교하다. 성을 복원하기 전에 이곳 성돌을 가져다 방천을 쌓고 마을의 건축에 사용했을 것이다. 산성이든 읍성이든 일제강점기에 거의 훼손된 것은 다 아는 사실이다.

기존의 성돌은 가로 45cm, 세로 23cm 정도로 거의 비슷한데 복원한 부분은 35cm×40cm, 30cm×35cm, 20cm×20cm 정도로 일정하지 않다. 같은 바른층쌓기인데 복원된 부분의 돌은 더 정교하게 다듬었는데도 틈새는 더 벌어져 단단해 보이지 않았다. 이에 비해 옛 성벽은 단단하면서도 쐐기돌을 박아 무너질 염려는 거의 없어 보였다. 대부분 성벽은 아랫부분에 큰 돌을 놓고 위로 올라갈수록 작은 돌을 놓았는데 아랫돌이 작은데 위에는 커다란 돌을 얹어 놓은 경우도 있었다. 아무튼 원형을 유지하여 복원하느라 애쓴 흔적이 뚜렷하다.

✳ 천오백 년 순결한 알몸을 만나다

공사 장비가 드나든 곳이 길처럼 되어있는데 장비가 드나드느라 파헤친 곳에서 기왓조각과 토기 조각이 널려 있다. 몇 조각을 모아 살펴보았다. 기와는 회색 점토를 구워 만들었는데 전문가라면 크기를 짐작할 수 있을 정도로 큰 것도 있고 빗살 비슷한 무늬가 남아 있었다. 이 기왓조각에서도 임존성의 그것처럼 명문銘文이 있었지 않을까 생각된다. 토기 조각은 중간 테두리 부분인지 볼록하게 나온 테두리가 보였다. 붉은 점토에 흑갈색 유약을 발라 구운 토기였다. 복원된 부분이 많았지만 원형을 살려 복원했기에 성벽이 나를 많이 흥분시켰다. 벽에 붙어 서서 한동안 서 있다가 남문지로 올라갔다.

남문지는 서벽에서 동벽으로 돌아가는 모서리에 있다. 동벽으로 돌아가는 곳이 일부 치성의 기능을 가질 수 있도록 설계되어 있다. 이를테면 남문에서 동벽이 전혀 보이지 않아 서벽을 공격해오는 적과 동벽을 공격해오는 적이 상호 소통도 어렵고 한 명의 장수가 한 번에 지휘할 수 없도록 되어 있다. 반면에 아군은 한군데서 동벽과 서벽을 지키는 군사에게 한 번에 작전을 하달할 수 있도록 되어있다. 참으로 백제인의 지혜를 한눈으로 보는 듯하다. 남문 부분이 치성처럼 남쪽으로 튀어나와서 남으로 대조사 쪽에서 완만한 능선을 타고 올라오는 적을 막아내기에도 용이해 보였다.

남문으로 들어가니 성안은 매우 평평한 광장이다. 당시에 건물이 있던 자리인지 후대에 이곳에서 여러 가지 행사를 하기 위해 평평하게 만들었는지는 알 수 없다. 잔디를 심어 가꾸었나 본데 잡초가 많이 나 있고 민들레를 비롯한 많은 꽃이 피어났다. 광장 가운데로 들어가 보았다. 소나무 그늘에서 두 사람이 책을 읽고 있었다. 성은 전체적으로 광장이 있고 내부로 장대처럼 높은 곳이 있다. 장대로 올라가는 길에 유금필 장군 사당이 있고 그 아래 우물이 있다.

지표조사 중인 동벽

동벽 쪽으로 가서 보니 발굴조사가 한창이고 멀리서 보아도 옛 성벽이 그대로 남아 있는 것을 볼 수 있었다. 나는 사랑의 느티나무를 살펴볼 사이도 없이 남문으로 다시 나갔다. 느티나무 아래 젊은 남녀가 손을 잡고 서로 스마트폰으로 사진을 찍기도 하고, 자전거를 타고 온 남녀 라이딩riding족이 떠들고 있었다. 참으로 아름다워 보였다. 나는 편하게 혼자서 답사를 왔지만 이럴 때 약간 외롭다. 나도 느티나무 아래서 느티나무를 배경으로 사진을 찍고 싶었지만 '참 요상한 아재'라 할 것 같아 그냥 내려왔다. 사실은 발굴한 성벽이 더 궁금하기도 하고….

남문지를 나와서 동벽으로 돌아갔다. 이미 복원한 부분을 한 50m쯤 지나 구부러진 성벽이 나왔다. 이곳에서 성벽이 바깥쪽으로 일부 튀어나와 있는데 외성으로 이어지는 흔적이다. 여기서 능선을 타고 골짜기를 계란 모양의 타원형으로 안고 돌아 다시 동문 쪽으로 올라오는 것이 외성이다. 외성의 규모는 약 870m 정도라 한다. 모롱이를 돌아가니 한 80~100m

부흥백제군 발길 따라 백제의 山城 山寺 찾아

정도 발굴조사를 하는 곳이 보였다. 다행히 공휴일이라 지키는 사람도 없이 비닐 끈으로 접근 금지선만 표시해 놓았다. 접근 금지 안내판은 없다. 다리가 긴 나는 서슴지 않고 넘어갔다. 조금 양심에 걸리기는 했지만 나도 백제 역사 발굴 조사단에 버금갈 만큼 백제를 사랑한다.

이곳은 2011년에 일차적으로 발굴조사를 하고 2015년에 2차로 발굴조사를 했다고 한다. 여기도 서벽과 마찬가지로 경사가 심한 산비탈에 산 모양을 이용하여 성벽의 기능을 극대화했다. 저 끝 동문지로 보이는 곳까지 서벽과 같은 방법으로 외벽은 석축이고 안쪽은 흙으로 채웠다. 돌의 모습은 매우 일정하다. 작은 돌은 작은 돌끼리 바른층쌓기를 하고, 큰 돌은 작은 돌의 두 배 정도로 다듬어 가로줄을 맞추었다. 물론 큰 돌끼리 쌓은 곳도 있다. 쌓는 방법이 매우 정교하여 흙 속에서 천오백 년을 견디었어도 돌과 돌 사이 틈도 없다. 아마도 성 내부에서 흘러내린 흙에 성벽이 덮였을 것이다. 전체 성벽이 고스란히 남은 곳은 아무래도 5~6m는 되는 것 같고 무너진 부분도 최소 3m 정도는 남아 있었다. 이곳에 파헤친 흙 사이로 기와편과 토기편이 즐비하다. 그만큼 큰 건물이 많이 있었고, 상주한 군사나 인력이 많았다는 의미일 것이다.

발굴하는 곳을 지나가며 사진만 찍고 정말 돌을 만져보고 싶은데 참았다. 천오백 년을 지녀온 순결한 알몸을 대하는 것 같은 엷은 흥분에 빠졌다. 나는 그 순결한 성벽 앞에서 흙 한 줌 쐐기돌 하나라도 지켜야 한다는 마음으로 한참을 서 있었다. 흙 한 줌이라도 연구사들의 의도와 다르게 무너질 수 있기 때문이다. 성돌과 성돌 사이에서 문화재가 나올 수도 있다. 명문이 있는 토기편이나 기와편 혹 인골이라도 나온다면 백제의 역사가 일부 바뀔 수도 있다. 정말 감개무량하다. 눈물이 날 지경

이다. 발굴공사를 하기 위해 중장비가 드나든 곳이라도 내가 밟는 것이 미안하여 조심조심 밟았다. 동문까지 가서 되돌아보았다. 감회가 깊다. 이곳에서 있었을 천오백 년 과거를 상상해 본다. 아우성, 함성, 외마디 소리, 나팔 소리, 호각소리 북 치는 소리가 마구 들려 나오는 듯하다.

✳ 마음의 성이 철옹성을 쌓는다

동문지는 새로 복원한 듯 정제되어 있다. 문지의 치성처럼 보이는 양쪽 성첩 위에는 키가 비슷한 커다란 참나무가 역시 장수처럼 지키고 서 있다. 여기서 내성은 북으로 돌아가고 동문 성벽에서 갈라져 산 아래로 내려가 남문에서 동문으로 오는 한 50m 지점으로 연결되는 것이 외성이다. 동문 성벽은 다른 성벽보다 약간 높아서 장대 기능도 했을 것으로 추정된다.

이곳에서 다시 남문으로 왔다. 성경을 읽고 있는 사람은 아직도 골똘하다. 그 옆을 지나니 우물이 있다. 우물이 있는 곳은 묘하게 둔덕으로 둘러싸여 있다. 함석으로 지붕을 이었다. 물은 맑아도 마시지는 못할 것 같다. 물의 양은 많다. 우물을 잘 청소하고 수시로 물을 퍼내면 지금도 충분히 마실 수 있을 것 같다.

여기서 올라가면 유금필 사당이 나오고 최근에 지은 성흥루가 있다. 성흥루 위에 봉화제단이 있었다. 봉화제단이 무슨 의미인지는 몰라도 아마 이곳에서 제를 올리는 모양이다. 임천면에서도 4월 말경에 백제대재를 지낸다고 하니 그런 제가 아닌가 한다.

다시 동문지로 갔다. 성 위의 평지는 700평 정도는 족히 되어 보인다. 여기서 돌아서면 바로 북벽이다. 북벽도 발굴 준비를 하는 것인지, 발굴을 끝내고 복원공사를 하지 않았는지, 발굴 중인지 비닐로 덮어 놓았다. 그 부근에 건물지도 있고 우물지도 있다.

거기서 돌아가니 흙에 덮인 북벽 위로 성 길이 나 있다. 사람들의 산책로로 한적하다. 남문지 부근은 광활한데 이곳은 숲이 우거지고 이곳저곳에 꽃이 만발하여 은밀한 데이트코스로 적합했다. 성이 이렇게 아름다운 곳도 드물 것이다. 숨이 턱에 닿도록 가파르게 올라가는 곳도 있고 내리막길도 있다. 북벽 부분도 모두 가파른 산기슭을 이용하여 쌓았다.

서문지로 보이는 곳에 도착했다. 서문지는 복원도 발굴도 하지 않아 그대로 유지되어 있었다. 주변이 평평하고 역시 건물이 있었던 흔적이 보인다. 성의 모습이 뚜렷한데 이곳은 한쪽 면만 쌓은 것이 아니라 양쪽을 다 쌓은 협축식으로 축성한 부분인 것으로 보였다. 성벽의 높이나 너비를 짐작할 수 있었다. 너비는 약 6~8m 정도는 되는 것 같다. 낙엽이 쌓이고 사람의 손을 댄 흔적이 전혀 없다. 유금필 장군의 사당이 다시 나타났다. 성을 한 바퀴 돌아온 것이다. 오늘 가림성 답사는 정말 의미 있었다.

흙 속에 묻힌 성을 보는 것은 역사를 보는 것이고 당시를 살았던 사람들의 숨소리를 듣는 것이다. 성돌 사이에서 새어 나오는 그들의 날숨을 내가 또 들이마시는 기분이었다. 사람의 삶은 시대를 초월하여 마찬가지이다. 삶의 양식과 문화의 수준이 다르지만 어느 것이 법이고 어느 것이 진리인지는 아무도 확언할 수 없다. 그러나 한 민족끼리 편을 갈라서 서로 물고 찢고 싸울 필요는 없다. 산성이라는 문화유적은 자랑스러운 우리 문화유산이고 역사를 되짚어 볼 수 있는 자산이지만 한편으로 가슴 아픈 과거이다. 쓸데없이 민족의 저력을 낭비했던 흔적이다. 한반도 압록강 두만강 안쪽, 아니면 간도라고 불리는 중국의 동북 삼성까지 통일되어 싸우지 않고 살아왔다면 얼마나 더 자랑스러운 우리 역사일까? 그러나 지금 그나마 반쪽으로 나뉘어 대치되어 있으면서도 그 반쪽이 갈가리 찢겨 오늘도 물고 뜯고 찢으며 싸우고 있다. 한심하다. 마음의 성이 철옹성을 만든다. 사람과 사람 사이의 성을 쌓지 않고 살 수 있는 날은 언제인가. 마음의 성이 허물어지는 날을 기다려 본다.

가림성(성흥산성)

- **소재지:** 충청남도 부여군 임천면 군사리 산 1-1번지(성흥산 해발 250m)
- **시대:** 백제 동성왕 23년(서기 501년)
- **문화재 지정:** 부여군 사적 제4호
- **규모:** 둘레 1,500m, 높이 3~4m, 테뫼식 석축산성 내외성이 있는 겹성
- **시설:** 우물지 3개소, 문지(남문 동문, 서문) 외성에 북문과 남문 수구터, 군창터
- **답사일:** 2017년 4월 16일

부흥백제군 발길 따라 백제의 山城 山寺 찾아

미륵신앙 도량 성흥산 대조사大鳥寺

대조사 답사는 처음이 아니다. 얼마 전인지는 잘 기억나지 않지만 친구 연선생 내외와 우리 내외가 함께 왔었다. 이번에 다시 찾아가 미륵보살을 다시 한 번 보게 된 것은 행운이다. 당시에는 미륵신앙에 대한 관심도 없고 가림성의 존재는 알지도 못했다.

대조사는 조계종 제6교구 마곡사의 말사이다. 내게는 부흥백제군의 역사적 발자취가 있는 성흥산 가림성 아래 있다는 것이 의미가 더 크다. 그런 절은 대부분 극락보전에 아미타부처님을 모시고 부흥군과 백제 유민의 극락왕생 발원을 연유로 창건되었다. 그런데 대조사는 다르다. 원통보전에 관세음보살을 모셨다. 원통보전 뒤에는 큰 바위가 있고 바위 옆에 석조 미륵보살입상이 있다. 백제 성왕 5년에 창건되었기에 부흥군과 연관된 설화는 발견하지 못했다. 어느 노승이 바위 아래서 수도하다가 큰 새가 날아와 앉는 것을 보고 깜빡 잠이 들었는데, 깨어나 보니 바위가 미륵보살로 변해 있었기에 이 절을

대조사 석조미륵불입상
(보물217호)

대조사라고 한다는 연기설화가 전해온다. 그래서 대조사는 미륵신앙 도량이 되었을 것이다.

가림성으로 올라가는 길 오른쪽으로 대조사 입구가 있다. 소나무가 울창하게 우거지고 그 사이로 벚나무가 이제 막 낙화를 시작하고 있었다. 갈림길에서 대조사 쪽으로 들어가는 길은 내리막길이다. 장송이 하늘을 가려 더욱 그윽하다. 사람들이 꿈꾸는 미래의 세상은 이렇게 아름다운 세계일까? 사찰 주차장 가는 길과 절 마당으로 바로 들어가는 갈림길에서 바라보면 가람이 한눈에 들어온다. 스님들이 얼마나 부지런히 수행하는지 풀 한 포기 없이 깨끗한 마당이 말해준다.

원통보전과 불유정佛乳井 사이에 커다란 벚나무가 꽃이 떨어지자 보랏빛 어린잎이 돋아나기 시작했다. 벚나무는 꽃이 지고 잎이 나기 시작할 때 다시 한 번 꽃을 피운다. 그래서 벚나무는 눈처럼 하얀 꽃과 보랏빛 새잎과 가을의 붉은 단풍까지 세 번 꽃을 피운다. 보랏빛으로 늘어진 가지가 원통보전 부연을 반쯤 가리고 있었다. 벚나무의 해탈이고 벚꽃의 윤회이다.

원통보전 단청이 깨끗하고 아름답다. 법당 뜰에 커다란 개 한 마리가 눈을 지그시 감고 와불臥佛이 되어 깊은 사유에 빠졌다. 원통보전 앞에 삼층석탑이 있다. 삼층석탑은 기단이 2층이라 언뜻 5층탑으로 보이기도 한다. 석탑 주변은 깨끗하다. 하도 깨끗해서 무너진 철책도 보기 좋다. 범종에 새긴 비천문상이 금방 승천할 듯하다. 법당에 들어가려니 견불犬佛이 지키고 있어 내키지 않아 그만두었다. 삼층석탑 앞에서 그냥 삼배만 드렸다. 이렇게 맨입으로 삼배만 드릴 때 민망하다.

요사채와 원통보전 사이를 지나 미륵보살입상 앞으로 올라갔다. 미

륵보살 앞에 가기 전에 용화보전이 있다. 용화보전 앞을 지나 왼쪽으로 올라가면 거대한 미륵보살입상이 나온다. 어느 착한 아드님 내외가 어머님을 모시고 와서 미륵보살님께 예를 표하고 있었다. 미륵보살은 보수 중이었다. 어디를 어떻게 보수하려는지 보기 흉한 철제 버팀목 안에 갇혀 있다. 대조사 미륵보살입상이 특이한 것은 절집이 모두 동남쪽을 향하고 있는데 혼자서 동북을 바라보고 있다는 것이다. 그 자리에 바위가 있어서 바위 모양대로 조성한 것인지 어떤 의미가 있어 그런지는 잘 모르겠다. 먼 미래가 북에 있는지도 모를 일이다.

미륵보살입상은 주변과 잘 어울린다. 옆에 커다란 바위가 있고 낙락장송이 머리 위를 가리고 있다. 다만 생각에 바위가 미륵보살님 뒤에 있고 소나무도 그렇게 있었으면 어떨까 싶었다. 여기서 삼배를 올렸다. 56억 7천만 년 지난 미래에 와서 중생을 제도한다는데 조금 더 일찍 오셔서 시끄러운 세상을 구제해 주셨으면 좋겠다.

용화보전은 안에 미륵불상을 모시지 않았다. 그 대신 뒷벽을 모두 투명한 유리로 대신하여 안에서 미륵보살입상이 보이도록 했다. 용화보전의 주불은 바로 이 석조미륵보살입상이다.

마음은 이미 가림성에 가 있어서 마당을 건너 부지런히 발걸음을 옮기는데 원통보전 옆에 불유정佛乳井이 있다. 이 사찰에 물이 귀해 고생했는데 최근에 예산성당의 장끄렝깡 신부님이 물줄기를 찾아 주어서 샘을 파고 물을 쓰게 되었다고 한다. 부처님께 올리는 감로수를 신부님이 찾아 주었다니 참 기이한 인연이다. 또 신부님이 찾아 준 샘물을 굳이 불유정이라 이름 지은 것도 특이하다. 그분이 미래의 부처님은 아닐까 하고 혼자 헛생각을 해보았다.

미륵신앙의 도량이라고 할 수 있는 대조사에 들렀다 나오며 이상하게 자꾸 최근에 탄핵당한 박근혜 대통령이 생각난다. 그분이 죄가 있든 없든 측은하기 짝이 없는 일이다. 그는 헛된 미륵신앙을 믿었던 것 같다. 부모를 잃은 후의 산란한 마음 때문이었을 것이다. 나와는 흑룡띠 동갑네이지만 어찌 나만큼 세상 갖가지 물을 마셔 보았을까? 그분은 주로 제주 삼다수만 마신다고 한다. 금강 물도 마셔 보고, 태백산 골짜기 물도 마셔 보고, 빗물도 받아 먹어보고, 바위틈에 졸졸 흐르는 물도 마셔 보고, 태백산에 쌓인 눈을 녹여 라면을 끓여 먹어보기도 했어야 가짜 미륵에 현혹되지 않았을 것이다. 책을 한 권도 안 읽은 사람보다 더 위험한 사람은 책을 딱 한 권만 읽은 사람이라는 우스개도 있다. 미륵보살을 딱 한 분만 만나보면 그가 참 미륵이든 가짜 미륵이든 세상의 전부가 된다.

미륵신앙은 석가모니부처님께서 미륵보살로 하여금 아주 먼 후세대에 새로운 세상을 제도하도록 가르침을 준 것인데 혹세무민하는 많은 사기

꾼들이 이용해 왔다. 궁예는 자기 스스로 미륵이라 하며 독재를 했다. 오늘날 독재자들이 마치 자신이 미륵이라도 된 듯 혹세무민하는 것도 그런 맥락이다. 신앙은 우리 삶에 꼭 필요하다. 그러나 교리를 공부하지 않고 맹신하면 헛된 미륵에 현혹되고 만다. 인간의 고통스러운 삶을 구제하고자 하는 종교가 혹세무민이 되고 만다. 미륵신앙도 제대로 알아야 참믿음을 가질 수 있고 악의 미끼에 걸리지 않을 것이라고 본다.

대조사를 나오며 미륵신앙과 잘못된 미륵에 대해 곰곰이 생각하게 되었다. 대조사가 미륵신앙을 제대로 가르치는 사찰이 되기를 빌어본다.

성흥산 대조사

- 소재지: 충청남도 부여군 임천면 성흥로197번길 112
- 시대: 백제 성왕 5년 (527년), 고려 원종 때 중창
- 문화재 지정
  - 대조사석조미륵보살입상(보물 제217호)
  - 대조사석탑(충청남도 유형문화재 제205호)
  - 부여 대조사 목조관세음보살좌상(충청남도 유형문화재 제205호)
- 개요: 대한불교조계종 제6교구 본사인 마곡사(麻谷寺)의 말사
- 답사일: 2017년 4월 16일

두릉윤성豆陵伊城의 결사 항전

가림성을 끝으로 부흥백제운동에 관련한 산성 답사를 마치려고 했다. 그런데 가림성을 답사하고 돌아오는 길에 청양에서 두릉윤성 입구를 발견했다. 두릉윤성도 그 발음 때문에 두루미성, 주류성으로 추정된다는 말을 들었기에 차를 돌려 들어가 볼까 하다가 그냥 지나쳤다. 그런데 궁금해서 견딜 수가 없었다. 오늘 토요일을 맞아 기어이 두릉윤성을 찾아가기로 했다. 세상에 마침이란 건 있을 수 없다. 궁금하면 또 찾아가는 것이다.

7시 28분 시동을 걸고 8시 45분에 백곡리 마을 어귀에 도착했다. 크지 않은 마을인데 어귀에 주차장이 있고, 주차장 부근에 마을의 역사만큼 크고 우람한 느티나무 한 그루가 서 있고 그 아래 충효문이 있었다. 느티나무 바로 옆이 마을회관이고 경로당이다. 주차장 부근에는 두릉윤성, 3·1만세 운동 기념비 같은 마을 역사를 이르는 시설물이 조성되어 있다. 작은 마을에 교회도 있다.

백곡 삼일운동 기적비에는 1919년 4월 5~6일에 700여 명이 참여하여 많은 사상자를 냈던 정산 만세 운동에서 백곡리 출신으로 옥고를 치르거나 태형에 처해지거나 부상당한 이들의 사적을 적어 기리었다. 백실마을은 백제부흥운동, 조선시대 임진왜란 때 의병운동, 일제강점기의 끊임없는 저항 운동으로 잃어버린 주권을 찾기 위해 자존심을 걸고 목숨을 버린 저항의 역사를 가진 마을임을 알 수 있다. 백제 멸망 후에 백제의 혼을 살리기 위한 백제부흥운동의 정신을 전승한 마을이라는 표지판의 설명을 읽으며 과연 그러리라는 생각이 들었다.

느티나무 아래서 마을을 바라보니 두릉윤성이 있는 계봉산으로 보이는 나지막한 산이 팔을 벌려 삼태기처럼 마을을 쓸어 담고 있는 모습이었다. 하늘에서 내리는 온갖 볕이 마을로 쏟아져 들어오고 산의 정기가 내려와 담뿍 괴는 형국이다. 인가는 산줄기를 타고 몇 채씩 모여 있고 마을 안길 양쪽은 텃밭이다. 진입로를 따라 들어가도 사람이 보이지 않는다. 진입로 아래쪽에는 두릅나무가 이제서 싹이 실하게 돋아났다. 텃밭에는 마늘이 이제 다 자라서 알이 굵어가는 모습이다.

마을 안쪽에서는 개가 심하게 짖어대고 개가 짖는 쪽에 한 노인장이 밭에서 일하고 있다. 두릉윤성 가는 곳을 물으니 친절하게 가르쳐 준다. 그러면서 이 마을에서 올라가는 길은 험하니 지곡리로 가서 안쪽으로 들어가면 가는 길이 순탄하다고 덧붙인다. 다시 내려와 지곡리로 가려고 차에 올랐다.

가까이에 있는 지곡리를 찾아가는데도 길이 복잡하다. 앞에 청양으로 향하는 4차선 자동차 전용도로가 있고 또 일반도로가 있고 자동차 전용도로에서 일반도로로 연결되는 나들목이 있어 복잡하다. 이런 길들은 사실 이 마을 사는 분들에게 큰 도움은 주지 못하면서 마을만 도막도막 잘라 놓은 꼴이 된다. 내비게이션도 말을 듣지 않아 어림잡아 찾아들어 지곡리(못안골)를 찾았다. 일반도로 가에 있는 두릉윤성 입구 돌비를 발견했다. 좁은 안길로 찾아들어 갔다. 마을에 이르자 큰 저수지가 있고 백곡리에 비해 좀 더 윤택해 보이는 마을이다.

사람도 더 많고 생기가 넘친다. 계봉산 줄기 하나가 가운데서 언덕이 되어 백곡리와 지곡리를 나누어 두 마을을 감싸 안고 있었다. 백곡리가 서향 마을이라면 지곡리는 온전하게 남향 마을이다. 마을은 온통 꽃에 묻혀 있다. 차를 세우니 젊은 사람들이 주차장을 일러주며 그곳에 주차해 달라고 했다. 그리고 두릉윤성 진입로를 잘 안내해 주었다.

두릉윤성은 마을을 안고 돌아 목숨 걸고 짖어대는 개들을 뒤로하고 산으로 올라가는 시멘트 포장길을 따라가야 한다. 가파른 시멘트 포장길을 올라간다. 어제보다 오늘이 더 덥다. 바야흐로 녹음의 계절이다. 진입로 양쪽에 잡목을 베고 소나무를 가꾸느라 중장비가 마구 파헤쳐 놓았다. 조금 올라가니 진달래를 심고 영산홍을 심어 가꾸었는데 처음에는 화려해서 보기 좋더니 바로 싫증이 난다. 자연 그대로만 어림없다. 능선에 올라가니 두릉윤성 가는 길과 약수터로 가는 갈림길이 나온다. 갈림길에서 왼쪽으로 돌아서니 바로 남문지가 보인다.

남문지 앞에 커다란 돌에 백제 두릉윤성과 백제부흥운동의 사적을 기록해 놓았다. 청양에서는 이곳을 백제부흥운동의 근거지인 주류성이라고 주장한다. 이곳에서 부흥군의 저항이 있었던 것은 틀림없는 사실이다. 주류성을 중심으로 임존성, 학성산성, 장곡산성이 나당연합군을 괴롭힌 주요 거점이라고 백제부흥운동사에서 기록하고 있다.

남문지는 흩어진 돌을 모아 훗날 다시 쌓은 것 같다. 아마 그랬을 것이다. 자연석을 그냥 성황당 쌓듯이 쌓아 올리고 그 위에 나무를 심었다. 나무 두 그루는 크기로 보아 오래된 나무는 아닌 것 같다. 마치 수문장 같다. 자연석은 다듬어 쓴 흔적은 보이지 않는다.

남문지는 그냥 그렇고 왼쪽으로 돌아 서쪽 성벽을 돌아보았다. 역사가 오래되어 그런지 남은 성벽도 거의 무너져 내렸다. 옛 모습을 볼 수 있는 곳을 찾아보니 몇 군데는 그대로 있다. 그런데 이 성벽이 백제시대 쌓은 것이 그대로 남아 있는 것 같지 않았다. 옛 모습이 남은 부분은 다른 산성에 비해 많지만 축성방법이 조잡하다고 할까? 자연석을 그대로 쐐기돌조차 없이 쌓아 올렸다. 아무리 보아도 이런 방법으로 쌓은 성벽이 천오백 년이나 견디어 냈다는 것이 믿어지지 않는다. 돌은 상당히 크고 단단해 보였다. 모양이 제각각이고 크기 또한 일정하지 않아 자로 크기를 재어보는 것이 크게 의미 있어 보이지는 않았다. 보통 가로가 30cm~40cm, 세로 가 20cm 정도로 들쭉날쭉하다. 성벽 아래 기왓조각이 널브러져 있다. 성 안에서 흙이 넘쳐서 성벽을 덮기 시작하고 그 위에 나무와 풀이 자라고 있다. 그러나 성벽이 땅속에 고이 묻힌 모습은 아니다.

남문지로 올라가 성내를 돌아보았다. 이 성도 외벽을 쌓고 안을 흙으로 채우는 식으로 축성공사를 했다. 서벽을 돌아 북으로 돌아보았다. 북으로 가기 전에 광장이 있고 부흥백제군 영혼을 위로하는 제단이 있다. 아마 도 이 지역 자치단체에서 제를 지내주는 모양이다. 들어오는 입구에서 4 월 19일이 그 제례일이라는 현수막을 보았다. 제단은 임존성만 못했다. 성 내는 잡초를 깎아 다듬어 깔끔하다. 아마도 지난 4월 19일 추모제를 지낸 흔적인가 보다. 이곳에서 살피면 성의 한가운데는 불룩 산처럼 솟았다. 흙 으로 쌓아 장대를 만든 것인지 애초에 있는 산봉우리인지 구분이 되지 않 는다. 아무튼 장대로 쓰였음이 분명하다. 올라가 보았다. 장대 부분도 평 평하고 두두룩하다. 마치 소잔등 같다. 이곳에 건물도 있었으리라.

장대에서 내려와 동쪽 성벽으로 가보았다. 남벽과 서벽이 200m쯤 되는 데 비해 동벽은 짧다. 기록에 보면 100m가 조금 안 된다고 한다. 이 성은 테뫼식 산성이면서 산봉우리를 비스듬히 안고 돌아 가운데가 잘록하게 들어가 마치 누에고치 모양이다. 눈이 어두워서 더 자세한 것 이나 특이점이 발견되지 않았다.

원형이 남은 성벽

두릉윤성 장대지와 제단

동벽은 흙더미 속에 감추어진 돌이 겉으로 몇 개씩 드러나 있다. 그 위에 아름드리나무들이 자라고 있다. 만약에 나무를 베고 흙을 벗기면 어떨까? 그 안에 천오백 년 성벽이 고스란히 드러날 수 있을 것인가? 성안의 평평한 부분에 기왓조각이 여기저기 널려 있다. 아마도 이 부분에 매우 큰 건물이 있었던가 보다. 와편과 토기편을 모아 보았다. 기와는 겉과 속이 다 회색이다. 빗물에 닳고 닳아 만질만질하다. 뒷면에 빗살무늬 같은 무늬가 있다. 토기 조각은 겉은 짙은 갈색이고 깨진 단면은 붉은 황토색이다. 무늬가 있지만 무늬를 통하여 시대를 짐작해내는 재주가 내게는 없는 것이 아쉽다. 그냥 천오백 년 전 그 아스라한 시대에 이곳에 우리랑 똑같이 근심 걱정 많은 이들이 지키고 있었을 것이라는 생각뿐이다. 고향을 떠나 이곳에 주둔했거나 이 아랫마을인 백곡리나 지곡리 사람들이 이곳에 머무르며 백제의 혼을 지키려고 목숨을 걸었을 것이다. 밤이 되면 산 아래에서 먹을 것을 이고 올라와 남정네에게 먹이고자 하는 젊은 아낙도 있었을지 모른다. 북에서 핵 공격 위협이 있듯, 남쪽 신라에서 서쪽 당에서 북쪽 고구려에서 군사가 몰려 달려들지도 모른다는 두려움에 떨며 밤을 새웠을지도 모른다.

이곳은 백제부흥운동의 4대 거점이라고 한다. 청양 사람들은 한산의 건지산성, 예산의 임존성, 유성의 내사지성(월평동산성)과 함께 두릉윤성을 4대 거점이라고 주장한다. 그러나 성의 규모라든지 견고함으로 보아 중요 거점이기는 해도 시발점이나 최후의 거점이라고 하기에는 적절하지 않아 보인다. 다만 이곳이 사비에서 북방에 위치하고 있어 북서쪽에서 오는 적을 방어하거나 정찰하는 중요한 요새가 되었음은 분명하고 부흥군이 이곳에 주둔하면서 저항한 것도 분명해 보인다.

전해지는 바에 의하면 사비성에서 병관좌평으로 있던 정무장군이 왕자 충순을 모시고 신라의 품일장군에 대항하여 38일간이나 버티다가 함락되었다고 한다. 정무장군은 전열을 가다듬고 사비성 부근까지 공격해서 나당연합군을 닥치는 대로 죽였다. 또한 진현성(대전)도 공격하여 사비성을 고립시켰다. 신라의 김유신 장군은 편지를 보내 항복하면 죽이지 않고 벼슬을 주겠다고 회유했으나 정무장군은 단호히 거부하고 끝까지 싸워 이들을 퇴각시켰다. 그러나 주류성 지도부의 내분으로 부흥백제가 지리멸렬해지자 정무장군의 군사도 모두 흩어졌다. 주민들로 이루어진 부흥백제군이었을 가능성이 매우 크다. 이곳 주민들의 성향 또한 외세에 대한 강한 거부감을 가지고 있으니 그럴 만도 하다. 아마도 지역에서는 이 사실을 두고 부흥백제의 거점이라고 하는지도 모르겠다. 아무튼 슬픈 역사를 지닌 성이다.

이 성을 따로 찾아오기를 잘했다. 여기서 지역주민의 외세에 대한 강한 저항의식을 발견했다. 지역이 나라의 기틀이라면 이것이 곧 애국이라고 생각한다. 서기 663년 4월 19일 이 성이 함락되었고, 이날을 기려 위령제를 지낸다고 한다. 내려오는 길에 마을을 지나며 옛 부흥백제의 모습을 생각하니 씁쓸한 마음 둘 데 없다.

두릉윤성(두릉이성, 두릉이성, 두릉산성)

- **소재지**: 충남 청양군 정산면 백곡리 산18(계봉산 해발 210m)
- **시대**: 백제시대
- **문화재 지정**: 청양군 문화재 자료 제156호
- **규모**: 성 둘레 560m, 높이 4~5m, 석축 테뫼식 산성
- **답사일**: 2017년 4월 29일

토축 산성의 전형 서천 건지산성

건지산성은 백제 부흥군의 마지막 거점이라고 주장하는 몇 개의 산성 가운데 하나이다. 전의 운주산성, 금이성, 예산 임존성은 이미 답사했다. 홍성의 학성산성은 아직 벼르는 중이다. 언젠가 친구들과 서천을 방문한 적이 있었는데 한산이씨의 본향인 한산면 건지산성 부근에 있는 목은 이색 선생의 문헌서원만 돌아보고 바로 인근의 건지산성을 돌아보지 못해 안타까웠다. 나 혼자 원한다고 해서 돌아볼 수 있는 여건이 못 되었기 때문이다. 성안에 있는 봉서사와 함께 볼 수 있어서 더욱 좋을 것 같았다. 이럴 때는 미루지 말고 혼자 떠나는 것이다. 물 한 병 찰떡 한 덩이를 배낭에 넣고 카메라만 챙겨 가지고 바로 출발했다.

봉서사鳳棲寺 주차장에는 차가 한 대도 없었다. 배낭을 메고 출발했다. 우선 봉서사 경내로 들어갔다. 수선화가 노랗게 피어 있었다. 백제 산성 안에 있는 사찰이 다 그렇듯이 극락전이 고고하다. 삼배를 드리고 나와서 건지산성을 일러주는 팻말을 찾아 비탈진 산길을 올라갔다.

건지산성은 토성이다. 다시 쌓으려는지 아니면 정비하려는지 성벽 위의 나무를 다 베었다. 중장비를 동원하여 나무를 베느라 성벽 아래 중장비의 바퀴 자국이 선명하게 나 있고 토성이라 일부 훼손되기도 했다. 아름드리 참나무들을 베어낸 그루터기가 선명하다. 흙은 온전한 황토이다. 베어낸 나무도 다 치워서 주변 정리가 잘 되었다. 토성은 다시 건드릴 필요가 없을 정도로 옛 모습이 뚜렷하게 보존되어 있었다.

건지산성 성벽

정상부분 테뫼식 성벽

부흥백제군 발길 따라 백제의 山城 山寺 찾아

성벽 위에 올라가서 성을 돌아보니 성의 윤곽이 다 보인다. 건지산 두 봉우리에 걸쳐서 긴 타원형으로 토축되었다. 양쪽 봉우리에 작은 테뫼식 산성이 있고 가운데 구릉을 잇는 산성은 자연스럽게 포곡식으로 되어있다. 마치 헤드폰headphone처럼 두 봉우리에 있는 내성은 테뫼식, 외성은 포곡식으로 축성되었다. 산성 한가운데 구릉으로 한산면 호암리에서 영모리로 넘어가는 자동차 길이 나 있다. 자동찻길은 2차선으로 좁은 도로이고 이 도로를 통하여 성안에 있는 사찰인 봉서사로 들어가기도 한다. 이 길이 조성 시기부터 있던 길인지는 알 수는 없지만 호암리 쪽에 동문이, 영모리 쪽에 서문이 있었던 것으로 추정된다. 도로에는 차가 심심찮게 지나다닌다. 도로 옆에는 작은 개울이 한산면 소재지 쪽으로 흘러간다.

봉서사에서 비탈길을 올라가 만난 성벽은 도로가 끊어놓은 곳에서 훨씬 정상 쪽으로 올라가 있었다. 처음부터 살펴보기 위해서 다시 서문

건지산성 건물지

으로 짐작되는 도로 쪽으로 내려왔다. 성 위에 난 길로 내려오면서 살펴보았다. 토성이라도 지금처럼 외벽까지 비스듬했을 리는 없다. 오랜 세월을 지나면서 성벽의 흙이 흘러 내려서 이렇게 비스듬한 성벽으로 바뀐 것이 틀림없다. 아마도 처음에는 성벽 양쪽에 기둥을 박고 널빤지를 댄 다음 황토를 넣고 다졌을 것이다. 황토를 물에 이겨서 다졌을 수도 있다. 여러 가지 공법으로 쌓았기에 지금까지 보존되어 있지 않을까 생각된다.

서문지는 성벽이 끊어진 부분에서 약간 어긋나 있었다. 봉서사 쪽으로 성벽이 약간 바깥쪽으로 기울어지고 반대쪽은 안쪽으로 꾸부러져 있다. 이른바 옹성甕城의 효과를 기대한 것 같다. 청주시 정북동 들판 한가운데 있는 정북동토성에서도 이런 형태를 발견할 수 있다. 길에 내려가서 성을 올려다보니 상당히 높아서 약 5~7m쯤 되어 보였다. 아마도 이곳에 문이 있었을 것이다. 문헌에서는 성의 높이가 능선 부분은 1m 정도, 서문지 부분은 3m 내외라고 되어있지만 내가 보기에는 능선 부분은 1~3m 정도, 서문지 부분은 5~7m 정도는 되어 보였다. 성의 너비는 아랫부분은 약 300cm, 윗부분은 150cm 정도로 짐작되었다. 성의 절개지 부분을 살펴보면 황토를 지나 색깔 고운 적토인 데다가 잔돌 하나 섞이지 않은 깨끗한 흙이다.

서문지 부근에 건물터로 보이는 평지가 있다. 평지는 봉서사 쪽은 계단식으로 널찍하고 아직도 뚜렷하게 건물이 있었던 흔적이 보였다. 건물의 모양과 크기를 짐작할 수 있을 정도이다. 성의 내부에 민가가 있었다고 보기는 어렵고 군사들이 주둔하는 건물이 계단식으로 세워져 있었을 것으로 보인다. 이곳에서 와편이나 토기편 등이 발견되었다기에 지팡이로 파헤쳐 보았으나 풀과 낙엽이 많아 찾을 수 없었다. 더 파면 찾을 수도 있겠지만 훼손될 가능성이 있어서 참았다. 이곳에서 불에 탄 곡식의 재도 발견되었다는데 그런 것을 찾지 못해 아쉽기는 하였다. 대신 서문터라고 추정되는 곳 가까이 건물지에서 와편 몇 조각을 발견하였다. 서문지는 절개면에서 황토가 계속 허물어지고 있는데 아무런 조치를 하지 않아 안타까웠다.

다시 정상 부분으로 올라가기 시작했다. 정상으로 올라갈수록 가팔랐다. 그러나 나무를 베어내어 걷기에는 편했다. 정상에 오르니 뚜렷하지는 않지만 보루처럼 둥글게 쌓은 성의 윤곽이 보인다. 봉우리는 길쭉하게 150m 정도이고 너비는 30m 내외였다. 이곳은 한산 쪽으로 경사가 매우 급해서 자연 성벽이 되었다. 그 위에 토축했는데 아직도 윤곽이 뚜렷하다. 윤곽은 뚜렷한데 나무를 베느라고 그랬는지 중장비가 오르내려 황토 성벽이 많이 훼손되었다. 천오백 년 이상 지탱해 온 성벽이 현대에 와서 부주의로 이렇게 훼손되는 걸 생각하면 안타깝다.

정상에는 건지산정이라는 정자를 세워 놓았다. 그리고 정자를 건립하게 된 동기들을 적어 놓았다. '乾止山亭'이라는 현판의 글자 중에 止자가 건지산의 芝와 달라서 의아했다. 모든 문헌에 다 芝로 나오는데 정자의 현판을 止로 쓴 연유가 궁금하다.

정자 아래에는 건지산성에 대한 설명을 나무판에 적어 세워 놓았다. 설명에는 건지산성이 주류성이라 백제 부흥군의 마지막 저항 거점지라고 되어있다. 임존성의 경우처럼 '거점지로 알려져 있으나 아직 확인되지 않았다'라고 정확하게 했으면 더 좋았을 것이다. 역사란 자기편에서 생각하면 이렇게 아주 쉽게 왜곡된다. 운주산성에 가면 최후의 거점이 바로 거기라고 한다. 내가 운주산성만 가보았을 때는 거기가 바로 최후의 거점이라고 굳게 믿었었다. 역사는 해석이 중요하다. 어떻게 해석하느냐에 따라 미래 설계가 달라진다. 이렇게 내게 보이는 것만으로 해석하려 하면 무서운 결과가 나온다. 일본의 시각으로 보니 독도마저 자기네 땅이라고 하지 않는가. 이런 시각 때문에 백제사나 고구려사가 땅에 묻힌 것이 아닌가? 가야의 역사도 마찬가지이다. 더 많이 찾아내고 고증해야 한다. 또 안내판 제목은 건지산성의 안내판으로 해 놓고 목은 이색의 문헌서원, 봉서사, 한산면 소재지 등에 대하여 더 많은 설명을 덧붙였다. 건지산성에 대한 궁금증을 해소할 수 있을 정도의 정보 전달이 아쉽다.

정상에서 내려다보니 한산면 소재지가 뚜렷하게 보인다. 아주 멀리까지 너른 들판이 다 내려다보인다. 육안으로 봐도 자동차가 지나가는 것까지 다 보였다. 이렇게 전망이 좋으니 이곳이 훌륭한 전망대이고 보루가 되었을 것이다. 반대쪽의 건지산 정상의 성의 모습까지 뚜렷하게 보였다. 마치 하늘에서 내려다보는 것처럼 성의 윤곽이 다 보였다.

정자에서 한산면 사무소로 가는 등산로도 있었다. 아마도 한산면 소재지에서 등산객들이 바로 이곳으로 올라왔다가 내려가는 모양이다. 나는 다시 반대쪽 산을 올라가야겠기에 올라온 길을 되짚어 내려오기로 했다. 정상에서 동문지 쪽으로 내려올 수도 있었으나 너무 가파르고 험해서 안전한 쪽으로 내려왔다.

내려오는 길에 보니 건지산정의 건립에 대한 송덕비가 여럿 있었다. 이른바 지역 유지들의 덕을 기리는 비였다. 정자보다도 이곳에 있던 건물을 고증해서 지었더라면 의미가 컸을 것이다. 등산로 안내는 여러 곳에 있는데 임존성처럼 성의 개념도는 없었다. 건지산성 개념도와 함께 등산로를 알리는 표지판을 구안해서 설치하면 지역주민에게 역사문화

부흥백제군 발길 따라 백제의 山城 山寺 찾아

에 대한 소중한 정보를 전달하는 계기가 될 수 있을 것 같았다.

다시 서문지로 와서 이곳저곳을 본 다음 작은 산봉우리로 향한다. 성벽 바로 아래에 묘지가 몇 군데 있다. 이쪽은 훨씬 완만한 능선이고 성벽도 높지 않았다. 정상부에 오르니 완만한 줄만 알았던 산이 갑자기 험준하고 일부 돌로 쌓아 기초를 한 위에 흙으로 쌓은 부분을 발견하였다. 정상부에서 동쪽으로 돌아가는 곳에 건물지로 보이는 평평한 곳이 보였다. 이곳에서 동쪽 성 위로 길도 없는 곳을 헤치며 내려왔다. 경사가 급하고 험했지만 그냥 내려왔다. 몇 번 미끄러지긴 했어도 아랑곳하지 않았다. 작은 나무들을 낫으로 베어낸 자리가 칼날같이 날카로웠다. 가파른 성을 내려와 작은 도랑을 건너 도로 위에 올라 봉서사 주차장으로 올라왔다.

건지산성은 정상부에 있는 두 개의 작은 테뫼식 내성을 고리처럼 이어 포곡식으로 쌓은 특이한 형태로 축성된 산성이다. 또한 이 산성을 중심으로 동서로 두 개의 작은 타원형의 테뫼식 산성이 더 있다고 한다. 시간이 없어 두 군데를 다 가보지는 못했지만 공산성에서 볼 수 있는 보조성이거나 일종의 보루라고 생각한다. 건지산성이라는 큰 산성이 본부가 되고 보조성이나 작은 보루들은 주변을 관찰하는 망대가 되었을 것이다. 지금까지 답사한 백제의 산성들이 대개 이런 형식을 띠고 있는 것으로 보인다. 이성과 금이성의 중간에 작성이 있고 금이성과 비암사 사이에 알려지지 않은 비암산 보루(내가 붙인 이름)가 있다. 이것을 모자축성법이라고 하는데 모성母城과 자성子城의 연결고리라고 한다. 건지산성도 모자축성법에 의한 산성으로 생각할 수 있다.

건지산성은 백제의 수도로부터 서쪽 바다와 금강의 어귀를 지키는 매우 중요한 역할을 했다. 당과 백제의 교역과 쟁패의 현장인 기벌포와 연계되는 백제 수호의 요지였다. 일본서기에 의하면 백제의 최후 순간에 부흥백제군을 지원하러 왔던 군사들이 기벌포에서 당군에게 전멸했다고 하니 건지산성과 더불어 슬픈 역사가 아닐 수 없다. 물론 기벌포가 백강전투가 치열했던 백강이라 단정하기는 어렵지만 말이다. 백제 최후의 격전지라고는 하나 부흥군 3천 군사가 최후를 맞아 몰살당한 슬픔의 현장은 아무래도 아닌 듯하다. 성의 모습이 그렇게 보이지 않고 삼천의 군사가 굴속에서 죽임을 당했다고 하는데 굴이 있을 법한 곳도 없다. 주류성은 험준한 산악지대라고 하는데 이곳은 들이 넓은 평야지대이다. 또한 봉서사는 후에 다른 곳에서 이곳으로 옮겨진 절이라 하니 그들의 명복을 비는 사찰도 없다. 백제의 변방을 지키는 중요한 성이었음은 분명하다.

건지산성

- 소재지: 충남 서천군 한산면 지현리(건지산 해발 160m)
- 시대: 백제 후기에서 통일신라시대
- 문화재 지정: 충청남도 사적 제60호
- 규모: 둘레 1,300m
- 형식: 토축 산성, 내성 테뫼식 산성, 외성은 포곡식 산성
- 답사일: 2016년 4월 16일

부안 우금산성과 백강전투

우금산성은 전라북도 부안읍에서 남쪽으로 약 10km 떨어진 개암사開巖寺 뒷산에 있는 둘레 3,960m의 테뫼식 산성이다. 석축산성의 일부가 잘 보존되어 있다. 군데군데 수구도 온전하게 보존 된 것이 보인다. 우금산성이 663년 8월 부흥백제가 최후를 맞은 아픔을 지니고 있는 산성이라 주장하는 사람들이 있다. 그래서 반드시 답사하려고 했으나 실행에 옮기지 못하였다. 우금산성을 미처 답사하지도 못하고 2017년에 백제부흥운동의 발길을 따라 산성산사를 답사하고 쓴 수필집《가림성 사랑나무》를 발간하여 아쉽기만 했다. 그런데 이듬해 2월 우연한 기회에 이 산성을 답사하게 되었다.

공주대학교 백제문화연구소에서 발간한《백제부흥운동사 연구》에 보면 부흥백제의 수도라고 할 수 있는 주류성의 위치에 대해 설이 분분하다. 주류성이란 이름이 일본서기에만 전해지기 때문에 그 위치에 대한 추정이 각기 다를 수밖에 없다. 북쪽으로부터 세종시 전의면 운주산성, 홍성의 장곡산성 또는 학성산성, 청양의 두릉윤성, 예산의 임존성, 서천의 건지산성, 그리고 부안의 우금산성이다. 7개의 산성 중에서 모두 답사하고 부안의 우금산성만은 가지 못했었다.

개암사 주차장에 주차하고 입산하여 한 날망을 올라갔을 때 산성 윤곽이 보이기 시작했다. 이것이 산성이라는 감이 오기 시작했다. 함께 간 사람들에게 산성이라고 말했다. 석성에 흙이 덮이고 그 위에 잡목과 잡초가 우거졌다. 풀숲에서도 성벽의 형태는 뚜렷하다. 여기도 다른 산성처럼 등산로가 성벽 위로 나 있는 것이다.

다시 한 날망을 올라서니 발굴 조사하는 부분이 보였다. 아마도 문지
門址인가 보다. 성 전체의 동쪽이니 동문지가 아닌가 한다. 흙 속에 묻혀
있던 성벽이 옷을 벗고 알몸을 드러냈다. 건물지로 추정되는 바닥은 비닐
로 덮어 훼손되는 것을 방지했다. 한옆에 기와편을 쌓아놓았다. 발굴하
는 사람들이 소나무 한 그루도 함부로 베어내지 않았다. 발굴 작업은 아
직 끝나지 않은 것 같다. 나중에 알아보니 지난 1월경에 우금산성 동문
지 발굴 결과가 이미 보도되었다고 한다.

드러난 성벽은 오랫동안 흙 속에 묻혀 있어서 성석이 아주 깨끗하다.
성석은 잘 다듬어 쓴 것은 아니다. 그렇다고 자연석을 그대로 쌓은 것도
아니었다. 일부 그대로 쓴 것도 있고 일부 생긴 대로 쓴 것도 있다. 아마

우금산성 동문지 발굴조사

발굴지의 기와 조각

부흥백제군 발길 따라 백제의 山城 山寺 찾아

도 축성공사를 할 때 자연석으로 쌓으면서 쌓기 좋게 망치질하면서 쌓은 것 같다. 기록에 의하면 3차례 이상 고쳐 쌓은 것으로 추정된다고 한다.

기와편이 꽤 많이 나왔나 보다. 형태가 비교적 괜찮은 것들만 분류하지 않고 옆에 쌓아놓았다. 나는 만지지 않고 위해서 사진만 찍었다. 빗살무늬도 있고 물고기 가시 무늬도 있었다. 그런데 특이한 것은 연꽃무늬가 발견된 것이다. 1천5백여 년 전 무늬가 고스란히 남아 있었다.

기와편과 함께 토기편도 몇 조각 보였다. 토기는 진흙으로 빚었는지 검은색이고 두께가 아주 얇았다. 이렇게 얇게 빚어 불에 구워 일상에 사용할 수 있을 정도로 단단하게 만들 수 있었다면 상당한 수준이라는 생각이 들었다.

보도에 의하면 기둥을 세웠던 홈이 있는 돌도 나왔다고 한다. 대개 이런 것을 목주홈석이라 하는데 아마도 나무기둥을 세웠던 흔적이 아닐까 한다. 동문지 발굴 결과 여러 가지 성문의 특이점을 발견했다고 하는데 자세한 발표결과는 아직 없다.

부안 사람들은 이곳이 틀림없는 주류성이라고 믿는다. 그 근거로 백강전투가 이곳 변산 앞바다에서 이루어졌다고 학자들이 고증하고 있다. 그러나 서천에 가면 건지산성이 주류성이라고 하면서 금강하구인 기벌포를 백강전투의 현장이라고 소개한다. 기벌포 전투에 대해서는 해석이 분분하다. 676년 신라가 당나라 군사를 격파하여 당나라 세력을 삼한에서 완전히 몰아낸 전투라 하기도 하고, 663년 부흥백제와 왜의 연합군과 나당연합군의 전투로 왜군이 완패함으로써 부흥백제의 최후를 맞이하게 된 백강 전투로 보기도 한다. 그런데 사실은 이 두 전투가 별개의 전투인데 663년의 백강 전투에 관한 이야기는 부흥백제 멸망 이후 역사 속에서 묻혀버린 것으로 생각할 수 있다. 백강이 어디인가는 의문이지만 금강을 백강이라고 한다면 기벌포 전투가 바로 백강 전투라고 할 수 있을 것이다. 백강 전투를 부흥백제군과 왜의 연합군과 나당연합군의 전투로 보는 여러 문헌에서 조사한 내용을 토대로 그 개요를 요약해 보면 다음과 같다.

부흥백제군 세력은 주류성으로 추정되는 부안 우금산성에 진을 치고 있으면서 661년 9월 부흥백제군의 도침대사와 복신이 왜에 건너가 있던 왕자 부여풍에게 요청한 왜의 지원을 받아 함선 170척에 군사 만여 명 거느리고 귀국하였다. 662년 3월 왜의 부흥백제 지원군 2만7천 명이 가미쓰케노 기미와카코, 아베노 히라우의 지휘로 백강에 들어왔으며, 663년 8월 왜군 1만여 명이 보충되었고 함선이 1천여 척이나 되었다.

당나라는 유인궤의 군사 1만7천 명과 문무왕과 김유신의 신라군이 나당연합군에 합세하였다. 당시 왜 수군과 당 수군 및 신라군의 동태를 보면, 663년 8월 13일 풍왕이 왜군을 백촌에서 맞이하였고, 같은 달 17일 나당군은 주류성을 포위하며 공격하였다. 당 수군은 7월 17일부터

견고한 성벽

부안진성에서 진을 치고 지형과 조류를 조사하고 전략을 짰다. 8월 13일에 도착한 왜 수군이 백촌강으로 거슬러 올라갔다가 급속히 빠지는 썰물을 모르고 배를 돌릴 겨를도 없이 배들이 펄 속에 처박혀 움직일 수 없었다. 이때 당군은 화공을 퍼부어 왜함선 4백여 척을 불태웠다, 간석지의 넓은 습지는 물이 빠지면 갯벌이 되기 때문에 배를 돌릴 여유가 없었던 것이다. 왜군들은 배에서 뛰어 내려 걸어가려 했지만 질퍽한 갯벌을 빠져나가지 못하고 죽임을 당했다. 살아남은 병사들도 주변의 방책지로 이동하였으나, 나당군의 공격으로 최후를 맞이하게 되었다.

왜병 선단은 전군을 셋으로 나누어 4번 선제공격하였으나 4번 모두 실패하였고, 1천여 척의 함선 중 4백여 척이 불에 타고, 병사 만여 명 전사하고, 1천여 필의 병마가 죽었다.

이로써 백강전투는 부흥백제가 최후를 맞는 정점이 되었다.

백강전투가 이렇게 나당연합군의 완전한 승리로 끝났기 때문에 부흥백제의 운명은 663년 8월로 볼 수 있다. 일본서기에서 백제의 멸망을 660년으로 보지 않고 663년으로 보는 것도 풍왕이 백제의 마지막 왕이고 백강전투가 백제의 최후라고 보았기 때문이다.

발굴지를 돌아가다가 길을 잃었다. 발굴터를 가로질러 등마루로 올라섰어야 하는데 옆으로 돌아가다가 길을 잃은 것이다. 절벽을 타고 곧바로 오르니 산성이 다시 나왔다. 이곳에서 울금바위까지 평탄한 성벽 위를 걸었다. 울금바위 가까이 가니 성의 윤곽이 뚜렷하게 보였다. 성은 전체적으로 남쪽보다 북쪽이 넓은 사다리꼴 모양을 하고, 내외 석축의 방법으로 쌓은 견고한 석성이었다. 1천5백여 년 전 삼국시대, 아니면 가야 시대에 쌓은 산성이 아직도 남아 있다는 것은 참으로 신비로운 일이다.

울금바위에는 굴이 몇 개 있는데 원효굴이라 이름한 곳도 있고, 복신굴이라 이름한 곳도 있다. 원효굴은 원효의 수도터일 테고 복신굴은 복신이 숨어 백제를 부흥시키려 했던 곳일 수 있다. 원효굴은 입구가 좁고 굴이 깊지 않았다. 복신굴은 입구가 넓고 굴 안이 매우 넓었다. 복신굴로 알려진 매우 큰 굴에서 가파른 길을 내려오니 개암사이다.

우금산 복신굴   우금산 원효굴

개암사 마당에서 대웅전을 바라보니 절집 지붕 위에 울금바위가 마치 바위 문이 열리는 것처럼 보였다. 그래서 개암사라 했는지 모른다. 바위 문이 열리고 부처님의 자비가 넘쳐흐를지 모르는 일이다. 대개 백제부흥운동에 관련된 산사의 금당은 극락보전에서 아미타부처님을 모시고 백제 유민과 부흥군의 명복을 비는데 이곳 개암사는 대웅보전으로 되어있다.

부안 사람들은 이곳을 부흥백제국의 왕성인 주류성이라고 한다. 그러면 왕성이라고 할 만한 건물이 있어야 한다. 일본에 가 있던 왕자 부여풍을 모셔와서 부흥백제국의 왕으로 옹립하였으니 건물은 당연히 왕궁의 규모를 지녀야 한다. 또한 최후의 격전지로서 토굴에서 삼천의 군사와 유민이 몰살당한 전설에 근거하여 그 증거인 토굴도 있어야 한다. 또 복신과 도침의 전설에 맞는 사찰도 있어야 한다. 이런 여러 가지 조건을 충족시키는 성은 아직 찾지 못한 것 같다.

주류성이라고 가정하는 7개의 산성을 지금까지 답사한 결과를 돌이켜 보면 성의 규모나 주변 환경 등을 고려하여 예산의 임존성이 부흥백제의 왕성인 주류성이 될 가능성이 가장 크고 운주산성이 최후의 격전지였을 가능성이 가장 크다고 본다. 그런 생각을 하게 된 것은 임존성의 규모가 크고 건물지가 많으며 남문지 바로 아래 백제부흥운동의 중심인물인 도침대사가 세운 대련사라는 절이 있기 때문이다. 그리고 부여 도성에서 멀지 않아 백제 유민이나 군사들이 흑치상지 장군을 따라 운집했을 가능성도 크다. 또한 운주산성 부근의 비암사에는 백제의 명문거족이었던 천안 전씨와 관련된 불비상이 발견되었고, 연기지역의 다른 산사에서 불비상이 발견되었던 점을 들 수 있다. 불비상에는 백제 역대 제왕과 유민의 왕생극락을 기원하는 소망이 담겨 있다고 인정되기 때문이다.

우금산성

- 소재지: 전라북도 부안군 상서면 감교리
- 시대: 삼국시대
- 문화재 지정: 전라북도 시도 기념물 제20호
- 규모: 둘레 3,960m
- 답사일: 2018년 2월 23일(함께 간 사람- 부부등산모임 '백만사' 회원 12명)

왕자의 비극과 고왕암 古王庵

신원사에 머무는 동안 시나브로 기우는 해가 계룡산 산그늘을 검은 치맛자락처럼 드리우기 시작했다. 신원사의 다른 전각은 훗날로 미루고 서둘러 고왕암으로 발길을 돌렸다. 낙락장송의 숲길이 좋아 걸어가면 좋으련만 시간이 너무 늦어 승용차에 올랐다. 가풀막진 길이라 자동차도 힘겹다. 차머리 바로 앞길이 보이지 않는다. 느낌으로만 가속페달을 밟을 때마다 엷은 두려움이 엄습했다. 내려올 때가 더 걱정되었다. 쓸데없이 옛날에 타던 무쏘 생각이 간절하다. 무쏘라면 두려운 곳이 없다. 옛것은 다 그리운 것이다. 옛것은 좋았던 것만 생각나게 마련이다. 백제 역사도 그래서 그리운 것인가.

마지막 경사로를 오른 다음 금룡암 작은 주차장에 차를 세웠다. 여기부터 오솔길을 걸어야 한다. 좁은 시멘트 포장길을 천천히 걸어 장송이 우거진 모롱이를 돌아가니 작은 공터가 나왔다. 그 자리에 서서 계룡산 준령들을 올려다보았다. 멀리 아직도 눈이 쌓여 있는 연천봉이 하얀 머리를 내민다. 산은 어느 산이나 어디서 보나 장엄하다. 오솔길은 이름만큼 순탄하지 않다. 자갈이 구르고 바윗돌이 삐죽삐죽 올라왔다. 나무뿌리가 만질만질하게 닳아 몇 번이나 미끄러져 넘어질 뻔했다. 계절을 감지하지 못한 두툼한 옷에 땀이 밴다. 오르막길이다. 주변에 단풍나무 같은 온갖 활엽수들이 빼곡하고 집채만 한 바위들이 포진했다. 과연 왕자가 피신할 만한 곳이다. 아마도 돌계단은 최근의 부지런한 스님이 조성한 것 같다. 아름드리나무들과 주변 바위를 이용해서

부흥백제군 발길 따라 백제의 山城 山寺 찾아

고왕암 백왕전

교묘하게 돌계단을 만들었는데 웬만해서는 무너지지 않을 것 같았다.

조릿대 숲을 지나니 고왕암의 처마가 보였다. 이제 다 왔구나. 잠시 서서 땀을 식혔다. 왕자도 이곳쯤에서 땀을 식혔을까? 부왕과 태자 부 여효는 잡혀가고 패망한 나라와 백성을 버리고 이곳까지 도망쳐올 때 그 심정이 어떠했을까? 부왕에 대한 원망이 있었을까? 자신을 돌아보 며 수없이 후회했을까?

고왕암 마당에 들어서니 절집보다 더 커다란 바위가 막아선다. 고왕암 이란 현판을 달고 있는 법당은 산 밑에 바짝 의지하고 서 있다. 법당은 신원사를 바라보고 있고 백제 온조왕부터 의자왕까지 혼령을 위로하기 위해서 세웠다는 백왕전은 본전을 시위하고 있다. 법당을 지키듯 서 있 는 맞은편의 커다란 바위벽에는 마애약사여래불이 부조되어 있다. 법당 에 들어가기 전에 스님의 거처가 있었다. 스님은 안 계신지 고요하다.

법당에 들어갔다. 중년의 남자 신도 한 분이 묵상에 잠겨 있다. 바닥이 차다. 나는 방석도 깔지 않고 불전을 놓고 삼배를 드렸다. 부처님을 우러러보았다. 나는 아미타부처님과 석가모니부처님을 잘 구분하지는 못한다. 지권인을 한 비로자나부처님은 그 수인으로 금방 알 수 있는데 말이다. 그래서 대웅전이면 석가모니부처님, 극락전이면 아미타부처님이라고 생각해 버린다. 그런데 고왕암은 현판이 고왕암이니 확실히 알 수는 없다. 백제 31왕의 극락왕생을 기원하는 백왕전이 있으니 아미타부처님을 모셨을 것이라 짐작한다. 하품중생인을 하고 협시불로 관세음보살과 대세지보살을 모신 것으로 보아 아미타부처님이 분명하다.

백왕전은 커다란 자물쇠로 잠겨 있다. 바위벽에 부조로 새겨 모신 약사여래를 돌아보았다. 자연석에 새겼는데 매우 섬세하고 아름답다. 옷자락의 늘어진 선이 금방 손을 들어 움직인 모습이다. 입술, 눈썹, 코의 모습도 살아 미소 짓고 있다. 이마에서 금방이라도 땀방울이 구를 것 같은 느낌이다.

자연굴, 법당, 원효굴 다 돌아보았으나 막상 융피굴(피왕굴이라고도 함)을 보지 못했다. 안내도 없고 주변에 석굴은 보이지 않았다. 쉽게 찾을 수 있으면 피신처가 될 수도 없었을 것이다. 요사채 앞에 가서 또다시 기척을 해 보았다. 스님은 계시지 않는다. 마침 샘물가에 보살 한 분이 계셨다. 스님을 물으니 출타하셨단다. 차 한 잔 얻어 마시고 좋은 말씀을 들을 수 있었을 텐데 아쉬웠다. 다시 왕자님 숨었던 굴을 물었다.

공양주 보살을 따라 공양간으로 들어갔다. 부엌에서 다시 문을 열고 뒤안으로 들어가니 거기 굴이 하나 있었다. 굴 안에는 여러 가지 식재료들이 쌓여 있었다. 하긴 이런 곳에 김치 항아리를 두면 자연 냉장고가 될 것이다. 여기 숨어 있으면 아무도 피신처라고 의심하지 않을 것이다. 굴은 깊지 않았다. 들어가 볼까 생각도 했지만 식재료나 항아리 그릇 같은 것이 있어 공양주보살께 미안해서 들어가 보지는 못했다. 굴이라 우선 음습하고 추워 보였다. 가서 웅크리고 앉아서 초라한 왕자가 되어 보고 싶었다. 부여융은 이곳에서 무슨 생각을 했을까. 여기서 숨어 있다가 잡혀서 부왕과 함께 당나라에 끌려갈 때 심정이 어떠했을까.

왕자는 이곳에 숨어 있다가 소정방 군사의 포로가 되었다. 아마도 신라의 군사가 와서 체포하여 소정방에게 넘겼을지도 모른다. 부여융은 여기서 포로가 되어 공산성으로 끌려가 신라 왕자 김법민이 뱉은 침을 얼굴로 받는 치욕을 겪기도 했다. 부왕과 함께 당나라로 가서도 온갖 수모를 다 겪었다. 부여융은 수모로 끝난 것이 아니라 복신과 도침 흑치상지의 부흥군을 토벌하는 데 앞장서게 된다. 자의에 의한 것인지 당의 요구를 버릴 수 없는 것이었는지는 알 수 없지만 역사적 수모를 겪었다. 그 후 복신과 다른 왕자 부여풍 사이에 다툼이 일어나고, 부흥군의 명장 흑치상지도 배반하여 당의 벼슬을 받고 부흥군과 맞서는 역사적 비극을 만들어 간다.

결국 신라는 당과 힘을 합쳐 부흥군의 내부를 분열시키고 스스로 와해하도록 조장한 것이다. 부여융도 당에서 죽어 부왕과 함께 당의 북망산에 묻혔다. 묘지석이 최근에 발견되었다고는 하나 확인할 길 없다.

국가에만 역사가 있는 것이 아니라 개인에게도 역사가 있다. 자신의 미래를 잠시만이라도 생각했다면 어떻게 판단해야 하는지 쉽게 결정할 수 있었을 텐데 개인적으로 봐도 참으로 안타까운 일이다. 오늘날 이러한 치졸한 역사를 재현하는 정치인들을 보면 복철지계라는 고사가 생각나는 일이다.

신라는 백제의 왕과 백관을 어떤 생각으로 이민족인 당에 넘겨주었을까? 아무리 무너진 왕가와 백관일지라도 어떻게든 제 땅에서 살게 해주었어야 한다. 그게 아니라면 차라리 처형해 버리는 것이 나았을 것이다. 아무래도 민족의 손에 의해 죽는 게 낫지 않을까 싶다. 부흥군의 토벌도 당과 연합하여 완성했으니 신라는 스스로 통일을 이룬 것도 아니다. 백제의 멸망 과정과 부흥군의 한 맺힌 최후를 보면 1천5백 년이 지난 지금에도 수치스럽고 마음 아프다.

스님을 뵙지 못해 아쉽기는 했으나 한 가지 마음속 과제를 해결한 기분이다. 마지막 왕자 부여융이 죄도 없는 죄인의 몸으로 신라군에 의해 포박당하여 내려온 돌길을 나도 걸어 내려왔다. 같은 핏줄에게 잡혀 이 민족에게 넘겨질 때 아마도 그때부터 당하게 될 수모를 각오했을 것이다. 수모를 예상하고 그 자리에서 싸우다 죽는 것이 오히려 나을 것이라고 판단했다면 후세인들을 이렇게 마음 아프게 하지는 않았을 것이다.

원망스럽다. 역사가 원망스럽고, 그를 잡아 당에 넘긴 민족이 원망스럽고 죽음을 각오하고 당에 저항하는 것이 오히려 나을 것이라는 생각을 하지 못한 비겁하고 우둔한 왕자가 원망스럽고 그가 다시 부흥군을 섬멸하느라 자신의 백성에게 활을 겨눈 말로가 원망스럽다. 어차피 이 국에서 떠도는 혼이 되어버린 운명인 것을 말이다. 원망스럽다. 지난 일이지만 나라면 단연코 그 자리에서 당장 죽었을 것이다.

계룡산 신원사 고왕암

- 소재지: 충청남도 공주시 계룡면 양화리
- 시대: 서기 660년 의자왕의 명으로 동운 스님 창건
- 개요: 대한불교 조계종 제6교구 본사 마곡사의 말사 중 하나인 신원사의 산내 암자
- 특징: 융피굴과 마명암, 백왕전
- 답사일: 2016년 2월 11일(2차 방문 때 친구 남주완 동행)

　　　　　　　　　　부흥백제군 발길 따라 백제의 山城 山寺 찾아

부여 은산별신제와 당산토성

    세종시 비암사를 비롯한 충청남도 홍성, 예산, 부여, 공주, 서천 지역의 백제부흥운동 유적지에서는 해마다 4월이면 백제부흥운동으로 희생된 부흥군, 가족, 역대 제왕에 대한 제례가 있다. 운주산 고산사는 의자왕을 모시고 제례를 지내고, 비암사는 세종시의 지원을 받아 백제영산대재를 올린다. 지방자치단체가 주관이 되어 이와 비슷한 제례를 올리는 곳이 많다. 내가 참관한 백제영산대재는 비암사 백제영산대재밖에 없다. 고산사대재를 가보고 싶으나 벼르다 때를 놓치곤 했다. 대부분이 백제대재 형식인데 부여군 은산면 은산리에서는 '은산별신제'라는 동제

은산별신제 유래비

형식이다. 백제대재와 동제가 통합된 형태라고 볼 수 있다. 부흥백제군 장수를 마을 수호신으로 모시고 마을 주관으로 행해진다.

　주요무형문화재 9호인 은산별신제는 잘 알지 못했는데 지방신문에서 기사를 읽고 찾아가기로 했다. 4박 5일 동안 지방축제와 더불어 여러 가지 제례 행사가 있는데 4월 1일에는 은산풍물, 상당행사, 두부행사, 본제행사 등 중요한 제례와 행사가 집중되어 있어 이날을 택했다. 아침 일찍 승용차로 출발하여 2시간이 안 되어 은산면 은산리 당산성 아래 별신당 마당에 차를 댈 수 있었다.

　별신당 주변에는 사람들이 많이 모여 있고 완장 찬 이들이 차를 통제하고 있었다. 별신당으로 들어가는 은산천 옆 제방도로에는 장승이 늘어서 있고, 장승 옆으로 승용차들이 주차되어 있다. 어디 한 군데도 주차할 만한 곳이 없다. 그렇지, 이럴 때는 걷는 것이다. 차를 돌려 나와서 은산 파출소 앞 너른 길가 공터에 주차했다. 그리고 배낭을 메고 행사장으로 걸어갔다. 빗방울이 떨어진다. 방수 재킷을 배낭에 넣고 그냥 걸었다. 다행히 많이 내리지는 않는다.

　〈은산별신제〉라는 현수막이 많이 걸린 골목으로 들어갔다. 초등학교 건물인데 비어 있었다. 알고 보니 은산초중학교로 병합되는 바람에 건물이 비게 된 것이란다. 아이들이 없어 학교 건물이 비워져야 하는 안타까운 농촌 현실이 은산면도 예외는 아니었다. 운동장은 깨끗하다. 화단에 매화가 곱다. 사람들은 줄다리기 준비를 하고 있었다. 바로 시작할 것 같지 않아 서문으로 나가 아까 갔던 별신당으로 갔다.

　별신당 앞에 마당이 넓고 커다란 차일을 쳤다. 마당 바로 옆에는 은산별신제 전수회관이 있었다. 전수회관 건물은 규모가 컸다. 그 앞에서 아

은산면민 줄다리기

낙네들이 음식 준비를 하고 있었다. 먹고 마시는 것이 축제이니까. 전수회관으로 내려가 보았다. 임동권 교수가 은산별신제를 고증하여 오늘날의 모습으로 확정했다는 유적비가 있다. 제례를 지내는 시간은 아직 멀었다. 12시도 안 되었는데 본제는 밤 9시부터 11시까지 거행한단다. 오늘 본제를 보기는 어려울 것 같다. 내년에는 차비를 하고 오리라.

별신당을 지키는 마을 사람의 허락을 받아 안을 들여다보았다. 가운데에 산신을 모시고 동쪽 벽에 복신福信을 서쪽 벽에는 토진대사土進大師의 위패와 초상화를 봉안했다. 토진대사는 도침대사의 오기로 사람들은 알고 있다. 복신은 백제 무왕의 조카이고 백제부흥운동을 주도했다. 도침대사는 봉수산 대련사를 창건한 스님으로 임존성에서 복신과 흑치상지 장군과 함께 백제부흥운동을 주도한 스님이다. 그런데 훗날 복신은 부흥군의 주도권을 차지하려고 도침을 암살한다. 그렇게 보면 도침과 복신의 초상화가 같은 신당 안에서 마을 사람들의 제물을 흠향하고 있으니 역사의 아이러니라고 아니할 수 없다.

은산별신제에는 다음과 같은 기원전설이 전하고 있다.

옛날 은산 지방에 전염병이 유행하여 마을에서는 날마다 많은 사람
이 죽어 가고 있었다. 어느 날 마을의 한 노인이 잠시 낮잠이 들었는
데, 백마를 탄 한 장군이 나타나 하는 말이 "나는 백제를 지키던 장군
인데 많은 부하와 함께 억울하게 죽어 백골이 산야에 흩어져 있다. 그
러나 아무도 돌보는 사람이 없어 영혼이 안정을 못 하고 있다. 그러니
그들을 잘 간수해 달라"고 청하면서 그렇게 해주면 마을에서 역질疫疾
을 쫓아내 주겠다는 것이었다.

노인이 깜짝 놀라 깨어보니 꿈이었다. 노인은 마을 사람들을 모아놓고
꿈 이야기를 하고 백마 탄 장군이 꿈에 가르쳐 준 장소에 가보았더니 과
연 백골이 여기저기 흩어져 있었다. 마을 사람들은 역질을 없애주기를
바라면서 백골을 정성껏 주워 모아 무덤을 만들어 장사를 지내주었다.
그랬더니 마을에서 역질이 없어져 사람들은 평안하게 살 수 있게 되었다.

이런 일이 있은 뒤 마을 사람들은 "병마를 없애고 마을을 태평하게 해
주십사" 하며 사당을 짓고 백제의 장군을 제사 지내게 되었다. 그 제사가
곧 오늘날의 별신제이다. 별신제는 3년에 한 번씩 정월에 지내는 일이 많
다. 그러나 윤달에는 지내지 않는다.

사진은 찍지 않았다. 그냥 앉아서 기다릴 수도 없고 무얼 할까 하다
가 별신당 뒷산에 당산성이 있다는 것이 생각나서 산성을 돌아보기로
했다. 혹시 부흥군의 백골이 흩어져 있던 곳이 이 당산성이 아닐까.

별신당에서 오른쪽에 산으로 오르는 오솔길이 있다. 이 길이 산성을
답사하는 사람들을 위해서 낸 길인지 아니면 외성인 듯한 성곽 위에

부흥백제군 발길 따라 백제의 山城 山寺 찾아

있는 묘에 가느라 난 길인지 정확하게 알 수가 없다. 아무튼 그 길을 따라 산으로 올라가 보았다. 잔디가 참 곱다. 산으로 오르는 길목에 은산 당산성 안내 표지판이 있다. 안내판은 크지 않다. 그냥 안내판에 성의 규모 정도를 적어 놓기는 했어도 성곽의 개념도라든지 성곽의 역사라든지 발굴 조사한 내용이라든지 하는 내용은 하나도 없다. 아직 역사적으로 고증되거나 발굴조사하지는 않았나 보다.

충정공 면암 이상진 묘소에 올라서 마을을 내려다보면서 언뜻 이 부분이 외성일 수 있다는 생각이 들었다. 그런데 묘소 위에 등산로를 따라 오르면서 별로 잘 가꾸지도 않은 과수밭을 돌아보니 거기가 외성의 성벽이라는 것을 짐작할 수 있었다. 계속 산으로 올라가니 토성의 흔적이 보이기 시작한다. 누가 봐도 이것이 성벽이라고 알아볼 수 있을 만큼 흔적이 남아 있는 것은 아니다.

잡초와 잡목이 우거져 있다. 혼자서 성을 한 바퀴 돌면서 확인했다. 낮은 산이면서도 사람들의 발길이 끊어져 더욱 황량하다. 동벽을 돌고 북벽 위 성 길을 걸으면서 보니 북쪽 부분이 잘 남아 있는 것 같았다. 서쪽은 은산천이 있고 바로 절벽이다. 서에서 남으로 돌아내려 오는 길에 운동기구들이 잡초 속에 묻혀 있다.

성의 흔적을 알아보기 어려워도 이곳이 매우 중요한 요새로 쓰이던 때가 있었으리라. 이 성은 청양군 백곡리 두릉윤성과 함께 임존성을 공격하려는 나당연합군의 공격로를 차단하는 중요한 요새가 되었다고 한다. 반드시 임존성을 차지해야만 하는 나당연합군의 골칫거리가 되었을 것이다. 결국 힘이 다하여 임존성이 함락될 때 두릉윤성과 함께 이곳 당산성도 함락되었을 것이다. 그때 얼마나 많은 사람이 이 작은 산성에 뼈를 묻었을까 생각하니 숙연해진다. 너른 들판 한가운데 표고 60m의 나지막한 산봉우리에 쌓은 테뫼식 토성도 역사의 중요한 의미를 지니고 있는 것을 보면 우리나라는 곳곳이 박물관이고 역사의 현장이라 생각할 수 있다.

산성을 돌아보고 내려와서 다시 초등학교 운동장에 가보았다. 사람들의 이야기가 올해는 소제라 볼 것이 별로 없고 내년에 대재이기 때문에 볼 것이 많다고 했다. 운동장에서는 아직도 줄다리기를 하고 있었다. 빗방울이 떨어진다. 마을 사람들의 생각은 축제와 마을 잔치에 있고 나는 제례에 있다. 제대로 보려면 준비를 단단히 하고 여기서 밤을 지낼 생각을 해야 한다. 운동장은 사람들로 가득하고 별신당 앞은 아직도 고요하다.

당산토성

부흥백제군 발길 따라 백제의 山城 山寺 찾아

은산별신제

- 문화재 지정: 주요무형문화재 제9호
- 장소: 부여군 은산면 일원(충남 부여군 은산변 은산리 은산별신제 보존회)
- 기간: 2017년 3월 29일~4월 2일
- 답사 및 참관일: 2017년 4월 1일

은산 당산성

- 소재지: 부여군 은산면恩山面 은산리 (당산 해발 60m)
- 문화재 지정: 충남기념물 제153호(2000년 1월 11일 지정)
- 규모: 내성 180m, 외성 250m
- 개요: 낮은 산자락에 자리한 테뫼식 토축 산성

은산별신제 일정

- 제1일: 물봉하기 행사, 조라술 담그기, 장승 깎기(장소는 은산천, 화주집)
- 제2일, 3일: 집굿 행사(기원농악)
- 제3일: 상당행사, 본제 행사(장소는 화주집에서 별신당)
- 제4일: 동산제 행사, 장승제 행사(장소는 별신당 독산제당, 동서남북 장승터)
- 부대행사: 면민화합 민속경기, 은산풍물, 두부행사, 면민화합 노래 장기자랑, 행운권 추첨
- 은산별신제 보존회 회장 최병윤, 사무국장 이재명

2부

쟁패와 아픔의 현장

- 옥천에서 청주까지

구진벼루의 비극

　구진벼루는 관산성 전투에서 성왕이 어이없게 전사한 백제 역사의 운명적 갈림길이다. 옥천군 군서면 월전리 개천이 굽이돌아 흐르는 곳에 벼랑이 있고, 벼랑 아래에서 천오백 년 전 백제의 운명이 뒤바뀌는 사건이 일어났다. 구진벼루는 '굽은 개천에 있는 벼랑'이라는 의미의 옥천 월전리 현지 말이다. 달리 '구진베루', '구진벼리'로 부르기도 한다. '개천'을 한자 표기로 '狗川'이라고 쓰다가 구진벼루가 되었는지도 모른다. 아무튼 구진벼루에서 관산성이 바로 코앞이고, 관산성에서 보면 구진벼루가 바로 발아래이다. 직선거리 800m라 하니 방귀도 크게 뀌면 들릴만한 거리이다.

　오늘은 구진벼루와 관산성으로 떠난다. 아침 운동을 나갔다가 늦게

구진벼루

　부흥백제군 발길 따라 백제의 山城 山寺 찾아

돌아와 9시가 넘어서야 출발했다. 청원나들목으로 들어갔나 싶은데 금방 옥천이다. 먼저 구진벼루로 차를 몰았다. 그래야 관산성에 올라서도 구진벼루를 바로 내려다볼 수 있을 것 같았다. 옥천읍에서 월전리로 들어가는 37번 도로 이름이 성왕로이다. 성왕로는 옥천에서 추부를 거쳐 부여까지 이어지는 길이다. 성왕은 추부 '마전'에서 전투를 지원하다가 지금의 성왕로를 따라 말을 달려 이곳에 왔을 것이다.

국궁연습장인 관성전 못미처에서 우회전하여 조그만 다리를 건너면 길은 월전리 마을로 들어가는 길과 구진벼루라는 벼랑이 있는 개천의 둑방길로 갈라진다. 월전리는 마을 뒤편 서북쪽이 야산으로 둘러싸여 있고 앞으로 금강 줄기인 시냇물이 굽이쳐 흐른다. 마을 앞으로는 평평한 농지가 형성되어 있고, 시냇물을 건너 절벽이 있다. 시냇물은 맑고 깨끗한 데다가 기암기석이 녹음 속에서 불쑥불쑥 얼굴을 내밀고 있는 절경이다. 지리 교과서에서 우리나라 강촌마을을 설명할 때 보여주는 표본 같은 농촌 마을이다. 군데군데 도회지 사람들의 전원을 낀 별장이 보인다. 오늘은 천오백 년 전 엄청난 역사를 다 잊어버리고 매우 평화스러운 마을처럼 보였다.

마을 앞을 지나 구진벼루를 곁에 두고 고리산(환산)으로 건너가는 소로가 있다. 마을 남쪽으로 관산성, 용봉산성, 동평산성, 마성산성을 지나 장령산으로 이어지는 산줄기는 옥천읍 시가지를 감싸 안고 용틀임한다. 서북쪽으로 식장산이 우뚝 솟아 대전과 옥천의 경계를 이룬다. 신라와 백제의 경계도 이렇게 이루어졌을 것이다. 식장산은 보기 흉한 통신탑을 머리에 이고 있어 힘겹다. 아마도 옛날에는 봉화대가 있었을 것이다. 지금은 전파의 봉화대가 서 있는 셈이다.

강둑에 나 있는 좁은 시멘트 포장도로를 따라서 계속 들어가니 냇물이 한번 굽이치고, 절벽과 농지의 위치가 뒤바뀌는 곳에 성왕 유적비가 서럽게 서 있었다. 잡목이 우거지고 쑥대가 무릎까지 올라온 가운데에서 비신은 그나마 말끔하다. 부여 사람들이 읍내 중앙에 점잖게 모셔놓은 성왕을 옥천 사람들은 어이없는 죽음이라는 슬픈 사연으로 기억하고 되새기는 것이다.

백제 제26대 왕인 성왕은 무령왕의 아들이다. 서기 523년에 왕위에 올라 554년 구진벼루에서 변을 당할 때까지 31년간이나 왕위에 있었다. 서기 538년 협소한 웅진에서 광활한 사비로 천도하여 국호도 남부여로 고치면서 백제 중흥을 꿈꾼 야심 찬 군왕이었다. 고구려, 신라, 가야, 왜 등 주변 나라들과 경쟁하면서 찬란했던 문화와 나라의 위상을 회복하려 무진 애를 쓴 군왕이다. 고구려에게 빼앗겼던 한강 유역의 땅을 70여 년 만에 도로 찾기도 하고 가야에도 세력을 뻗치었다. 신라 진흥왕과 화친과 다툼을 주고받으면서 끊임없이 삼한통일을 준비하였다. 심지어 딸을 진흥왕의 후비로 보내고 겉으로는 화친의 손을 내밀면서 기회를 엿보기도 했다.

성왕이 변을 당한 것은 그 유명한 관산성 전투이다. 관산성 전투는 신라에게 빼앗겼던 관산성을 도로 찾으려는 야심 찬 계획이다. 백제는 가야, 왜와 연합하여 대군을 이루어 태자 부여창이 지휘에 따라 신라에게 빼앗긴 관산성을 침공하였다. 신라는 가야 마지막 왕인 구형왕의 막내아들이면서 김유신 장군의 할아버지인 김무력 장군과 삼년산성의 비장 도도가 부여창의 백제군을 협공하였다. 마전에서 전투를 독려하던 성왕은 태자를 격려하려고 다만 50명의 친위대만 이끌고 이곳을 지나다가 김무력의 지시로 매복 중이던 도도의 군사에게 생포되었다.

부흥백제군 발길 따라 백제의 山城 山寺 찾아

성왕 유적비

재위 31년간이나 백제의 중흥을 위해 많은 업적을 남긴 왕이 한낱 신라의 병졸에게 목을 늘이고 자신의 칼을 내어주면서 죽음을 기다렸다는 것은 참으로 어이없는 일이다. 일부 학설에 의하면 부여창의 군대가 관산성을 이미 탈환하였으나 재탈환하려는 김무력 장군의 극렬한 공격에 어려움에 처하자 격려하러 가던 길이었다니 더욱 안타까운 일이다. 불과 1km도 안 되는 관산성에서 태자가 내려다보는 시야 안에서 말이다. 부왕의 목을 받아든 젊은 태자는 이성을 잃고 흥분하여 작전도 없이 신라군에게 덤볐다.

성왕이 거동한다는 첩보를 듣고 이곳에 침투부대를 잠복시킬 정도로 노련한 신라의 김무력은 젊은 태자의 이런 무모한 공격을 기다렸을 것이다. 고리산성을 거쳐 백골산성까지 쫓긴 2만9천6백 명의 백제 군사가 전멸했다고 역사는 전한다. 백제는 성왕이 애써 일구어놓은 국력을 백골산성에서 붉은 피로 흘려보낸 것이다. 이것이 구진벼루의 비극이다.

성왕은 행차를 더욱 신중하게 행하였어야 한다. 가야는 친신라파와 친백제파가 있었고, 조정에는 관산성 공격을 찬성하는 친왕권파와 반대하는 귀족들의 파벌이 있다는 사실을 알았어야 한다. 세작들의 책략도 있었을 현실을 바로 알아 신중하게 거동했어야 한다.

성왕의 죽음으로 백제는 혼란에 빠지게 되었다. 성군을 잃어버린 손실도 있었지만 밖으로 가야나 왜와의 동맹이 무너지고, 신라의 공격은 더욱 거세어졌다. 안으로는 많은 군사를 잃고 왕과 함께 했던 국가 운영의 주역들을 함께 잃어버렸으며 관산성 전투를 반대했던 귀족들이 득세하여 위덕왕(부여창)의 국가 운영 정책들이 받아들여지지 않아 혼란에 빠졌다. 백제가 파멸의 길을 걷게 된 것은 이때부터라고 생각한다. 구진벼루 사건은 백제 운명의 갈림길이 되었다.

관산성 전투에서 성왕이 어이없는 죽임을 당하지 않고 백제가 승리했다면 삼한의 역사는 어떻게 전개되었을까? 반대로 신라가 삼년산성까지 쫓기어서 전멸하다시피 했다면 어찌 되었을까? 가야가 신라 대신 백제에 흡수되고 백제가 삼년산성까지 차지하여 신라의 국운을 위협했을 것이다. 삼한통일의 형세가 백제로 기울어 백제가 통일을 이루어냈다면 우리 문화의 색깔도 달라졌을 것이다. 시조 온조왕의 말대로 '검이불루 화이불치儉而不陋 華而不侈'라는 백제문화의 가치가 오늘을 지배하게 되었을지도 모른다. 역사는 큰 사건으로도 방향이 바뀌지만, 한순간 지도자의 판단에 따라서도 전혀 다른 길로 돌아가게 된다. 부여 사람들은 아직도 성왕을 존경하고 어이없는 죽음을 안타까워한다.

이곳 성왕 사절지死節地에서 관산성은 서남으로 800m 거리라는데 관산성이라고 생각되는 산줄기를 바라보니 바로 지척이다. 지도상으로 보면, 여기서 남쪽 산줄기에 관산성지, 용봉, 동평성, 마성산 줄기가 뚜렷하다. 우두커니 유적비를 바라보다 비석을 한번 쓰다듬고 관산성으로 향했다.

구진벼루여! 성왕이여! 백제의 운명이여!

백제국성왕사절유적비

- 소재지: 옥천군 군서면 월전리
- 답사일: 2011년 6월 11일(아내 송병숙 동행)

삼성산성은 관산성管山城

관산管山이 옥천의 옛 이름이라는 데에 이견은 없다. 그런데 관산성의 위치에 대한 역사학자들의 주장은 다르다. 옥천군 군서면의 현재 삼성산성이라 불리는 곳으로 추정하기도 하고, 군북면의 환산성(고리산성)이라고 보기도 한다. 대부분 문헌에서 옥천읍을 감싸 안고 있는 산줄기의 삼성산성을 관산성일 가능성이 큰 것으로 보고 있다. 관산성(삼성산성), 용봉산성, 동평산성, 마성산성의 산성 줄기를 답사하기로 했다.

장마가 끝났다. 새벽에 창밖을 내다보니 동녘 하늘이 파랗게 열려 있다. 오늘도 혼자 떠나야 한다. 그런데 만만찮은 답사 여정인데 요즘 시원찮은 아비의 건강이 미덥지 않았는지 아들이 따라나선다. 핑계는 운전이다.

아들 차를 타고 떠났다. 경부고속도로 남청주 IC로 들어가 옥천으로 나갔다. 옥천읍 가화리 현대아파트 이면 도로에 차를 세웠다. 한번 가본 길이라 들머리를 바로 찾아갔다. 나무 계단에 물이 괴어 있다. 장마철에 이끼가 끼어 미끄럽다. 아직 마르지 않은 나무뿌리와 등걸을 밟으면 그냥 나자빠지기 십상이다. 오랜만의 햇살로 지상의 열기가 훅훅 올라온다. 데워진 습기가 온몸을 푹 고아내는 기분이다. 빗물에 등산길이 마구 패어 나갔다. 여기저기 자갈이 뒹군다. 오르막길이 끝날 무렵 팔각정에서 잠시 쉬면서 물을 마셨다. 옥천 읍내가 희뿌연 안개에 가렸다. 읍내의 열기가 이쪽으로 몰려오는 기분이다.

삼성산성에 오르는 데는 시간이 오래 걸리지 않았다. 잡초더미 속에

부흥백제군 발길 따라 백제의 山城 山寺 찾아

있는 표지석에는 삼성산성이라고 해 놓고서 설명에는 백제와 신라가 치열하게 전투를 벌였던 관산성이라고 했다. 성터로 내려가 둘러보았다. 성은 무너져 돌무더기로 변했다. 활엽수와 잡초가 우거진 돌무더기를 헤집으며 성의 흔적을 찾는다. 참으로 특이하게 생겼다. 남벽은 정상에서 능선을 타고 서에서 동으로 늘어지고 북벽은 능선에서 북쪽 기슭으로 내려가서 역시 동서로 길게 뻗었다. 테뫼식 산성이라고 할 수도 없고 골짜기를 감싸 안지도 않았으니 포곡식 산성이라고 하기도 그렇다. 그냥 남벽은 높고 북벽은 낮은 반월형 산성이라고 해야겠다. '삼성산성'이라는 이름처럼 세 겹으로 이루어진 겹성이다. 남벽은 능선에서 2~3m 정도 아래 280m 정도라 하고, 북벽은 정상에서 30m 아래에 1차 성벽, 거기서 50m쯤 떨어진 곳이 2차 성벽, 거기서 70m 정도 떨어진 곳에 외성인 3차 성벽이 있다. 월전리와 성왕로 쪽에서 올라오는 적을 방어하는 목적이 큰 성으로 보인다. 내성은 석성이고 외성인 3차 성벽은 토석혼축 산성이다.

북벽의 3차 성벽인 외성의 길이는 약 500m 정도로 보인다. 정상에 장대지가 있고 기와편이 보인다. 동쪽과 서쪽에 문지가 있다. 서쪽 정상 부근의 장대지에는 문지가 있는데 이 문을 통해 구진벼루 쪽으로 출입이 가능할 것으로 보인다. 성벽의 높이는 돌무더기의 양으로 보아 5m는 족히 되어 보였다.

삼성산성은 용봉산성, 동평산성, 마성산성으로 이어지는 산성 띠의 관문이라고 볼 수도 있다. 생각에 이곳 네 개의 산성과 지금은 옥천읍 시가지가 되거나, 경부고속도로, 경부선철도 등으로 거의 훼손된 삼거리토성, 삼양리토성, 서산성과 함께 일곱 개의 성을 통틀어 관산성이라고 하지 않았을까 하는 생각도 들었다. 정말 그것이 맞을 것 같다. 이

성들이 옥천 지역을 감싸 안고 있기 때문이다. 물론 동북쪽에 고리산성이 있고, 서북으로 노고성 등 몇 개의 성이 더 있기도 하지만 말이다.

이 일곱 개의 산성 줄기는 백제에서 보면 최전방 방어선이고 신라에서 보면 삼년산성을 사령부로 한 전진기지라고 생각된다. 그래서 관산성 전투와 같은 국가의 운명을 건 국제전이 이곳에서 일어났을 것이다. 그렇다면 여기서 정지용 문학관이 있는 옥천 구읍에서부터 월전리에 이르는 이 벌판이 바로 전쟁터였다고 볼 수 있다. 김무력 장군이 이끄는 신라군과 태자 부여창이 이끄는 백제, 가야, 왜의 연합군이 목숨을 걸고 이곳에서 싸웠다. 관산성을 차지하면 옥천 고을을 차지하는 셈이다.

이 산성의 의미를 아들에게 얘기했다. 역사에 관심이 많고 배경지식이 나보다 많은 아들은 대번 알아듣는다. 나는 이들이 누구를 위해 싸운 것인가 의문을 제기했다. 경영학을 공부한 아들은 옥천의 경제적 정치적 가치를 말한다. 나는 결국 권력을 쥐고 있는 사람을 위해 민초들이 희생된 것이라 했더니, 아들은 모두 자기 자신을 위해 싸운 게 아니겠냐고 한다. 싸우는 당시는 자신이 죽지 않기 위해서, 그리고 상사에게 신뢰를 받기 위해서, 상사는 승진하기 위해서, 그리고 최고 권력자에게 신뢰받기 위해서 싸우고, 최고 통치자는 결국 백성의 삶의 풍요를 위해서 싸운 게 아니냐는 식이다. 수긍이 간다. 경영이라는 생각이 바닥에 깔려 있다. 맞다. 김무력은 가야의 마지막 왕인 구형왕의 아들이다. 당시 홀대받던 가야 출신으로 진흥왕의 인정을 받아야 하고, 삼년산성의 비장 도도는 노비 출신이니 신분 상승을 해야 했을 것이다. 부여창은 사비성의 억센 귀족들의 코를 납작하게 해 놓고 이어받을 왕권을 확실하게 강화하고 싶었을 것이다. 역사는 결국 자기 안경의 색깔을 통해서 보게 되는 모양이다.

돌무더기를 헤치며 옛날을 생각한다. 우거진 활엽수 사이로 구진벼루가 보인다. 구진벼루는 여기서 1km도 안 된다. 바로 저기서 성왕이 어이없는 죽음을 맞이했기에 백제의 꿈도 성왕의 꿈도 여기서 사그라졌다. 백제의 꿈이 잡초에 묻혀 있는 용봉으로 향한다.

삼성산성

- 소재지: 옥천군 옥천읍 양수리와 군서면 월전리 사이의 삼성산(해발 303m)
- 시대: 백제계 산성(삼국시대)
- 규모: 내외성 총 둘레 약 900m
- 형태: 삼태기형 겹성(남고북저의 반월형) 석축산성(내성) 및 토석 혼축산성(외성)
- 답사일: 2011년 7월 17일(아들 용범 동행)

용봉산성은 관산성의 망루

　용봉산성으로 가는 길에 전망이 아주 좋은 봉우리를 만났다. 용봉으로 착각할 정도로 전망이 좋았다. 생각해 보니 전에 아내와 왔을 때 여기가 용봉인 줄 알고 성벽을 찾다가 점심만 먹고 돌아간 곳이다. 옥천의 벌판이 다 보인다. 봉우리에 선 채로 전망을 설명했다. 저건 고리산, 식장산, 저기 바로 저기 아득한 곳에 성왕의 사절지가 있다고 아들에게 일러주었다. 아들은 매우 흥미롭게 듣는다. 관산성전투에 대해 역사적 사실로만 알고 있다가 현장에서 지형에 대비하면서 생각하니 더욱 실감 난다. 아들은 백제, 신라, 가야, 일본, 고구려와 당나

용봉산성에서 옥천읍 조망

부흥백제군 발길 따라 백제의 山城 山寺 찾아

라 등의 삼국의 역학 관계를 내게 상세히 설명해 준다. 일본에서 주장하는 가야에 대한 임나본부설이 사실이라 믿을 수 없지만, 당시로써는 상당히 복잡한 국가 간 이해관계에 대해 자세한 설명을 들을 수 있어 좋았다.

길은 아주 좋다. 길은 사람들이 다닌 흔적이다. 옛사람들이 다니던 이 길이 이제는 옥천읍 사람들의 산책로가 되었다. 한 10분 오르막길을 걸으면 또 한참 내리막길이거나 등마루가 된다. 날씨는 여전히 덥다. 온몸이 땀에 젖는다. 바지까지 흠씬 젖었다. 땀을 흘리니 몸이 홀가분하다.

용봉에 올랐다. 하늘이 더없이 맑아 시계가 아주 멀다. 동으로 고리산성의 성돌이 보일 것 같다. 북으로 식장산 안테나가 우뚝하다. 옥천에서 추부로 향하는 성왕로가 실지렁이처럼 기어간다. 옥천 읍내가 한눈에 보인다. 큰 도시는 아니지만 두 손바닥에 올려놓고 보는 듯하다. 옥천은 이제 평화로운 도시이다. 멀리 KTX도 오늘은 평화롭게 달린다. 용봉은 이 근처에서 전망이 가장 좋다. 영동 쪽으로 향하는 국도, 고속도로, 철로가 가물가물하다. 그래서 이 봉우리를 차지하려고 아까운 목숨을 희생시켰는지 모른다.

정상에 산성 표지석이 있다. 용봉산성이다. 봉우리에서 내려서면서 산성의 흔적을 살펴보았다. 여기저기 돌무더기가 보이지만 모두 흙이나 잡초에 묻혀 있다. 무너진 돌무더기로 보아 성의 높이가 한 4~5m는 되었을 것 같다. 이 산은 마성산(옥천에서는 서마성산으로 부름) 줄기 중에 용봉에서 북서쪽으로 작은 능선 한 줄기가 갈라진다. 용봉산성은 용봉과 북서쪽으로 갈라진 능선 약 100m 정도를 감싸 안으며 테뫼식 석성으로 축성하였다. 남서쪽 일부의 성벽이 남아 있고 나머지는 무너져 돌무더기가 되었다. 잡초더미 속에 묻힌 돌무더기를 헤집으며 성의 흔적을 찾았다. 옥천 쪽은 급경사이므로 미끄러지고 성돌에 발이 끼이기도 한다. 장대지와 망루가 있었다고 기록에서 말하지만 찾을 길이 없다. 성의 동쪽인 옥천 쪽은 급경사면을 이루고 있다. 안내판에는 성의 동쪽에 장대지가 있으며 성의 서쪽에 망대지가 있다고 하는데, 성벽은 남서쪽 성벽 일부를 제외하고는 모두 무너져 원형의 모습을 알아보기는 힘들다. 남서쪽 성벽이 원형이 남아 있는데 잡초가 너무 우거져 내려가 보지 못하였다. 높이는 약 2m 정도 되는 것 같았다. 건물이 있었던 것 같은 대지도 남아 있으나 쌓인 낙엽 때문에 기왓조각 하나 찾을 수 없어 아쉬웠다.

용봉산성은 주위의 모든 성이 다 보일 정도로 좋다. 북쪽으로 자모리성, 노고성이 보이고, 가깝게 고리산성, 더 가깝게는 관산성, 서산성, 삼양리토성이 보이고, 멀리는 지오리산성과 국원리산성이 보이며, 서쪽으로는 성티산성이 다 보였을 것이다. 물론 이제 올라갈 같은 산줄기에 있는 동평산성, 마성산성도 잘 보인다. 용봉산성은 주위 13개 성과 옥천의 들판 및 군서면 동평리 일부와 금산리를 제외한(동평산성에 가려 보이지 않음) 군서면 들판이 다 보이는 성이다. 이런 탁 트인 전망으로 보아 관산성의 망루로 활용했을 것으로 생각된다. 이곳에서 정찰한 내용을 본부인 관산성에 연락한다. 그러면 관산성에서 작전계획을 수립하고 서산성 삼양리토성, 마성산성으로 명령을 하달한다. 이런 체계가 아니었나 생각되었다.

그런 상상을 하면서 동평산성으로 향한다. 동평산성은 여기서

부흥백제군 발길 따라 백제의 山城 山寺 찾아

600m 거리이다. 아주 가깝다. 이렇게 가까이에 왜 성을 쌓았을까? 또 누가 쌓았을까? 학자들의 연구과제이다.

용봉산성

- 소재지: 옥천군 옥천읍 양수리 망지마을과 군서면 하동리 옥녀봉 마을 사이의 용봉(해발 437m)
- 시대: 삼국시대(백제계성)
- 규모: 둘레 약 300m
- 형태: 테뫼식 석축산성
- 답사일: 2011년 7월 17일(아들 용범 동행)

마성산성에는 돌탑이

마성산성 가는 길은 결코 만만하지 않았다. 땀을 너무 많이 흘려서 조금 지치는 기분이다. 동평산성에서 마성산성으로 향하는 길에 군서면 소재지로 바로 내려가는 길이 있었다. 이정표에는 소재지까지 1km라 했으니 30분이면 충분하다. 이정표의 유혹에 더 지친다. 배도 고프다. 배낭에 아직 도시락이 있고 물도 많이 남았다. 시간을 보니 한 3시간 30분 정도밖에 걷지 않았다. 그런데 왜 이렇게 지칠까? 내 마음이 이미 아들에게 의지하고 있는 건 아닐까.

이정표 유혹을 물리치고 마성산으로 올라간다. 한 봉우리를 넘고 두 봉

마성산성 남은 성벽

부흥백제군 발길 따라 백제의 山城 山寺 찾아

우리를 넘어 안부에 도착했는데 망지미 마을로 내려가는 이정표가 또 보였다. 편편한 곳을 찾아 점심을 먹고 그냥 내려가자고 했다. 아들이 "아버지 무리하시는 것 같아요"라면서 은근히 걱정했기 때문이다. 그런데 올려다보니 겨우 두어 봉우리만 넘으면 될 것 같았다. 오늘처럼 내리막길의 유혹을 받아 보기는 처음이다. 나는 지쳐도 올라간다. 그런데 산은 그렇게 쉽게 제 모습을 다 보여주는 게 아니다. 멀리서 봤을 때 두어 봉우리였던 것이 올라서니 또 두 봉우리가 보인다. 땀은 소나기를 맞은 것 같다. 한 봉우리를 남기고 편편한 그늘을 찾아 점심을 먹었다. 도시락이 모자란다. 장아찌 한 조각까지 다 먹었다. 배낭을 털어 보니 초콜릿이 하나 나왔다. 아들을 주지 않고 내가 먹었다. 물도 얼마 남지 않았다. 일어섰다. 앞으로 올라간다. 다른 날이라면 쉽게 올라갈 수 있는 길이라 생각하면서 말이다.

점심을 먹고 한 30분 정도 올라가니 마치 너덜지대처럼 돌무더기가

마성산성 돌탑

나타났다. 나는 너덜이라고 했다. 그러나 너덜이라고 하기에는 돌이 정교하다. 돌을 하나하나 만져보니 다듬은 흔적이 뚜렷하다. 돌무더기가 끝나는 지점에 누군가 돌탑을 두세 개 쌓았다. 밟을 때마다 기우뚱거리는 돌을 조심스럽게 밟으며 올라갔다.

잡목 속에서 '마성산'이란 표지석이 보인다. 드디어 마성산성이다. 마성산성 안내판이 나무들 속에 숨어 있다. 탁 트였을 전망은 우거진 잡목이 가렸다. 지도에는 497m라고 했는데 표지판에는 510m라고 설명되어 있다. 이 성도 신라계 산성이라고 한다. 용봉산성, 동평산성, 마성산성이 모두 관산성의 부속 산성이거나 주변 경계를 위한 보루였을 것으로 짐작된다. 우거진 잡목을 헤치고 관산성과 반대쪽을 내려다보았다. 금산군 군북면에서 옥천군 군서면 금천리로 오는 계곡이 훤하게 다 내려다보인다. 금산군을 거쳐 옥천 고을로 이동하는 군사, 수레, 물자, 인마가 손바닥 보듯 다 보일 것 같다.

무너진 돌무더기로 보아 상당히 높은 성이었을 것이다. 둘레는 작고 높이가 높으면 망루였을 가능성이 크다. 역사가들이 아직도 정확하게 고증해내지 못한 관산성의 위치는 분명 이곳 삼성산성일 것이다. 3개나 되는 부속산성을 거느리고 있고, 옥천고을을 방어하는 기능을 충분히 했을 것이며, 월전리 성왕 사절지가 지척인 곳이라면 이곳이 분명하다. 환산의 고리산성은 정지용 문학관이 있는 옥천 구읍에서도 너무 멀다.

사람들은 이곳에 와서 무슨 의도인지 모르지만 성돌을 주워서 돌탑을 쌓았다. 돌탑을 쌓은 이도 분명 의미 있는 생각은 있었을 것이다. 잘한 일로 착각하겠지만 사실은 문화재를 훼손하는 일이다.

내리막길은 단순하지 않았다. 용암사로 내려간다는 것을 장령산 산

부흥백제군 발길 따라 백제의 山城 山寺 찾아

림욕장으로 내려가고 있었다. 한 20분 내려간 길을 한 30분 걸려서 다시 올라왔다. 그리고 용암사 쪽으로 능선을 탔다. 처음에는 길이 뚜렷했으나 점점 길이 모호해진다. 반바지를 입은 다리가 풀에 쓸리고 나뭇가지에 머리를 부딪쳤다. 쉬지 않고 내려와 겨우 임도를 만났다. 그러나 걷기는 산보다 좋아도 시멘트 포장 임도를 거의 1시간을 걷는 동안 다리가 더 아프고 발이 아프다. 용암사는 다음으로 미루고 서둘러 돌아올 생각을 했다.

삼청리 저수지에 저녁 햇살이 반사된다. 장령산 산그늘이 빠른 걸음으로 마을을 덮는다. 머리가 지끈지끈하고 어질어질하다. 땀을 많이 흘렸다. 근처에서 아침에 주차한 곳으로 가려고 버스나 택시를 대책 없이 기다리는데 순찰차가 한 대 온다. 버스 시간을 물으니 버스는 하루에 두 번밖에 안 다닌단다. 내가 택시를 물으려는데 아들이 아버지가 많이 지쳤으니 차 있는 곳까지 태워 달란다. 경찰관들이 쾌히 승낙한다. 아주 쉽게 출발지에 왔다. 고맙다. 우리를 기다리는 코란도 승용차가 구세주만큼 반갑다.

마성산성

- 위치: 옥천군 옥천읍 대천리와 군서면 금천리 해발 510m
- 시대: 삼국시대(신라계 성)
- 규모: 둘레 약 150m, 높이 약 5m
- 형태: 테뫼식 석축산성
- 답사일: 2011년 7월 17일(아들 용범 동행)

장령산 용암사

몇 해 전, 관산성과 용봉산성, 동평산성, 마성산성을 다 답사하고 장령산 산줄기를 타고 삼청리 저수지 쪽으로 내려왔으면서 용암사를 가지 못했다. 당시에는 폐렴으로 입원했던 몸이 다 여물지 않아 6시간 30분밖에 안 되는 산행에 다리가 휘청거렸다. 장령산 그림자가 내리는 삼청리 저수지에서 용암사 쪽만 바라보다가 경찰 순찰차를 만나 얻어 탔던 기억이 난다. 그 뒤 용암사를 마음에 걸어 놓고 살았다.

소한인데도 추위가 약간 누그러졌다. 이날 아침 옥천 장령산용암사를 생각해냈다. 장령산은 오르지 못하더라도 용암사만은 다녀오리라. 빵 한 덩어리를 사서 차에 싣고 내비에 용암사를 치고 출발한다. 서청주 나들목으로 들어가 회덕을 지나 대전 시내를 벗어나니 바로 옥천 나들목이다.

삼청리 저수지를 지나 산문에 이르니 겨울 가뭄 속에서도 길가에 눈이 남아 있다. 움푹 패어난 곳에는 눈이 얼었다. 가풀막진 길은 올라갈수록 눈이 얼어붙었다. 전에 타던 무쏘가 또 생각났다. 연약한 승용차는 마지막 오르막길에서도 힘겨워 걀걀거리지는 않았다.

오를수록 절경이다. 저 앞에 성벽 같은 축대가 떡 막아서는가 했더니 거기가 그토록 궁금했던 용암사이다. 대숲 우거진 곳에 주차장이 있다. 물이 흥건하다. 극심한 겨울 가뭄 속에서도 여기는 건수가 터졌다. 축대 밑에서 맑은 물이 자비처럼 솟아오른다. 절집에서 나오는 물은 부처님이 중생에게 내려보내는 자비처럼 맑고 깨끗하다. 사찰은 아주 고요하다. 승방은 자물쇠가 걸려 있다. 성벽 같은 축대 사이로 돌층계에 올라서니 앞에

부흥백제군 발길 따라 백제의 山城 山寺 찾아

대웅전이 웅장하다. 단청이 화려하여 오래된 건물 같아 보이지 않았다.

용암사는 원래 신라 때 창건되어 조선 중기까지만 해도 엄청나게 번성하다가 임진왜란 때 불타서 명맥만 유지해 왔다고 한다. 아마도 여기 쌍산충석탑과 마애불 덕분에 그나마 명맥이 유지되었을 것이다. 대웅전은 그리 큰 규모는 아니었지만 단청이 화려하고 웅장해 보였다.

법당문을 조용히 열고 안으로 들어갔다. 스님도 신도도 없다. 하긴 오후라 예불 시간도 지났다. 불상도 거룩하고 배면 탱화도 아름답다. 아무도 없어 사진을 찍고 싶은 유혹에 마음 졸였다. 그러나 천지天知, 지지地知, 아지我知, 자지子知란 말이 있다. 세상에 아무리 비밀이라 해도 넷에게는 감출 수가 없다는 말이다. 본존불 배면 탱화는 괘불이 아니라 아마도 목각 부조 위에 금칠을 한 것으로 보인다. 참으로 화려하고 아름다웠다. 가방을 내려놓고 모자를 벗고 카메라도 내려놓고 아주 조용히 삼배를 올렸다.

용암사 쌍삼층석탑(보물1338호)

임진년 난리를 맞아 불에 타 사라지는 부처님을 상상하니 마음이 뻐근하였다. 용암사가 겪은 왜란은 한 번이 아니다. 일제강점기에는 이 절 안에 있는 용바위를 깨부쉈다고 한다. 속속들이 계획적이고 목적이 악랄하고 치졸한 일인들로서는 충분히 있을 법한 일이다. 절을 불태우고 용암을 깨고도 남겨 둔 것은 쌍삼층석탑이다. 아마 후환이 두려워서 훼손하지 못했을 것이다. 용암을 깨고 절을 불태운 목적을 가만히 생각해 보면 훼손하는 그것만으로는 끝나지 않는다. 그들은 그 이후의 우리 민족에게 정신적 좌절감을 심어주려고 했을 것이다. 용바위가 민족의 안위를 지켜줄 것이라는 믿음을 깨어버리고 좌절감에 빠뜨리는 악랄한 행위 말이다. 결국 언젠가는 신의 노여움이 그들에게 미칠 것이다.

대웅전을 나와 마당에 내려섰다. 해토머리는 멀었는데 마당이 질척거린다. 정초 해맞이 명소라 다녀간 사람들의 온기가 언 땅을 녹였다. 탁 트인 옥천 고을이 가슴 속까지 후련하게 한다. 동으로 저 멀리 보이는

부흥백제군 발길 따라 백제의 山城 山寺 찾아

속리산 자락에서 붉은 태양이 솟아오르겠지. 희끗희끗한 산안개 속에서 태양이 떠오르는 듯하다. 정월 초하루 태양이 옥천 너른 들판을 붉게 물들일 것이다. 새해 첫날의 태양이나 다른 날의 태양이나 마찬가지라면 여기 스님들은 날마다 아름다운 일출을 볼 수 있을 터이니 과연 그것만으로도 수행은 충분할 것이다. 신라와 백제가 소유를 수없이 주고받은 곳이 바로 옥천 땅이다. 이름조차 옥천인 이 비옥한 땅을 쉽게 내줄 수 없었을 것이다. 식장산 남쪽 옥천 땅은 주인이 밤낮으로 바뀌어 백성들은 주인을 종잡을 수 없었을 것이다. 옥천 사람들은 누가 의견을 물으면 '글쎄유…' 한다는 우스개도 있다.

법주사보다 1년 먼저인 진흥왕 13년(552년)에 창건했다니 성왕과 무한경쟁을 하면서 이 땅을 지켜줄 것을 부처님께 발원하려고 용바위가 있던 이곳에 절을 지었을지도 모른다. 백제 성왕도 진흥왕에게 딸을 주어 사위로 삼고도 옥천을 바라보며 언젠가는 이곳을 차지해야겠다는 야심을 굳혔을지도 모른다. 권력욕은 딸도 사위도 장인도 눈을 가리는데 하물며 백성의 행복이 안중에나 있었으랴.

범종각에 가보았다. 범종각도 다시 세운 지 얼마 되지 않았는지 종의 표면에서 아직도 쇳내가 날 것만 같다. 연꽃 자리에 앉아 구름을 타고 허공으로 오르는 보살의 합장 기도가 간절하다. 종소리는 얼마나 멀리 퍼져 나갈까? 아마도 불국토 건설에 대한 꿈의 크기만큼 퍼져 날아갈 것이다.

범종각 옆에 용왕각이 있었다. 용신을 모시는 전각이다. 다른 절에는 없는 전각이다. 감로수가 바로 옆 바위틈에서 솟아오르고 있었다. 이른바 용천이다. 일제에 의해 깨뜨려졌다는 용바위는 어디에 있는가? 살펴보니 골짜기가 커다란 한 마리 용의 모습으로 보였다. 대웅전이 있는 곳은 용의 가슴이고 용천이 솟아나는 곳은 심장이 아닐까 한다. 대웅전 바로 위에 마애불을 그려 모신 바위는 용이 머리를 치켜들고 하늘로 오르려는 형상에 비유할 만하다. 용천은 물이 많지는 않았다. 그래도 깨끗한 물이 바위에서 흘러내리고 있었다.

오른쪽 요사채를 돌아 올라가서 자연 암반 위에 세워진 쌍삼층석탑을 만났다. 큰 바위 아래 보물을 설명하는 안내판이 있다. 보물 제1338호라고 한다. 암반에 비해 규모가 크지는 않다. 바위에 올라 석탑 가까이 가 보았다. 크기는 비슷하다. 그러나 조금 차이가 난다. 동탑은 430cm, 서탑은 413cm라고 하니 큰 차이는 아니지만 어떤 의미는 있을 것이다. 그런데 대부분 탑은 대웅전 앞에 나란히 세우는 것이 일반적인데 이 탑은 대웅전 왼쪽에 세웠다. 이것은 자연적 풍수에서 부족한 것을 석탑으로 보충하는 산천비보법에 의한 것이라 한다. 그리고 보니 대웅전을 중심으로 우청룡에 비해 좌백호가 훨씬 미약하다. 그 미약한 산줄기를 쌍탑으로 보충한 것이다. 문의 현암사도 대웅전 왼쪽 나지막한 산줄기를 탑으로 보충한 것을 볼 수 있다. 삼층 석탑은 아주 오래되어 용암사의 희비를 다 내려다보고 있었을 것으로 생각된다. 백제 부흥군의 패망, 통일신라의 멸망, 임진왜란 등 그 이후의 민족의 어려운 일을 다 보고 있었을 것이다.

쌍삼층석탑에서 왼쪽 산줄기를 타면 장령산으로 가는 등산로이다. 오늘은 용암사로 만족한다. 우선 마애불을 보아야 한다. 마애불쪽으로 길이 나 있지만 철조망이 있다. 대웅전으로 다시 내려와서 천불전을 지나 마애불로 갔다. 마애불은 창건 당시의 작품이 아니라 신라말이나 고려초의 작품이라고 한다. 전설에 의하면 마의태자가 금강산으로 가는 도중에 이곳에서 신라가 있는 동쪽을 향하여 절하면서 슬프게 울었

부흥백제군 발길 따라 백제의 山城 山寺 찾아

다고 한다. 그래서 마의태자의 슬픈 모습을 작품화했다고 한다. 사찰에서는 지금까지도 마의태자상이라고 한다. 마의태자는 덕주공주와 함께 하늘재를 넘어와 월악산 아래 덕주사에서 머물렀다는 전설도 있으니 둘 중 하나는 진실이 아닐 수 있다. 마애불은 연좌를 작은 발로 디디고 서 있다. 얼굴은 작고 귀가 아주 크다. 작은 눈, 다문 입술, 미소는 없다. 대부분의 마애불이 엷은 미소를 띤 것과 달리 미소가 없는 것으로 보아 마의태자의 슬픔을 이야기할 만도 하다. 늘어진 옷자락의 선이 섬세하다. 그런데 몸 전체로 보아 아랫부분은 바위 빛이 붉다. 붉은 빛깔이 불상을 자연적으로 화려하게 보이도록 꾸미고 있다.

산신각을 그냥 지나 천불전으로 내려왔다. 천불전은 들어가지 않고 심우도尋牛圖만 보았다. 마침 부처님의 열반 모습의 그림이 있어 한참 동안을 쳐다보았다. 오열하는 제자들의 모습에 비해 부처님의 모습은 아주 편안해 보였다. 죽음은 그렇게 편안한 것인지도 모른다. 아니 열반에 드시는 부처님만 그럴 수도 있을 것이다. 발원의 깊이만큼 합장의 간절함도 깊어질 것이다. 소망은 이루어진다고 생각하는 것이 바로 이룸의 씨앗이다.

용암사는 장령산의 끝자락에 있다. 장령산 끝자락에서 동쪽을 바라보는 대웅전은 무슨 의미일까? 장령산은 옥천읍 한가운데 삼성산으로부터 용봉, 마대산을 거쳐 옥천을 싸잡아 안고 있는 산이다. 이 산은 신라와 백제 사이의 국경과 같은 산줄기이다. 장령산 끝자락에서 아스라한 동녘을 바라보는 대웅전이 신라를 향하고 있는 것은 아닐까? 관산성 전투에서 백제의 성왕이 최후를 맞음으로 삼한일통의 경쟁은 진흥왕의 승리로 끝이 났다. 신라는 옥천의 너른 땅을 차지하게 되었고, 백제는 성왕이라는 성군을 잃고 왕권이 땅에 떨어졌다. 그런 안타까움을 담아 옥천 사람들이 장령산이라 부른다고 한다. 그러나 내면을 잘 보이지 않는 옥천 사람들이 백제에 더 많은 정을 가졌는지 신라에 마음을 두고 있는지는 '글쎄유—'이다.

산에서 내려오노라니 장령산 긴 산그늘이 벌써 길을 가렸다. 삼청리 사람들은 마의태자의 울음소리가 들리는지 마는지 마을은 고요하고 저수지에 비친 노을은 곱기만 하다.

장령산 용암사

- 소재지: 옥천군 옥천읍 삼청리 478
- 시대: 천축국天竺國에 갔다 귀국한 의신조사義信祖師가 552년(진흥왕 13)에 창건
- 문화재 지정
  - 쌍석탑: 보물 제1338호(2002년 3월 12일 지정)
  - 마애불: 충청북도유형문화재 제17호(1976년 12월 21일 지정)
- 개요: 대한불교조계종 제5교구 본사인 법주사의 말사
- 답사일: 2016년 1월 6일(2차 답사 친구 남주완 동행)

관산성 전투의 배후 옥천 성티산성

옥천에 있는 중요한 산성들을 거의 돌아보았는데 성티산성을 답사하지 못해 늘 숙제처럼 안고 다녔다. 길눈이 어두워 엄두를 내지 못했는데 용기를 냈다.

성티산성은 말등산과 성재산 사이에 포곡식으로 쌓은 석성이다. 서쪽에 성치산이 있어 성치산성이라고도 부른다. 그렇게 부르면 대전시 동구 찬샘 마을에 있는 성치산성과 혼동되어 성티산성, 혹은 옥천 성치산성으로 부르겠다.

6월 날씨답지 않게 30도를 넘는다. 물과 점심으로 먹을 빵 한 조각을 챙기면서 쓸데없이 무슨 일이 있을 것 같은 예감이 들었다. 산성에 가기 전에 느끼는 엷은 공포감이다. 핸드폰 여벌 배터리, 칼과 라이터, 손전등까지 챙겨 넣었다. 멧돼지의 공격을 받거나 무너지는 성석에 다리를 끼어 의식을 잃어버리면 어이없이 끝나게 된다.

경부고속도로 옥천 나들목으로 나가서 군서면 우리 손자 규연이 연재 외가 마을인 아름다운 동평리를 지나 상지리 정자나무 아래 차를 댔다. 유월의 볕이 옥천 들판에 바늘을 쏟아붓듯 따갑다. 개천을 건너는데 다리 아래서 어떤 50대 초반 여인이 다슬기를 줍고 있다. 성티산성을 어디로 가냐니까 무슨 산성이 있냐고 되묻는다. 마을 사람들도 산성의 존재를 잘 모른다. 여성들은 이곳에서 태어나지 않았을 수도 있다. 은행리 쪽으로 걸어가다 말등산 기슭에 난 수레길을 따라 올라갔다. 그런데 묘소에 입석공사를 하느라 경운기가 올라간 길이었다. 산소를 지나치자 길은 없어졌다. 이럴 때는 어떻게 해야 하나, 그냥 올려치는 것이다. 2km면 한 시간은 족히 걸릴 것이다. 더구나 이렇게 된비알 오르막이라면 더 걸릴 것이다. 그래도 올려치는 수밖에 다른 방법이 없다. 다행히 리기다소나무 아래라 잡초가 없었다. 청미래덩굴도 산초나무도 없다.

땀이 소나기라도 맞은 듯 엄청나게 흐른다. 가뭄에 바짝 마른 활엽수 낙엽에서 나오는 먼지 때문에 기침이 자꾸 난다. 생각해 보면 기침도 참 좋은 효과를 낸다. 마을까지 내려오는 멧돼지도 사람의 기침 소리나 쇳소리를 들으면 제가 먼저 피할 것이다. 날망을 하나 지나 내리막길을 조금 내려서니 고갯길이 보였다. 아마도 은행리와 상지리의 연결 고갯길인 것 같다. 아니면 명경저수지에서 성으로 올라오는 길인가 보다. 요즘은 야산의 제왕이 된 멧돼지들이 사람이 다니던 길로 다닌다. 멧돼지는 사람을 공격하지 않는다는 말은 옛이야기다. 다시 가파른 길을 따라 오른다.

산행 들머리부터 짖어대던 까마귀는 아직도 짖어댄다. 어디서 낙엽 밟는 소리가 난다. 사람인가? 그때 기침이 나왔다. 망설이다가 일부러 큰 소리로 기침을 했다. 온갖 두려움이 기침을 통해서 밖으로 튀어 나가는 기분이다. 내친김에 옛날 아버지가 새벽 기침하시듯이 가슴에 온갖 탐욕과 두려움을 응어리로 만들어 크게 토해 버렸다. 가슴팍이 뻥 뚫리는 기분이다. '젊은 시인이여 기침을 하자'던 시인 김수영이 이런 기분이었을까? 탐貪, 진瞋, 치癡를 다 내뿜어 버리니 사방이 고요하다. 모든 건 마음에서 이는 것이다. 까마귀가 아무리 악을 쓰며 짖어대도 나는 산을 오른다. 까마귀는 나를 보고 짖는 것일까, 내 눈으로는 보이지 않는 무엇인가를 보고 짖어대는 것일까. "까왁까왁" 악을 쓰며 짖어댄다. 영물에게는 귀신도 보이겠지만 나도 까마귀 소리쯤은 넘어설 수 있다.

이쯤에서 SNS 가족사랑방에 글을 올렸다. '성에 간다. 여기는 옥천군 군서면 상지리와 은행리 사이의 성티산성이다.' 딸에게서 금방 답이 온다. "날도 더운데 조심하셔요." 곧이어 바로 이곳이 고향인 며느리가 답을 보냈다. "조심하세요." 가족이 든든하다. 참 세월 좋다. 사이버공 간의 보이지 않는 줄이 내게 동아줄이 되었다. 나는 이렇게 허공을 떠 도는 한 많은 영령을 넘어선다.

나무를 잡고 몇 걸음 올라갔다. 그때 활엽수 사이에서 성벽이 보였 다. 찾았다. 아마도 남문지인 것 같았다. 무너진 돌무더기를 누군가 다 시 쌓아 올렸다. 성벽 아래는 옛날 그대로 견고한데 윗부분에 돌을 덧 얹었다. 예비군 초소 같다. 견고하게 남은 부분을 보니 돌의 크기가 상 당하다. 작은 것은 가로 38cm, 세로 25cm 정도 되고 큰 것은 가로 70cm 정도 되면서 정사각형인 것도 있다. 돌은 다듬어 썼는데 연한 활 석으로 보였다. 스틱 끝으로 돌에 그어보니 줄이 그어진다. 이런 돌이 어떻게 천 년을 버티었을까?

주변을 둘러보았다. 모두 흙에 묻혔다. 성벽을 따라 동쪽으로 돌았 다. 언뜻 보면 성벽이라 생각할 수 없을 만큼 땅속으로 들어갔다. 심하 게 비탈져서 발을 옮길 때마다 미끄러진다. 나뭇등걸을 잡고 겨우 균 형을 유지한다. 북벽은 성곽의 윤곽이 뚜렷하다. 나무와 흙에 묻힌 성 벽에서 성석이 삐죽삐죽 나왔다. 이곳은 지표를 조사할 엄두도 내지 못하는 것 같았다. 험한 성벽 아래로 내려가서 성벽을 짚으면서 돌아보 았다. 날이 가물어 뱀이 나올 것 같지는 않아 맘을 놓았다. 온몸이 땀 으로 범벅이 되었다. 흙을 걷어내기 전에는 별다른 것을 발견할 수 없 을 것 같아 다시 성벽 위로 올라왔다.

말등산 정상 부근이다. 나무들 사이로 기름진 옥천 땅이 보인다. 은행리 금산리 쪽은 비닐하우스가 꽉 들어찬 들판이다. 내가 지나온 옥천 삼양리 삼거리에서 성왕사절지가 있는 월전리, 동평리 그리고 주차한 마을인 상지리에서 마전 추부 금산으로 이어지는 성왕로가 한눈에 들어올 듯하다. 관산성이라 알려진 삼성산성 용봉산성 동평산성 마성산성이 있는 산줄기와 대전 남부의 식장산에서 뻗어 내려온 옥천 북부 산줄기가 마주 보고 있다. 마주 본 두 산성의 띠는 때로 함께 성왕로를 지키기도 했을 것이고 때로 대적할 때도 있었으리라.

관산성 전투의 주된 무대가 마성산 줄기에 있는 네 개의 산성과 옥천 동북부의 환산성이었다면 성티산성은 전투의 배후가 되는 산성이었을 것이라 생각된다. 성은 둘레가 400m에 못 미치는 작은 포곡 산성이지만 성의 위치가 매우 높고 대전 동남부에 있는 삼정리산성, 갈현성, 능선으로 이어지는 산성 줄기를 하나의 성으로 친다면 성티산성은 성왕로 쪽으로 툭 튀어나와서 마치 치성과 같은 역할을 했을 것이다.

정상에서 다시 남문 쪽으로 내려왔다. 남문지에서 서쪽 성벽으로 돌아가다가 보니까 골짜기에 널찍한 공터가 나왔다. 정상에서 성벽이 동남쪽 능선을 타고 내려가고, 또 한 줄기는 서남쪽 능선을 타고 내려갔는데, 그 사이 골짜기 삼태기 같은 안에 건물이 있었나 보다. 건물지라 생각된다. 아마도 저수할 수 있는 시설이나 우물도 있었을 것이다. 남문지에서 서쪽 성벽으로 약간 안으로 구부러들면서 구릉에 있는 성벽이 온전하게 남았다. 무너진 성벽의 돌무더기를 밟고 허겁지겁 살아남아 있는 성벽으로 다가갔다. 그러다가 돌이 움직여서 다리가 끼일 뻔했다. 조심해야 한다. 돌 사이 낙엽 속에서 갈색으로 변장한 살모사가 튀어나올지 모른다. 여기서 일을 당하면 난리가 날 것이다. 방송에도 나올까? "충북의 수필가 이방주가 산성답사를 하다가 살모사에게 물려

부흥백제군 발길 따라 백제의 山城 山寺 찾아

그 자리에서…" 생각만 해도 창피하다. 장관후보자가 젊은 날에 짝사랑하는 여인의 도장을 몰래 새겨서 혼인신고를 했다던 이야기보다 더 창피하다. 성에 기어오르다가 떨어진 것도 아니고 뱀에게 물리다니 망신이 아닌가. 그러니 조심하자. 서두를 일이 아니다. 찾은 성이 도망갈 일도 없고 천오백 년 버틴 성곽이 금방 무너질 리도 없지 않은가?

성벽은 22단 정도가 그대로 고스란히 남아 있다. 성돌의 세로는 대충 45cm 정도 되었다. 계산해 보면 남은 성벽의 높이는 8~9.5m 정도 된다. 돌의 크기는 일정하지 않으나 일정하지 않은 돌을 맞추어 정교하게 쌓았다. 여기에 놀랄만한 것은 수구가 원형대로 남았다는 것이다. 먼 데서 보면 두 개의 수구가 마치 눈을 부릅뜨고 부라리며 산 아래를 내려다보는 모습이다. 성벽을 기어 올라가 수구 안쪽을 들여다보았다. 수구의 깊이는 70cm 정도 되는 정방형이다. 성돌이 가로 5개 정도 되어 보이고 세로는 두 겹으로 세로 쌓기를 하였다. 깊이가 꽤 깊어서 4m는 충분히 될 것 같았다. 아마도 성의 내부에 저수시설과 통해 있었을 것이다. 이 부분에서 바로 계곡으로 물이 떨어졌을 것을 생각하니 기막히다. 어떤 사람들은 이 수구를 암문이었다고 말하기도 한다. 수구의 크기가 커서 그렇게 생각할 수는 있다. 이 부분에서 보니 밖은 돌로 견고하게 쌓아 올리고 안은 흙으로 메운 외축내탁법으로 축성한 것으로 보인다. 성석은 약간 붉은 빛과 황색을 띠는 활석이었다. 성석을 다듬기는 화강암보다 쉬웠을 것이다. 성벽의 너비가 4m나 되기 때문에 크기는 작아도 견고한 성이다. 성의 모습도 정상부에서 산줄기를 따라 포곡식으로 쌓고 성벽 가운데를 이어서 필요에 따라 포곡식과 테뫼식 축성법을 겸했다고 할 수 있다.

성티산성 성벽

성티산성 남문 수구

부흥백제군 발길 따라 백제의 山城 山寺 찾아

다시 남문지로 올라와 은행리 쪽으로 하산하였다. 올라오는 길에 많지 않던 멧돼지 흔적이 엄청나게 많다. 내려오는 길을 따라서 방금 지나가며 주둥이로 낙엽을 헤집어 놓은 것을 여기저기서 볼 수 있었다. 방금 지나간 자리이다. 아직 도토리가 남아 있나. 점심거리를 찾으려고 그랬을 것이다. 나는 그 녀석들이 두렵고 저 녀석들은 내가 삶의 영역을 침범한 훼방꾼으로 보일 것이다. 그놈들은 성을 쌓을 줄 모른다. 그러나 인간은 성을 쌓아 적을 방어한다. 까마귀 울부짖음은 언제 그쳤는지 모른다. 온 산이 고요하다. 아랫마을에서 염불소리가 들려온다. 염불소리 때문에 까마귀가 짖기를 그쳤을까. 산에서 마을로 내려오는 길을 막아 울타리를 쳤다. 출구를 찾을 수 없다. 멧돼지나 고라니의 훼방을 가로막기 위해 개바자를 쳤다. 현대판 성이다. 이제 사람들과 자연의 전쟁이 시작된 것이다. 누가 이길 것인가. 사람이 이기면 자연이 무너지고 자연이 이기면 인간이 멸종되겠지. 결국 다 망하는 것이다. 공존하는 길을 찾아야 한다.

가뭄은 온 들판을 말려 버렸다. 수로에도 물이 말랐다. 논에는 물이 괴어 있으나 밭에서는 단내가 난다. 상지리 마을까지 오는데 달구어진 길이 품어대는 열기가 온몸에 불을 지피는 듯하다. SNS 가족사랑방에 '하산 끝'을 보고했다.

상지리 마을 유래비 앞 정자나무 아래에서 물을 마시고, 준비해 간 빵으로 점심을 먹었다. 내가 앉아 있으니 마을 노인들이 다가와 벤치에 앉아 이야기를 나누었다. 한 사람은 63세라 했고 한 분은 70대 중반쯤 되어 보였다. 63세인 사람은 성티산성에 대해 이야기만 들었다 하고, 70대 노인은 나무하러 가서 보았다고 한다. 그렇게 멀리까지 나무를 하러 갔었냐고 하니까 예전에는 그랬다고 한다. 수구가 있는 것도 정확하게 알고 있고 옛날에 전쟁할 때는 성벽을 기어 올라가고 위에서 돌을 던지고 했다는 것까지 상상해서 설명했다. 다만 수구를 굴이라고 표현해서 내가 수구라 하니 '모르는 소리 하지 마라. 그 안으로 사람이 드나든 곳이다'면서 큰소리를 했다. 주민들은 자기 지역의 문화유적에 대해 잘 알지 못한다. 문화와 지역 역사를 제대로 알려 긍지를 갖게 하는 것도 고향 사랑의 좋은 방법이라 생각한다. 논쟁해도 내가 이기지 못할 것 같아 가뭄 이야기를 했다. 옥천을 거쳐 경부고속도로, 중부고속도로를 되짚어 돌아왔다. 후련하다.

옥천 성티산성

- **소재지**: 군서면 은행리 상은부락 서쪽(말등산 해발 342m)
- **시대**: 삼국시대(백제계성)
- **규모**: 둘레 약 400m, 높이 낮은 곳은 1.8m, 남아 있는 곳은 6~8m, 너비 4m
- **형태**: 포곡식 석축산성 외축내탁식
- **답사일**: 2017년 6월 18일

부흥백제군 발길 따라 백제의 山城 山寺 찾아

옥천 환산성(고리산성)은 백제 전진기지

옥천 군북면에 있는 환산성은 옥천읍에서 오르는 삼성산성과 함께 관산성이라고 추정되는 산성 중의 하나이다. 삼성산성은 옥천읍 남서쪽을 둘러싸고 마성산성까지 3개의 부속된 산성과 보루를 거느리고 고리처럼 이어져 있다. 고리산성이라고 불리는 환산성은 옥천 고을 동북 방향에 작은 봉우리마다 6개의 보루를 거느리고 역시 고리처럼 이어져 있다. 삼성산성이 백제로부터 옥천을 방어하는 신라의 전진기지라면, 환산성은 신라군으로부터 옥천을 지키는 백제의 전진기지라고 말할 수 있다. 옥천 사람들은 삼성산성을 관산성으로 인정한다. 신라 사람들도 그렇게 생각할 것이다. 역사에서 말하는 관산성 전투는 백제가 점령한 신라의 전진기지 관산성의 이름을 빌려 그렇게 말하는 것이 아닌가 한다. 신라는 이 전투를 환산성 전투라고 부르고 싶었을 것이다. 환산성에 머물던 남부여(백제) 태자 부여창이 이끄는 삼만의 군사를 성왕의 구진벼루 비극을 시작으로 김무력 장군이 백골산성까지 쫓아가 전멸시키고 대승하였으니 말이다.

환산성을 가고 싶었다. 신라 진흥왕이 백제 성왕과 삼한일통 패권경쟁에서 전환점을 마련한 운명의 성이기 때문이다. 환산성은 높지는 않지만 산세가 험해서 시간이 오래 걸릴 것 같았다. 아내가 동행해서 좋았지만 가풀막진 내리막길이 걱정스러웠다. 군북면 소재지인 이백리 고리산 들머리에서 시작하여 정상까지 갔다가 추소리로 하산한다. 부소담악을 구경하고 추소정에서 호수 바람을 맞으며 쉬다가 마을버스를 타고 이백리로 돌아오면 될 것이다.

군북면사무소에 주차하고 산행 들머리를 찾는 것은 어렵지 않았다. 면사무소에서 큰길 쪽으로 나오면 도로 건너 왼쪽에 환산로라는 이정표가 보인다. 횡단보도를 건너 지하도를 지나 한 50m 올라가니까 들머리 표지판이 보였다. 정상까지는 4.85km, 2시간 30분이면 족할 것이다. 그런데 오르막길이 만만찮은 된비알이다. 처음부터 숨이 가쁘다. 아내는 연신 땀을 훔친다. 그래도 옥천군에서 등산객을 위해서 지그재그로 등산로를 만들어 놓았다. 게다가 숲길이다. 시원하고 싱그럽다. 공기도 깨끗하다.

이백리는 국도, 철로, 고속도로가 이곳을 한꺼번에 통과하는 교통의 요지이다. 예나 지금이나 경제적 군사적으로 요지이다. 기차 소리, 자동차 소리가 요란하지만 그윽한 새소리가 더 가깝다. 묵은 땀이 흐른다. 땀이 아주 되직하고 끈적끈적한 느낌이 들었다. 그동안의 게으름으로 온몸에 찌들었던 땀이 한꺼번에 빠지는 기분이다.

산불 감시초소가 있는 주능선에 올라서는 것은 그렇게 어렵지 않았다. 25분쯤 걸렸다. 돌을 재미있게 세워 놓고 의미 있는 글귀를 새겨 놓았다. 태극기까지 게양했다. 땀을 씻고 바로 출발하였다. 능선에 올라 땀을 닦으며 주변을 조망하였다. 군북면 일대가 한눈에 내려다보인다. 해발 360.4m, 환산성 제1보루이다. 돌이 엄청나다. 성의 높이와 규모를 짐작할 만하다. 표지석에는 삼태기형 석축산성이라고 했다. 둘레는 217m이다. 규모가 보루라기에는 크고 부속산성이라기에는 작다. 그래도 부속산성이라고 하는 것이 낫겠다. 옛 성돌을 가져다가 쌓아 올려서 예비군 참호를 만들었다. 현대판 보루이다. 여기는 예나 지금이나 요새라는 것은 누구도 부정할 수 없을 것이다.

설명에는 여기서 증약 쪽으로 오르면 옥녀봉이라는 전망대 같은 봉우리가 있는데 거기가 제2보루라고 한다. 그냥 지나쳤다.

산불 감시 초소부터는 등마루를 걷는다. 등마루는 내리막길도 있지만 오르막길이 더 많다. 그래도 비교적 평탄한 숲길이라 힘들지 않았다. 우리 내외는 숨이 가쁘지 않으니 이야기를 나눌 수 있었다. 지루하지 않은 산책길이었다. 사람들이 환산을 겨울에 많이 찾는 이유가 뭘까? 그것은 환산은 겨울 전망이 좋기 때문일 것이다. 녹음이 우거지니 등마루에서 산 아래가 잘 보이지 않았다. 활엽수 사이로 언뜻언뜻 보이는 대청호가 그야말로 절경이다. 안개가 뿌옇게 끼긴 했어도 대청호 반에서 가장 경치가 좋은 부소담악 병풍바위가 다 내려다보였다.

고리산 봉수대터에 이르렀다. 여기가 제3보루이다. 해발 523m, 산봉형 석축산성이고 둘레 약 100m라고 표지석에 설명했다. 옥천 이원의 월이산에서 보내는 봉수를 받아 대전 계족산으로 보내던 봉수대가 있던 터이다. 계족산에 올랐을 때 환산이 뚜렷하게 보이던 기억이 난다. 자연석으로 쌓은 성의 흔적들이 남아 있다. 무너져 돌무더기가 된 곳도 있고, 그 시대 사람들이 쌓은 흔적이 잡목 속에서 모습을 드러내고 있다. 넓이도 꽤 넓고 산 아래쪽인 남측에서 바라보면 높은 성곽처럼 보이지만 올라서서 보면 아주 평평한 마당이다. 노천에 여기저기 쌓아 올린 돌담은 최근에 사람들이 그렇게 쌓았을 것이다. 그러나 잡목과 흙에 묻혀 감추어진 성곽의 흔적은 옛 모습 그대로일 것이다. 납작납작한 자연석을 정교하게 쌓았다. 무너진 돌무더기를 보더라도 높이가 꽤 되었던 것 같이 보인다.

잡초가 우거진 주변을 살피다가 와편 한 장을 발견하였다. 빗살무늬가 있는 기왓조각이다. 기와는 꽤 크게 만들었었는지 조각인데도 그 곡선이 심하지 않았다. 깨진 부분은 붉은빛이 섞인 검은색이다. 그런

진흙으로 구워서 만들었는지 굽는 과정에서 색깔이 변한 것인지는 알수 없다. 기와 제작연대를 짐작할 수 있으면 건물이 어느 시대 것인지도 알 수 있을 것이다. 이곳은 신라와 백제가 서로 바꾸어 차지했던 곳이니 매우 중요한 고증자료가 될 것이다. 봉화가 국가 방위에 큰 역할을 했던 조선시대의 건물일 수도 있다. 내가 만지고 있는 와편에서 조선을 읽어야 할지 백제를 읽어야 할지 모르겠다. 역사는 아는 사람에게만 보인다. 나의 무식이 답답하다. 와편 몇 조각이 더 보였다. 이렇게 쉽게 와편을 볼 수 있는 것은 꽤 큰 건물이 있었다는 증거이다.

와편을 주워 들여다보면 옛사람들의 숨결이 느껴진다. 성돌을 쓰다듬으면 천오백 년 전 사람들과 손을 잡는 기분이다. 그런데 선인들의 문화적 안목과 손재주에 감탄하기보다 자꾸 측은함에 가슴만 아파지는 것은 웬일인지 모르겠다.

성은 정상 쪽을 향하여 길게 마치 마늘 조각 모양으로 이어졌다. 이른바 산봉형森峰形산성이다. 남쪽은 뭉툭하고 정상 쪽으로 점점 좁아지는 형태이다. 정상 쪽으로는 성곽 위가 길처럼 되어있다. 이곳에서 지금부터 천오백 년 전에 세력을 차지하기 위해서 서로를 숙이고 공격하고 속이고 했던 인간사가 있었다는 것이 신비롭다. 여기에 동원된 서민들은 또 얼마나 고충이 심했을까? 여기 주둔하여 밤을 지새우면서 어린 병사는 부모를 얼마나 그리워하고 중년들은 자식을 보고 싶어 했을까? 사람들은 왜예나 지금이나 이런 규범과 권력의 울타리를 만들어 놓고 자신을 거기묻어버리고 몇 해 되지도 않는 일생을 괴롭게 지내는지 모를 일이다.

오르막길이 가파르다. 숲은 더욱 우거지고 산봉우리처럼 볼록 솟아오른 제4보루에 올랐다. 해발 556.1m이다. 망루 역할만 했는지 성 내부가 그렇게 넓지 않다. 둘레가 107m밖에 안 되는 테뫼식 산성이다.

부흥백제군 발길 따라 백제의 山城 山寺 찾아

우거진 잡목을 헤집고 성벽을 찾았다. 흙에 덮여 있는 성돌이 금방 드러난다. 사람들이 훼손하지 않으면 역사는 그대로 남는다. 내려오면서 보니까 아무리 잡목이 우거져 있어도 쌓은 망루라는 것을 알 수 있다.

여기가 전망이 제일 좋았다. 이곳에서 물길이 다 보인다. 대청호의 아름다운 모습이 다 내려다보인다. 대전에서 회인을 거쳐 문의, 청주로 가는 길도 보은으로 가는 길도 다 관찰할 수 있다. 보은 삼년산성에 신라의 사령부가 있었다면 여기서 바로 통할 것이다. 그때 내려다보던 사람들은 다 어디가 있을까? 그들이 말을 달리고 창을 들고 진격하고 부딪치던 들판은 저렇게 물에 잠겨 말이 없다. 그런 생각을 하면서 내려오는 비탈길은 고요하기만 하다.

숨을 고를 사이도 없이 바로 해발 581.4m, 제5보루가 나온다. 제5보루도 성의 흔적이 많이 남아 있는 것은 아니다. 비교적 널찍한데 다른 곳보다 숲이 더 우거졌다. 이곳에서 바로 정상 헬기장이 나오니까 여기에는 등산객이 머물지 않는 모양이다. 우리는 잠시 앉아서 쉬었다. 둘레 300m나 되는 보루는 거의 훼손되었다. 1970년대 냉전시대에 예비군들이 주변에 성돌을 주워 만든 참호의 흔적이 남아 있다. 천오백 년 전 요새는 1970년대에도 요새가 되었던가 보다. 이제 그 참호도 잡초에 묻혀 있다.

바로 건너에 정상 헬기장이 있다. 해발 583m, 여기에 정상석이 있다. 헬기장은 봉우리를 밀어 너른 마당처럼 만들어 놓았다. 성곽의 흔적이 다 땅에 묻혀버린 것이다. 사방에 나무가 우거져 산 아래를 조망할 수 없다. 나무숲 사이로 보이는 산 아래가 정말 안타까울 정도로 절경이다. 겨울 경치는 정말 볼 만할 것이다.

환산성 제1 보루

환산성에서 보이는 부소담악

부흥백제군 발길 따라 백제의 山城 山寺 찾아

정상 헬기장을 내려왔다. 해발 578m 봉우리 하나가 더 있다. 동봉이다. 이곳에 오르막길은 길지는 않지만 경사가 아주 심하다. 우리보다 체력이 약했을 옛사람들이 여기를 오르내리며 얼마나 힘겨웠을까? 돌이 다른 곳보다 더 많이 흩어져 있다. 성의 흔적이 정상보다 더 뚜렷하다. 이곳이 최종 보루인 제6보루이다. 정상과 거의 맞먹는 578m 고지인 데다가 동쪽으로 툭 튀어나와 있어서 주변을 살피는 데 더 효과적이었을 것이다. 성을 쌓는 방법은 제3보루와 크게 차이가 없다. 주변을 살펴보았다. 잡목 속에 묻혀 있는 모습이나 누군가 다시 쌓은 듯한 흔적이나 다른 곳과 별 차이가 없다. 그러나 초창기에 쌓았을 법한 한 군데가 뚜렷이 남아 있다. 자연석을 차곡차곡 쌓아 올린 모습이 정교하다.

당시 백제 성왕은 나이가 많고 경쟁자 진흥왕은 젊었다. 백제 성왕은 부여의 후예로서 그 영화를 전승하려는 뜻에서 국호를 남부여라 고치고 정치와 제도를 정비하였다. 영토를 넓혀 세력을 확장하면서 미래를 설계했다. 성왕은 일본과 가야와 외교 관계를 맺으면서 한강 유역까지 영토를 확장하며 30여 년이나 국가 부흥에 힘썼다. 그러나 영토 확장에 힘쓰느라 백성의 후생에는 관심이 없었나 보다. 당연히 백성의 삶은 피폐해졌을 것이다. 그런 성왕이 아들을 응원하려다가 어이없는 죽임을 당하는 과정은 한 편의 역사 드라마이다.

산천은 말이 없지만 나는 많은 생각을 하게 된다. 거대한 역사의 물길은 때로 어느 한 사람의 판단에 의해 흘러가는 길을 바꾸어 버린다. 그리고 그 바람에 수많은 후대인들이 그 흐름에 함께 휩쓸려 흘러갈 수밖에 없다. 나도 천오백 년 전의 그들의 판단에 의해 오늘을 거스를 수가 없다.

내려오는 길은 예상대로 경사가 급하다. 게다가 칼날 같은 돌이 삐죽

삐죽 솟아 있어서 한번 엉덩방아를 찧으면 금방 병원으로 가야 할 판이다. 올라가는 길보다 더 힘들고 무릎이 부서지는 기분이다. 군데군데 줄을 매어 놓아서 그나마 괜찮았다. 내리막길은 2km도 안 되는데 시간이 더 많이 걸렸다. 1시간 이상 걸렸다. 내리막길은 산에서나 인생에서나 더 조심스럽고 어렵다. 내려오는 길에 보이는 산 아래는 고요하지만 아름답기 이를 데 없었다. 부소담악과 추소정에 이르는 병풍바위가 그림처럼 아름답다. 마지막 나무 계단을 내려서니 이쪽에서 오르는 산행 안내도가 마련되어 있다. 여기서 정상까지 갔다가 되돌아오는 산행도 좋겠지만 큰 의미는 없을 것 같았다.

옥천 환산성

- 소재지: 옥천군 군북면 이백리와 환평리(환산 해발 578m)
- 시대: 삼국시대(백제계 산성)
- 규모: 둘레 100m에서 300m, 높이 2~3m, 넓이 5m
- 형태: 석축 6개의 테뫼식 또는 포곡식 보루를 통틀어 환산성 또는 고리산성
- 답사일: 2011년 5월 22일(아내 송병숙 동행)

부흥백제군 발길 따라 백제의 山城 山寺 찾아

관산성 전투의 종지부 백골산성白骨山城

　백골산성은 관산성 전투의 종지부라고 해도 과언이 아니다. 관산성을 손에 넣은 백제의 태자 부여창은 신라의 신주군(지금의 진천)에 머물러 있던 김무력 장군의 공격으로 환산성에서 곤경에 처했다. 태자가 앓아누웠었다는 설도 있다. 이때 성왕은 항산현성(지금의 금산 추부 마전리산성)에서 후방을 지원하고 있었다. 김무력은 성왕이 부여창을 지원하러 추부에서 고리산성으로 향한다는 첩보를 입수하여 삼년산성에 있던 비장 도도를 시켜 현장에서 참수하게 했다. 흥분한 부여창은 김무력과 도도의 전광석화 같은 공격으로 고리산성을 버리고 백골산성까지 쫓겨 여기서 전멸하다시피 했다. 역사가 뒤집히는 순간이었다.

백골산성에서 보이는 대청호 경관

　오늘은 백골산성을 찾아간다. 마음이 정해지면 머뭇거리지 않고 출발하는 것이다. 지도를 들고 승용차로 피반령을 넘었다. 대전시 동구 신하동 진고개식당 옆에 차를 세웠다. 커다란 식당 간판 옆에 '백골산성 입구'라는 아주 작은 이정표가 보였다. 거리는 가깝다. 해발 340m이니까.

　조금 올라가니 백골산 등산 안내도가 보인다. 백골산에서 신상동 주차장으로 내려오든지, 반대 방향으로 시도계를 지나 청주 절골로 내려오면 바로 대청호숫길 5-2코스의 일부이다. 절경이 욕심났지만 오늘은 백골산성으로 만족하자. 길은 아주 평탄하고 걷기 좋았다. 그늘인 데다 흙길이고 대전시에서 정비를 잘해 놓았다. 등산객은 한 명도 없다. 너무 덥기 때문인가. 늘 혼자 가지만 산성에 혼자 가는 것은 별로 유쾌한 일은 아니다. 얼마나 많은 사람이 죽은 곳인가. 부역으로 끌려와 죽고, 굶주림으로 죽고, 지키다 죽고, 싸우다 죽고… 게다가 모두 원혼이 아닌가. 아, 소름 돋는다. 생각하지 말자.

땀에 온몸이 젖을 때쯤 이정표에 백골산성이 500m라 되어있다. 이제부터 성벽의 윤곽이 드러나야 하는데 전혀 기미가 보이지 않는다. 정상에 가까워지니 잡목 속에 돌무더기가 보였다. 성이라기보다 그냥 돌무더기이다. 나무를 헤치고 주변을 둘러보았다. 성석을 헤집어 보았다. 성석은 다듬지 않은 자연석이다. 축성 방법을 알 수 있는 부분을 찾았으나 찾을 수 없다. 이끼 낀 돌들은 크기는 일정하지 않았지만 대부분 상당히 크다. 회남의 호점산성과 같이 납작한 점판암이 아니라 커다란 돌덩이다. 둘레가 400m 정도였다고 하는데 이 많은 돌을 어디서 다 옮겨왔을까.

정상에 오르니 절경이다. 여기부터 북으로 회남 문의로 갈라지는 물길이 확연히 보인다. 그것은 당시에도 여기서 회남을 거쳐 보은으로 향하는 길도 관측되었고, 문의를 거쳐 청주로 향하는 도로도 관측되었다는 말이다. 서쪽으로는 계족산성이 코앞이다. 바로 꽃님이 반도를 건너 마산동산성을 밟고, 견두산성을 건너뛰면 계족산성에 바로 내려앉을 수 있을 것 같다. 동으로 고리산성이 바로 거기이다. 기슭에 있는 집들이 손에 잡힐 듯하다. 남으로 식장산이 보인다. 고리산성과 식장산 사이에 관산성이 거기이다. 시야가 이렇게 넓으니 금강 유역의 육로와 수로를 지키는 전략적 요충지였을 것이다.

커다란 참나무 아래 납작한 돌을 놓고 앉아서 여기서 죽었다는 2만9천6백 명의 백제인을 만나보려고 무진 애를 썼다. 나는 노트를 펴놓고 그들이 나타나 당시 삶의 애환을 이야기해줄 때를 기다렸다. 주변에 거대한 참나무는 백제인의 피를 길어 올려 살찌우고, 백제인의 숨결을 받아 광합성을 한다. 흙도 공기도 피와 살이고 그들의 날숨이다. 사실은 모두 백제의 원혼이다. 이제는 저렇게 물에 다 묻혀 버릴 땅을 지키고 빼앗으려고 많은 사람이 아까운 목숨을 버린 것이다. 한편에 큰꽃으아리가 하얗게 피었다. 사랑하는 가족을 그리워한 그들의 아름다운 영혼이다. 혼자서 한 시간은 앉아 있었다. 글 한 편을 잡아냈다. 바람이 분다. 등골이 서늘하다.

내려오는 길이 씁쓸하다. 천오백 년 전설 같은 이야기를 두고 너무 상심할 필요는 없다. 나는 공연히 생각이 많아 지팡이 두 개로 짚으며 비탈길을 내려왔다. 회남을 되짚어 돌아왔다. 배가 고프고 졸리다.

백골산성

- **소재지:** 대전 동구 신하동 산13(백골산 해발 340m)
- **시대:** 백제 산성(대전시 기념물 제22호)
- **규모:** 지정면적 4,343㎡, 둘레 400m
- **형태:** 테뫼식 석축산성
- **답사일:** 2011년 6월 20일

대전의 진산 계족산성

　장동산림욕장 주차장에 차를 세우고 길을 건너 들어갔다. 여러 번 왔었지만 그때마다 숲길 순환로만 걸었다. 봄에는 벚꽃이 피고 가을에는 단풍이 아름답다. 숲길에서 보이는 대청호는 절경이다. 그런데 그때마다 일행이 대청호 부근의 산들을 짚어 주어도 잘 짐작이 가지 않았다. 이제 여기서 건너다보이는 후곡리, 가호리 쪽 산들을 혼자서도 알아볼 수 있다. 계족산성을 올라가 보고 싶었지만 일행이 모두 달가워하지 않아 못 올라갔었다.

　주차장은 거의 비어 있는데 진입로에 차가 가득하다. 산책하러 오는 이들이 진입로까지 차를 타고 들어온 것이다. 황톳길을 맨발로 걷는 이들이 많다. 나도 발바닥으로 전해 오는 말랑말랑한 느낌이 유혹할까 봐 바로 길을 건너 계족산성 입구 계단으로 붙었다. 오늘은 분명한 목적이 있다.

　황토 순환로에서 계족산성까지는 1.5km라고 한다. 천천히 올라가면 된다. 땀이 흐를 무렵 수건을 목에 두르니 바로 성벽이 우뚝 나타난다. 성은 옛 모습은 없다. 고증을 거쳤겠지만 보수한 성이다. 삼년산성하고 아주 비슷하다. 축성법이 삼년산성하고 같아서 백제산성이 아니라 신라산성이라는 주장도 있다. 성은 너무나 완벽하게 쌓았다. 납작한 돌을 쌓은 방법은 북쪽 성벽의 남아 있는 부분과 비슷하다. 보수는 북서쪽에서부터 서쪽 벽은 보수했으나 동으로 이어지는 성벽은 덤불 속에 묻혀 있었다. 덤불을 헤집고 들여다보니 본래의 모습이 남아 있다. 보수할 때 이렇게 남은 벽의 모습을 통해서 같은 방법을 택하는가 보다.

서쪽 성벽을 따라 남쪽으로 걸었다. 상당히 높다. 본래의 모습인지 알
수는 없어도 이렇게 높게 쌓으려면 얼마나 많은 인력을 쏟아부었을까?
성벽의 높이도 대단하고 넓이도 상당히 넓다.

　서측 성벽 위를 따라 남쪽으로 향했다. 성벽은 깔끔하게 보수되었다.
보수라기보다 새로 쌓았다고 해야 할 것 같다. 너비는 넓어서 5m도 넘
을 것 같다. 지형에 따라 구부러진 곳은 거기에 맞추어 축성하였다. 중
간에 무너진 부분을 보수하지 않은 곳도 있다. 삼년산성을 유네스코
조사단이 확인한 결과 너무 심하게 보수를 해서 세계 문화유산 등재에
서 탈락하였다는데 여기도 심하기는 마찬가지이다. 삼년산성은 중간에
옛것을 그대로 살린 곳이 여러 군데 보였다. 안타까운 마음으로 남문지
로 향했다.
　남문지에 이르렀다. 남문도 보수한 지 얼마 되어 보이지 않았다. 남문
지의 성벽은 완전히 새로 쌓았다. 아주 작게 수구를 만들어 놓았으나
지금은 물이 빠질 것 같지 않다. 주변에 쉽게 발견되는 기와편으로 보
아 성문과 누각이 있었을 것이다. 복원된 부분에 건축물이 있었다는
흔적을 찾을 수 없다. 남문지는 보통 다른 성보다 넓고 크다. 문 폭이
약 3.8m라고 한다. 치성의 보수한 부분도 성벽이 웅장해 보였다. 남문
지 높은 장대 위에서 멀리 옥천에서 문의를 거쳐 청주에 이르는 길이
다 보였다. 동으로 개머리산성이 바로 코앞이고 개머리산성에서 남으로
질현성과 고봉산성의 능선이 보인다. 또 북으로 마산동산성, 노고산성,
성치산성의 산줄기가 뻗어있다. 개머리산성에서 동으로 호수를 건너뛰
면 백골산성이고 그 바로 뒤편이 고리산성이다. 바라보니 개머리 산성
이 사거리가 된다. 과연 요새라고 할 만하다. 지금은 호수 밑에 들어가

있지만 이 길은 삼국시대에 고구려 신라 백제가 다 차지하고 싶었을 것이다. 그래서 주변에 산성이 그렇게 많은가 보다.

계족산성은 산마루가 좁고 남북으로 길다. 테뫼식 산성이지만 산봉우리를 둘러싼 것이 아니라 서쪽은 산마루 가까이에 그리고 동쪽 성벽은 산마루에서 거의 50m쯤 기슭으로 내려가 쌓은 타원형으로 보였다. 동남쪽 성벽 위로 가보았다. 여기서 테뫼식 산성이라는 것을 확연히 알 수 있다. 동측 성벽은 비탈진 동쪽 사면에서 북쪽으로 기어 올라가는 모습을 볼 수 있다. 멀리서 보아도 보수 작업이 한창이다.

남동쪽 성벽 위에 서서 볼 수 있는 곳을 멀리 바라보았다. 우선 내가 알 수 있는 곳을 바라보니, 핏골이 보였다. 분명하게 노고산성, 성치산성이 있는 산을 알아볼 수 있었다. 그리고 그 너머로 멀리 샘봉산 아래 후곡리 벌말로 들어가는 물길이 보였다. 청주 쪽으로 아름다운 경관이 가물가물하다. 그렇다면 견두산성(개머리산성)은 어디일까? 나는 지도를 기억하며 손가락으로 하나하나 짚으며 외워 보았다.

그곳에 수염이 허연 한 노인이 서 있었다. 자신을 김씨라 소개하면서 환산과 성왕의 사절에 관한 이야기를 매우 흥미롭게 해주었다. 이미 들어 알고 있는 이야기도 있었지만 자식들에게 조선시대 역사나 왕가나 학자들의 비화를 들려주실 때 선친의 상기된 모습이 생각나서 구절구절 감탄하며 들었다.

성안 한가운데 가장 높은 곳이 있었다. 바위를 쌓아 장대를 만들어 놓은 것 같았다. 이곳이 장대지라면 남문지에서 아주 가깝고 조망이 좋은 곳이다. 장대지 주변에 넓은 공터는 건물이 있었을 자리로 보인다. 이곳에서 고려시대 와편, 조선시대 자기편이 발견된다니 조선시대까지도 매우 중요한 시설로 사용되었을 것이다.

계족산성은 신라가 쌓은 산성인지 백제가 쌓은 산성인지 의견이 분분하다. 그러나 대부분 백제가 AD 6C 경에 쌓은 산성으로 인정했다.

복원된 성벽

부흥백제군 발길 따라 백제의 山城 山寺 찾아

그런데도 축성방법이 내탁內托공법에 의하여 외면을 맞추어 편축片築하였거나 부분적으로 협축夾築한 부분이 신라 삼년산성과 거의 동일하기도 하고, 발굴조사 결과 가장 오래된 토기편이 신라 것으로 밝혀져 신라가 축성하고 백제가 점령한 것으로 알려지게 되었다.

성왕 전사와도 관련이 깊다. 이곳이 신라군의 전진기지였기 때문이다. 한때 백제 부흥군에 점령되어 부흥군의 주요 거점으로 이용되기도 했다. 서라벌에서 웅진에 이르는 웅진도로를 효과적으로 차단했던 백제 부흥군의 거점으로 삼국 쟁패의 중요한 유적이다. 청주와 보은, 옥천, 영동, 대전, 연기, 공주로 가는 길목을 한눈에 파악할 수 있는 전략적 요충지다. 백제 부흥군까지 이곳을 근거지로 삼았고, 조선 말기에는 동학농민군의 활동근거지이기도 했다고 한다.

오늘 계족산성 답사는 아주 의미 있는 일이었다. 옥천에서 대전시 동구를 거쳐 청주에 이르는 산성의 모습을 한눈에 볼 수 있었고, 당시의 상황을 머리로 그리면서 쓸데없는 소모전으로 국력을 낭비했던 삼국시대를 반성하게 되었다. 역사를 내다보는 정치가들이 당시에도 있었다면 고구려와 신라 백제가 쉽게 통일하고 저 광활한 만주 동북 삼성을 중국에 내어주지 않았을 것이다. 그러나 생각해 보면 지금도 마찬가지가 아닌가? 같은 민족끼리 서로를 미워하는데 쓰는 경비가 얼마나 많은가? 안타까움으로 다시 한 번 산성을 바라보았다. 아울러 아무리 가슴 아파도 견두산성은 곧 찾아가야겠다고 마음속으로 다짐했다.

내려오는 길은 아주 쉽다. 순환로와 만나는 지점까지 내려와서 신과 양말을 벗었다. 말랑말랑한 감촉을 아주 가깝게 느끼며 한 4Km를 걸어 내려왔다. 군데군데 손과 발을 씻는 곳을 마련해 놓았다. 여기서 산성도 보고 산책도 하면 일석이조가 되겠다.

계족산성

- 소재지: 대전 대덕구 장동 산85(계족산 해발 420m)
- 시대: 백제시대 산성(AD 6C 경), 신라계 산성으로 알려지기도 함
- 문화재 지정: 사적 제355호
- 규모: 면적 51,984㎡, 둘레 1,650m, 높이 약 7~10m
- 답사일: 2011년 5월 18일

부흥백제군 발길 따라 백제의 山城 山寺 찾아

계족산성의 자성子城 고봉산성古鳳山城

　오늘은 몇 번이나 벼르고 별렀던 개머리산성(견두산성)에 가기로 했다. 개머리산성은 계족산성의 자성으로 모성인 계족산성과 백골산성 사이에 있다. 계족산성에서 개머리산성, 백골산성, 고리산성으로 이어지는 산성의 연결고리 가운데 하나이다. 또한 대전시 동구 직동의 성치산성에서 노고산성, 마산동산성까지, 거기서 다시 개머리산성, 질현성, 고봉산성으로 띠를 이루어 계족산성의 전초기지로서 금강과 옥천, 회인, 청주, 서울에 이르는 대로를 지키고, 보은 삼년산성에서 넘어오는 적으로부터 웅진이나 사비를 방어하는 산성의 연결선이다. 그래서 꼭 한번 가보고 싶었다. 가만히 생각해 보면 계족산성이라는 지휘부에서 질현성에 오면 거기가 사거리가 되고 보은 쪽으로 나가는 첫 번째 산성이 개머리산성이다.

　주변에 있는 계족산성, 성치산성, 백골산성, 고리산성은 이미 답사했는데, 이 산줄기의 산성들 중 개머리 산성을 특히 마음에 두고 있었다. 계족

고봉산성의 성터

고봉산성 성 돌

산성에서 보면 바로 손에 잡힐 듯하고 대청호반 도로에서 봐도 바로 거긴데 들머리를 못 찾아 답답했다. 그런데 대청호 오백 리길 답사를 마친 친구 이효정 선생이 길 안내를 맡아주어 어려움 없이 답사를 마칠 수 있었다.

첫 답사는 고봉산성이다. 오늘의 답사는 대전시 동구 주산동에서 시작하여 고봉산성, 질현성을 거쳐 6개의 보루와 개머리산성을 답사하고 효평고개로 내려오기로 했다. 효평고개에서 다시 함각산에 올랐다가 당산마을로 내려오는 길이 대청호 오백 리 길의 한 코스이다. 오늘 그 길을 따라가는 것이다. 나로서는 강행군이다. 주산동 마을 어느 집 마당에 이 선생님 차를 주차하고 고봉산성으로 올라갔다. 고봉산은 해발 약 300m 정도 되기에 어렵지 않을 것이라고 생각했는데 시작부터 경사가 급하다. 사람의 발길은 그리 많지 않아 보였다. 이 산은 특히 청미래덩굴이 많아 다리를 휘감고 놓아주지 않았다. 산초나무도 가시를 도사리고 팔이 걸리기를 기다리고 있고 밤나무는 꼭 사람 키 높이에서 얼굴에 회초리질을 해댔다. 이정표는 정상까지는 1km가 안 된다고 이르고 있었지만 산성을 기다리는 마음인지 가파르기 때문인지 마음은 바심을 하고 있었다.

드디어 돌무더기가 보이기 시작했다. 허물어진 산성이다. 산정에서 커다란 덤프트럭으로 돌을 쏟아부은 것처럼 돌무더기가 아래로 흘러내렸다. 석축 방법을 조금이라도 알 수 있는 부분이 남아 있는지 둘러보았다. 쉽게 찾을 수 있을 것 같지는 않다. 그런데 한 군데가 남아 있다. 이런 작은 성에도 치성이 있었을까? 치성처럼 약간 튀어나온 부분에 2m 정도 6단이 남아 있다. 이 정도만 되어도 전문가들은 축성의 방법을 짐작해 낼 수 있을 것이다. 화강암을 가로 40cm, 세로 20~30cm, 깊이 30~40cm 정도로 다듬어 썼다. 다듬기 작업은 육면을 모두 다듬은 것은 아니고 외부로 나오는 부분의 가로와 세로 부분을 다듬어서 쌓았다. 외부를 돌로 쌓은 다음 안에서 흙으로 채워 넣은 것으로 추정되었다. 그 근거로 흙 속으로 들어가는 부분은 성돌을 다듬지 않았다. 석축은 그렇게 정교하게 쌓지는 않는 것으로 보인다. 중간중간 쐐기돌을 넣기는 했지만 돌과 돌의 어름이 정교하지 않아 쉽게 무너진 것으로 보인다. 남아 있는 부분에는 돌이끼가 파랗게 끼어 있어서 감회가 새롭다.

고봉산성에도 사람들이 무너진 성돌을 모아 탑을 쌓았다. 둘레 280m 정도의 작은 성이라면 주로 한 개 소대 정도 또는 그보다 더 작은 부대가 주둔하였을 것이다. 안내판에는 질현성의 자성이라고 했다. 자성이라고 하면 아마도 그 정도의 군사가 주둔했을 것이다. 크기로 보아 보루의 수준은 넘어선 것으로 파악된다. 탑을 쌓은 곳에서 기와편이나 그릇 조각이 하나라도 보일까 하고 찾아보았으나 눈에 뜨이지 않았다.

고봉산성을 백제시대에 쌓았다면 분명 백제와 신라 쟁패의 현장에서 고대의 고속도로라 할 수 있는 금강을 감시하거나 서라벌에서 옥천을 거쳐 대전, 회인, 문의, 청주로 향하려는 인원과 물자를 통제하는 역할을 했을 것이다. 또는 상주, 보은, 회인을 거쳐 사비로 향하려는 신라군을 방어하고, 삼년산성에 본부를 둔 신라군을 여기서 관측하고 감시했을 것이다. 사령부인 계족산성에서 질현성에 파견된 부대가 고봉산성까지 책임졌을 것으로 생각된다. 만약 고봉산성이 무너지면 질현성에 이어 바로 계족산성이 타격을 받고 위기가 웅진성이나 사비성에 닥쳤을 것으로 짐작된다.

성안에 묘가 있다. 쌍분이다. 아마도 부부일 것이다. 주산동에 거주하던 어느 양반의 무덤인지 알 수는 없지만 여기를 명당이라고 생각했나 보다. 여기서 대청호반이 내려다보이고 주변의 산야가 다 보이니 명당은 명당이다. 산소 주변에 성돌을 가져다 축대를 쌓았으니 고봉산성은 고인의 영혼을 지키는 성이 되었다. 그러나 묘주가 이곳에서 성을 쌓다가 죽은 사람, 성을 지키다가 죽었을 한 맺힌 원혼이 머물러 있을지도 모른다는 사실을 생각이나 했을지 궁금하다. 가난하고 힘없는 많은 백성이 이곳에서 피 흘렸을 것을 잠깐이라도 생각해 보았다면 그런 곳에 조상의 유택을 마련하고 싶지는 않았을 것이다. 성을 답사하면서 처음에는 문화재라고 생각했는데 답사를 거듭하여 더 많은 성을 다니노라니 성은 그냥 단순한 성으로 보이지 않는다. 성은 옛사람들의 원통함과 풀지 못한 한을 쌓아 올린 통한의 언덕이다. 그런 원한의 피가 맺힌 이곳이 현대인의 주검을 모시는 집으로 좋은 자리일지 자손들이 한번 생각해 볼 일이다. 낙엽에 미끄러지며 질현성으로 향한다.

고봉산성

- **소재지:** 대전광역시 동구 주산동 산 19-1번지 고봉산(해발 304m)
- **시대:** 백제시대
- **문화재 지정:** 대전광역시 시도 기념물 21호
- **규모:** 면적 151,604㎡, 둘레 250m
- **형태:** 테뫼식 석축산성
- **답사일:** 2017년 3월 1일(친구 이효정 동행)

질현성은 옛 모습이 남았네

고봉산성에서 조금 내려오니 임도가 있다. 질현성이 있는 산은 칠현산이라고도 한다. 임도에서 안내 이정표를 따라 칠현산으로 오르기 시작했다. 가파른 길을 얼마 오르지 않아서 성의 윤곽이 뚜렷한 질현성이 보였다. 가파른 산길을 정신없이 올라가다가 바라보니 거의 40~50m나 되는 성벽이 잡초더미 속에 묻혀 있었다. 나는 흥분했다. 나뭇가지를 휘어잡으며 미끄러지기도 하고 기다시피 하면서 성벽 가까이 갔다. 잡목이 자라서 사진 찍기도 어려웠지만 정신없이 사진을 찍고 줄자로 성석의 크기를 재어보았다.

돌의 너비는 다르나 높이는 대부분 일정하다. 너비는 45~100cm 정도로 다양하고, 높이는 28cm로 일정했으며, 깊이는 50cm 정도가 넘

질현성 남은 성벽

질현성 장대지 답사   질현성 자성 보루

었다. 너비가 다르므로 돌을 엇갈리게 쌓을 수밖에 없어 더 견고하고, 돌의 높이가 일정하므로 안정감 있어 보였다. 돌은 약간 희끗희끗해진 모습이었다. 남아 있는 부분을 세어보니 15단 정도 되었다.

약간 무너진 곳을 들여다보았다. 흙에 묻힌 성석의 깊이는 50cm가 넘어 보였다. 돌과 돌 사이에 잔자갈이 들어 있는 것으로 보아 흙에 작은 자갈을 섞어서 다져 넣었을 것이라 생각되었다. 성벽 바깥쪽은 돌의 모양을 일정하게 다듬어 쌓았고 안쪽은 자연 그대로 두었다. 자연적으로 울퉁불퉁한 부분에 흙을 다져 넣었으니 단단할 수밖에 없을 것이다. 외축내탁의 공법을 사용하여 정교하게 쌓은 것이다. 그래서 천오백 년을 넘어 오늘까지 이렇게 성의 모양이 고스란히 남아 있는 것이다.

성벽의 모양이 이렇게 완벽하게 남아 있는 것을 별것 아닌 것으로 생각하여 지나칠 수 있겠지만 잠시만 지나온 세월을 생각하면 경이롭기 짝이 없는 일이다. 혹자는 중국의 만리장성의 견고함을 보라고 할지도 모른다. 인도의 아그라 성을 보라고 할 수도 있을 것이다. 그러나 그런 성들은 대개 벽돌로 찍어서 견고하게 쌓았거나 아주 연한 돌을 정교하게 갈거나 다듬어서 쌓은 것이다. 그러나 질현성과 같은 백제의 산성을 비롯한 우리나라 산성은 단단한 화강암을 정으로 쪼아 정교하게 다듬어서 쌓은 점이 다르다. 돌이 단단해서 다듬기도 어려웠을 것이고 무겁기 때문에 이동하기도 어려웠을 것이다. 또한 단단하고 무거운 돌에 사람들의 몸도 많이 상했을 것이다. 그 모든 어려움을 생각하면 가슴이 아리고 문화유산이 소중하다.

 문헌에는 둘레 800m라고 하는데 실측이 어렵고, 높이는 1.5m라지만 4m가 넘는 곳도 있었다. 성은 상당히 큰 규모이다. 물론 임존성이나 학성산성, 장곡산성 같은 대규모의 성과는 비교할 수 없지만 계족산성의 자성이라고 한다면 비교적 규모가 큰 성이다. 그만큼 중요한 요새였을 것이다. 옥천에서 회인, 문의, 청주로 가는 길목이고 견두산성과 마산동산성, 백골산성, 고리산성으로 이어지는 요새였을 것이다. 질현성과 계족산성의 사이에 있는 질티라는 고개를 넘으면 바로 대전이다. 대전 유성의 부흥백제군의 격전지인 내사지성內斯只城(월평동산성)을 지나면 웅진, 사비로 바로 통한다. 그래서 질현성은 질티라는 길목을 지키는 역할도 했을 것이다. 또한 지금은 안전지대이지만 당시는 현

질현성 보루

재로 치면 비무장지대만큼 긴장감이 감도는 전방이었다는 것을 상기시켜 주는 산성이다.

일설에 의하면 질현성은 백제 부흥군의 지도자들인 복신, 도침, 흑지상지 등이 의자왕의 왕자인 부여풍을 일본에서 모셔와 이곳에서 말을 잡아 피를 마시며 맹약한 취리산일 수도 있다고 한다. 삼국사기에서는 취리산 회맹은 웅진도독으로 온 왕자 부여융과 신라 문무왕 사이의 맹약이었다고도 하니 어떤 말이 맞는지 알 수가 없다. 나는 백제 부흥군 지도자들의 맹약은 아니었을 것으로 본다. 부여융은 포로로 당에 갔다가 웅진도독으로 당의 벼슬을 받아 돌아왔으니 삼국사기의 설이 신빙성이 있지만 취리산은 웅진 가까이에 있을 것이다. 공주 부근의 연미봉이 취리산이라는 설도 있다.

공주대학교 백제문화연구소가 발간한 『백제부흥운동사 연구』를 보면 662년 7월 백제 부흥군은 이 질현성에서 나당연합군의 공격을 받고 크게 패했다고 한다. 이곳에서 패한 부흥백제군은 그해 8월 복신이 전열을 가다듬어 대전 내사지성內斯只城(월평동산성 혹은 유성산성)에 진을 치고 공격을 시도했지만, 신라 김유신의 동생 김흠순 상군에게 크게 패했다고 한다. 나당연합군은 세작細作들을 이용하여 부흥백제군의 방비가 허술한 상태를 간파하고 일시에 공격하여 격파하였다고 한다. 백제 부흥군은 여건이 어려운 점도 있지만 지도자들의 불신과 배반으로 결국 뜻을 이루지 못하였다. 도침과 복신, 흑치상지의 맹약이 이곳에서 이루어졌든 거점 중의 한 곳으로 알려진 임존성에서 있었든 참으로 허무한 약속이었다고 생각하니 대청호의 물도 서글퍼 보였다. 또 이렇게 작은 성에서 부흥군의 중심 지도자들이 중요한 맹약을 했다는 것도 성왕이 50명 군사만 거느리고 적진을 시찰한 것만큼 위험한 일이라 생각된다.

　개머리산성으로 가기에 앞서 질현성 정상에서 잠시 주변 산줄기를 돌아보았다. 고리산과 백골산성, 개머리산성과 계족산성이 다 보였다. 대청호의 작은 섬들이 다도해처럼 아름답다. 과연 요새는 요새이다.

질현성

- **소재지**: 대전광역시 대덕구 비래동 산 31-1번지(칠현산 해발 334.7m)
- **시대**: 백제시대
- **문화재 지정**: 대전광역시 시도 기념물 제8호
- **규모**: 넓이 11,107㎡, 둘레 800m, 높이 1.5m
- **형태**: 외축내탁의 테뫼식 석축산성
- **답사일**: 2017년 3월 1일(친구 이효정 동행)

대청호 전망대 마산동산성馬山洞山城

  청양의 두릉윤성을 답사하고 집으로 돌아오는 길에 세종시에서 차를 돌려 신탄진을 거쳐 대전시 동구 마산동으로 향했다. 마산동 산성의 들머리에 있는 대청호 주변의 큰 음식점에는 가족 단위로 외식하러 온 사람들의 차량이 가득하다. 길가에 차를 세워서 마산동산성 입구로 향하는 데 어려움이 많았다. 행려자들에게 자비를 베풀었다는 회덕 황씨 재실인 미륵원을 버리고 찬샘마을 쪽으로 좌회전하여 작은 고개를 넘어서면 바로 마산동 산성 표지판이 나온다. 길가 조금 넓은 곳에 차를 세우고 걸어서 산성 쪽으로 가려니 불안하다. 길이 좁아 다른 차들의 통행에 분명 방해가 될 것 같았다. 산불 감시원이 산성 쪽으로 조금 올라가면 공터가 있다고 일러주었다. 다시 공터에 차를 세우고 이정표를 따라 산성으로 향하는데 산불 감시원이 다 망가진 산성을 뭐하

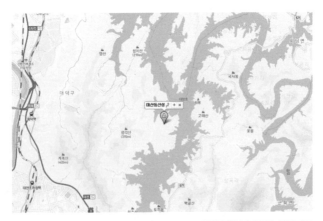

마산동산성 부근의 산성지도

부흥백제군 발길 따라 백제의 山城 山寺 찾아

마산동산성의 남은 성벽

려고 보러 가느냐고 묻는다. 참 그렇긴 하다. 쓸데없는 짓이다. 잘못하
면 산불이나 낼 일이다.

산성까지는 2km이다. 가파른 산길을 올라가야 무너진 성벽을 만난
다. 사람들이 많이 다녀 길은 잘 나 있었다. 이곳이 대청호 오백 리 길
의 한 코스이기 때문에 답사하는 사람들이 많은 것이다. 길은 제법 가
파른 데다가 잔돌과 나뭇가지를 밟을 때마다 미끄러진다. 봉우리가 가
까워지자 산불이 나서 산비탈에 서 있는 나무들이 불에 그슬렸다. 멀
리 호수가 파랗게 보인다. 땀이 흐른다. 문득 등줄기에 소름이 끼친다.
혼자 등산할 때는 느끼지 못한 서늘함을 산성 답사할 때는 느낄 때가
많다. 아마도 마음에 산성에 머물렀던 많은 사람에 대한 안타까움이
남아 있는 것 같다. 아니면 그들과 영적 접촉이 있었을까. 예나 지금이
나 '죽음'이란 참으로 외로운 사건이다. 때로 산성을 다니다 언젠가 나

도 성돌을 베고 스러질지도 모른다는 생각을 할 때도 있었다.

스산한 마음으로 올라가는데 돌무더기가 쌓여 있는 봉우리가 보였다. 봉우리에 오르니 한 70m 정도 거리를 두고 동쪽과 서쪽 두 봉우리에 돌무더기 쌓인 곳이 먼저 보인다. 그리고 그 두 개 돌무더기를 감싸 안으며 성벽이 있다. 작은 두 개의 봉우리를 둘러싼 테뫼식 석축산성을 발견하는 순간이다. 돌무더기는 무너진 장대라고 할 수 있고 장대를 둘러싸고 있는 길쭉한 성벽을 추정할 수 있다. 성벽은 남벽의 길이가 약 7, 80m, 북벽의 길이 역시도 그 정도 되어 보인다. 남벽은 성의 흔적이 분명하나 북벽은 잡목 속에 묻혀 있다. 전체가 마치 누에고치 모양으로 가운데가 잘록한 타원형이었다.

돌무더기를 헤치며 남벽을 돌아보았다. 무너진 돌이 성의 규모에 비해 많은 것으로 보아 작지만 상당히 높고 견고한 성이었나 보다. 마침 성벽의 옛 모습이 남아 있는 곳을 발견했다. 성벽 5단 정도가 한 2m 정도 고스란히 남았다. 아마도 밑부분을 파 내려가면 땅속에 묻힌 부분에서 원형의 모습을 더욱 생생하게 볼 수 있을 것 같았다. 성돌은 가로 40~50cm 정도, 세로 20~30cm 정도로 길쭉하다. 돌은 화강암으로 상당히 견고하다. 성돌을 다듬어 바른 쌓기 방식으로 쌓았다. 남아 있는 약 9단 정도의 성벽에서도 맨 아래에 쌓은 돌보다 위로 올라갈수록 조금씩 들여쌓은 흔적이 남아 있다. 중간에 넣는 쐐기돌을 발견하지 못했으나 돌과 돌 사이 틈이 넓게 벌어지지 않은 것으로 보아 상당한 기술을 가진 석공들이 축성에 동원되었을 것이다.

이곳 마산동산성은 사비나 웅진에서 동쪽으로 신라와 경계를 이루

부흥백제군 발길 따라 백제의 山城 山寺 찾아

는 전선이라고 할 수 있다. 계족산성이 사령부라면 산성의 띠를 이루는 한 부분이다. 그렇다면 개머리산성이 동진 북진 남진의 사거리였을 것으로 짐작된다. 마산동산성은 규모는 작지만 여기서 백골산성으로 이어지는 연결고리라는 점이 의미 있을 것이다. 남쪽에서 옥천을 거쳐 회인과 보은으로 가는 길목을 지키거나 신라의 서쪽 전선을 이루는 사령부라고 할 수 있는 보은의 삼년산성에서 회인을 거쳐 사비성으로 가고자 하는 적을 막는 최전방이 되었을 것이다.

지금은 호수가 되어 버린 이 고을이 건너편에 있는 백골산성의 처참한 역사를 상기시킨다. 지금은 산성 아래 고급 음식점이 있고, 회덕 황씨 재실인 미륵원지가 있고, 은진 송씨 관동묘려가 있다. 그리고 멀리 백골산성 아래 꽃님이 반도의 아름다운 모습이 보인다. 꽃님이 반도는 이 고을에 물이 괴어 호수가 생기면서 이루어진 반도이다. 거기에는 부근에서 가장 아름다운 카페가 있다.

마산동산성에서 내려오는 길에 산불이 난 곳에서 새끼손가락만큼 굵은 고사리 몇 개를 꺾었다. 고사리가 왜 이리 튼실한가. 아랫도리가 통통하다. 아마 산성을 쌓고 그 산성을 지키던 군사들도 이곳에서 고사리를 꺾어 허기를 달랬는지도 모른다. 예나 지금이나 사람 사는 모습은 한가지니까 말이다. 바람이 시원하다.

주차한 곳까지 내려오니 산불 감시하는 분이 아직도 그 자리에서 산을 지키고 있었다. 이 부근에 산나물이 많아서 나물 뜯는 이들을 관리한다고 한다. 산을 오르는 사람들을 모두 불씨로 생각하는 것 같다. 나도 그분의 눈에는 불씨로 보였을 것이다. 나는 그런 그분이 고마웠다. 돌아오는 길은 노고산성이 있는 찬샘정 부근으로 돌아서 찬샘마을로 알려진 핏골을 거쳤다. 지금은 농촌 체험마을이 되어 있지만 예전에는 개머리산성에서 동으로 노고산성, 성치산성에 둘러싸인 전쟁터였다. 그래도 핏골이란 처절한 이름보다 지금이 훨씬 평화롭다.

마산동산성

- 소재지: 대전광역시 동구 마산동 산6번지(해발 220m)
- 시대: 백제시대
- 문화재 지정: 기념물 제30호
- 규모: 둘레 약 200m
- 형태: 테뫼식 석축산성
- 답사: 2017년 4월 29일

직동 핏골 노고산성老姑山城

완연한 봄날 아침이다. 포근하고 날씨도 맑다. 이런 날을 맞아 노고산성 답사를 가기로 했다. 지도를 보면서 들머리를 찾았다. 친구 연철흠 선생과 불온 선생이 함께 가기로 했다. 두 분을 태우고 옥천으로 가는 대청호반도로 들어섰다. 대전시 동구 직동 체험마을 찬샘정 주차장에 차를 세웠다. 찬샘정에서 바라보이는 호수의 경치가 아름다워 정자에 올라 한참동안 주변을 돌아보았다. 호수 건너 후곡리 마을이 보일 듯 말 듯 하다. 바로 노고산성으로 올라갔다. 언 땅에 봄기운이 들어 양탄자를 디디는 것처럼 부드럽다. 30분 정도 올라가니 등마루길이다. 벌써 꽃잎이 피어나는 진달래도 있다. 호수가 아름답다. 햇살에 빛나는 물빛과 점점 푸르러가는 산줄기가 좋다. 옅은 안갯속에 묻힐락 말락 하는 호수에 감긴 산줄기가 더 아름답다.

정상까지 올라갔다. '기념물 제19호 노고산성'이라는 표지석이 서 있다. 산성의 흔적이 여기저기 조금씩 보였다. 아마도 표지석이 없었다면 그냥 지나쳤을지도 모른다. 성은 그렇게 크지 않다. 둘레가 약 300m 정도의 석축 테뫼식 산성이다. 소대 정도의 군대가 주둔한 것이 아닌가 한다. 설명에는 둘레가 300m나 된다고 하지만 눈에 뜨이는 것은 그렇게 뚜렷하지 않다. 성벽이라고 하는 것도 그냥 돌무더기이다. 그리고 인공으로 구조물을 설치했는지 홈이 있는 돌도 발견하였다. 와편 같은 것이 전혀 발견되지는 않지만 성의 구조로 보아 건축물이 있었을 것이다. 그렇다면 돌을 쌓아놓고 가로대 같은 것으로 외부의 침입을 막는 장치를 마련해 놓았었다고도 볼 수 있다.

무너진 성을 다시 복원하면 원형이 망가지고, 그대로 두면 유물이 점점 더 사라지는 것이 되니 어떻게 하는 것이 잘하는 것인지 알 수 없는 일이다. 전문적으로 연구하는 학자들이 이 일을 잘 판단해서 시급히 조치를 취해야 할 일이다. 운주산성을 가보면 일부 복원한 부분이 있지만 복원하지 않고 원형을 보존하기 위해서 철책을 설치한 곳이 있다. 나는 그것이 좋다고 본다.

정상에 올라 쉬면서 주변 경관을 바라보았다. 성곽의 흔적은 쉽게 눈에 뜨이지 않는다. 표지석만 덩그러니 세워져 있다. 산행이라고 할 수 없을 만큼 짧아 아쉬운 마음에 산을 내려가서 견두산성으로 가는 안부까지 갔다가 다시 올라왔다.

저 아랫마을이 핏골이다. 이런 이름을 지은 것은 노고산성 전투에서

노고산성에서 대청호

부흥백제군 발길 따라 백제의 山城 山寺 찾아

희생된 신라와 백제 군사의 피가 내를 이룬 데서 연유되었다고 한다. 하긴 이 노고산성과 견두산성, 성치산성이 트라이앵글을 이룬 그 가운데에 핏골 마을이 있으니 삼국시대 피의 삼각지대라고 할 만하다. 여기 서서 대청호

노고산성

를 바라보니 경관은 빼어나지만 골짜기가 온통 피투성이가 되었다는 옛날의 함성과 절규가 들려오는 듯하다.

성곽의 바로 옆에 있는 바위가 할미바위라고 한다. 이 바위 때문에 노고산이라고 했다지만 할머니의 모습을 발견하기는 어려웠다. 전국에 노고산은 많다. 그리고 노고산에는 산성이 있게 마련이다. 사실 전설에서 '노고老姑'라 하면 마을을 지키는 여신이라고 할 수 있다. 전국의 노고산성들이 마을을 지키는 할미신의 지킴을 실제로 받는지 모르겠다.

전망이 좋다. 대전의 계족산성이 있는 계족산, 문의 양성산, 샘봉산이 보인다. 이곳은 주변의 다른 산성들과 연계하여 적을 막는 요새 구실을 했을 것이라고 생각한다. 지금은 물에 잠겨 있지만 경상도에서 옥천을 거쳐 바로 청주 부근으로 진입할 수 있는 요새를 지키는 산성이다. 노고산성은 바로 남쪽에 있는 마산동산성, 견두산성, 질현성, 고봉산성과 규모가 비슷한 것으로 보아 옥천 문의 간 교통로를 지키는 소규모의 부대가 주둔하거나 계족산성의 전초기지였을 것이다. 아니 그냥 계족산성의 자성으로 생각된다. 멀리 회인의 호점산성은 이보다 규모가 훨씬 크고 포곡식으로 계곡을 안고 있어 계곡의 마을을 보호한 것으로 보인다.

대전 청주 주변에 산성이 특히 많은 것은 삼국의 접경지대였기에 그

만큼 군사시설이 많이 필요했을 것이다. 또는 성곽 자체가 행정 시설을 담당하기도 했을 것이다. 고구려는 남쪽에서 올라오는 군사를 막아야 했고, 신라는 북쪽에서 내려오는 적을 막아야 했을 것이다. 특히 대청호 주변은 공주, 부여와 가까운 거리에 있기 때문에 백제의 입장에서는 철통 같은 경계를 해야 했을 것이다. 또 국토의 중심부에 위치하다 보니 지정학적으로 영남이나 호남권에서 서울로 향하려면 반드시 거쳐야 하는 교통의 중심지며 전략적 요충지로 빼앗고 싶은 곳이며 한번 차지하면 반드시 지켜내야 했던 곳이다.

직동 노고산성

- 소재지: 대전 동구 직동 산43 노고산(해발 250m)
- 시대: 삼국시대(백제시대)
- 문화재 지정: 대전광역시 기념물 제19호
- 규모: 둘레 300m
- 형태: 테뫼식 석축산성
- 답사일: 2011년 2월 24일(친구 연철흠, 남주완 동행)

부흥백제군 발길 따라 백제의 山城 山寺 찾아

직동 성치산성城峙山城의 피 흘림

성치산성은 대전시 동구 직동에 있다. 노고산성에서 마주 보인다. 옥천 군서면 은행리 상은부락 말등산 정상에 있는 성티산성을 성치산성이라 부르기도 하기 때문에 혼동할 수도 있다. 옥천 성티산성은 관산성 전투와 관련 있는 배후기지라 할 수 있어 금강 유역의 요새인 직동 성치산성과는 성격이 다르다. 혼자라 외롭지만 낮은 산이라도 험한 산성답사를 누구에게 함께 가자고 말하기는 어렵다. 그냥 혼자 출발하기로 했다.

대청댐을 지나 대전으로 가다가 조정지댐 가기 전에 옥천으로 가는 대청호반도로로 좌회전했다. 우거진 벚나무 가로수와 짙어가는 숲이 혼자 보기 아깝다. 가뭄 타는 계절인 보리누름인데도 만수 된 호수는 꽃피고 녹음이 짙어가는 산봉우리들을 그림처럼 담아내고 있었다. 찬

성치산성 성벽

샘체험마을 광장에 차를 세웠다. 여기에서 바라보면 동쪽으로 노고산성이, 동남쪽에는 견두산성으로 이어지는 능선이 둘러싸고 있고, 동북쪽 봉우리가 성치산성이다.

찬샘정으로 가는 작은 고갯마루에서 '성치산성 2km'라고 이정표가 안내한다. 1시간만 걸으면 된다. 잠깐 사이에 날망에 올랐다. 여기부터 등마루를 타면 된다. 녹음이 짙다. 어느 주검의 원혼일까. 간혹 울어대는 새소리에 산은 더욱 고요하다. 길은 뚜렷한데 사람은 없다. 오늘은 마루길이 다 내 차지이다. 천천히 걸었다. 등마루 오르내림을 몇 차례, 등줄기가 땀에 젖을 때쯤 마지막을 치고 올라가면 정상이다. 혼자서는 정상의 고요가 무섭다. 이정표가 또 있다. 살펴보니 자동찻길이 핏골마을에서 여기까지 바로 나 있다. 성치산성만 보려면 여기까지 와서 차를 세우고 산에 올라가도 될 것이다.

숨을 몰아쉬며 마지막 오르막을 올랐다. 문득 무너진 돌무더기가 잡목 속에 숨어 있었다. 남문지로 보이는데 돌만 수북하게 굴러 내린다. 동쪽 사면에는 군데군데 성벽의 흔적이 남았으나, 북쪽 사면은 그냥 너덜이 되었다. 문지에 기왓조각이라도 있는지 살폈다. 찾을 수 없다.

성안으로 들어갔다. 봉우리로 오르는 것이다. 성안은 단을 모은 것처럼 흙을 쌓아 올려 두둑하게 높은 곳이 있다. 장수가 지휘하는 장대이다. 테뫼식으로 석축산성 둘레가 고작 160m인데 무슨 장수가 있었을까? 오늘날 소대 정도 되는 한 무리의 군사가 이곳에서 정찰 임무를 띠고 있었을 것 같다. 그렇다면 먼 데를 살펴볼 수 있는 망루라고 하는 게 좋겠다.

북쪽 성벽은 남아 있을지 모른다는 생각이 들었다. 예상대로 북동 성벽은 흔적이 뚜렷하게 살아 있다. 가로 50㎝, 높이 20㎝ 정도로 납작한 성석을 정교하게 쌓아 올린 성벽 15단 정도가 3~4m 남아 있다. 성의 외벽은 2~3m나 되어 높지만 내벽은 1~2단 정도로 나지막한 협축산성이다. 돌은 크지 않은 화강암을 다듬어 쌓았다. 쌓은 모습이 자연스러워서 장정이나 축성의 기술이 없는 사람도 우리 겨레면 누구나 할 수 있을 작업이라는 생각이 들었다. 성벽은 3~4m 정도 남아 있고, 또 한 2~3m 정도는 무너져 내렸고, 이어서 또 3~4m가 정확히 남아 있었다. 성은 전체적으로 고구마 모양으로 길쭉한 타원형이다. 가운데 불룩한 곳은 장대나 망루가 아니면 모성인 계족산성으로 신호를 보내던 봉수대였을 것이다.

노고산성과 함께 성치산성이 안고 있어 평화로워 보이는 핏골은 피가 도랑을 이룰 정도로 처절한 전쟁터였다는 전설을 상기하니 이곳에서 죽어 간 많은 장병들의 넋이 안타깝다. 마을 사람들은 또 얼마나 시달림을 받았을 것인가. 멀리 호반을 넘어 샘봉산이 우뚝하다. 물속에 잠긴 마을의 수많은 이야기들도 말없이 고요하다. 피를 흘리며 죽어 간 어린 장병들의 두런거림이 들리는 듯하다. 굶주림과 목마름을 참으며 아내와 부모·자식이 뼈저리게 그리워하던 순수들이 억울하게 죽어 갈 때 권력은 무엇을 했을까.

전쟁은 왜 필요한가? 누구를 위해서 전쟁이 있어야 하는가. 무엇을 위해서 전쟁을 했고 소중한 젊은이들이 하나뿐인 목숨을 헛되이 버렸을까.

우리는 어떤 역사를 만들어 가야 할까. 어떤 명분으로 죄 없는 사람을 사지로 보내면서 영웅이라는 공허한 이름을 붙여 주었을까. 참 우습다. 오늘 참 색다른 생각을 하였다. 성이 너무 작았기 때문인가. 그날의 함성은 들리지 않고 그들의 두런거림만 귓전에 맴돈다. 내려오는 길이 우울하다.

내려오는 길에 다른 길을 택했다가 잠시 길을 잃었다. 넘어진 김에 쉬어간다는 말처럼 전망 좋은 묘지 상석에 앉았다. 호수를 건너 후곡리

대각사가 있을 법한 마을과 산줄기가 마치 성문처럼 감싸 안은 벌말이 있었을 법한 언저리와 그 너머 진사골이나 뒷골들을 살피다가 절경에 빠져버렸다. 그러다가 길을 찾아도 없다. 끊어진 것이다. 그냥 내리막길로 내려쳤다. 묘지가 하나 더 나오고 흐릿한 길이 보인다. 그 길을 따라가다 보니 길이 점점 뚜렷해지더니 수렛길이 나왔다.

수렛길을 따라 찬샘마을로 향했다. 수렛길 바로 옆 우거진 잡목 사이에 외국산 고급 SUV 차량 한 대가 서 있다. 시동이 걸려 있는 것 같지는 않은데 차가 움직이는 듯하다. 가까이 가보았다. 검은색으로 빛을 차단한 차창 너머에서 연인인지 불륜인지 원초적 쾌락을 누리고 있었다. 저들도 피 흘림을 알까. 나는 성에서 속박당하던 옛사람의 아픈 피 흘림을 보고 오는데, 저이들은 규범을 초월한 쾌락의 피 흘림을 만끽하고 있었다. 성터에서 하는 성생활이니 사실 큰 구경거리도 아니다. 그냥 바로 돌아 나왔다. 정말로 그냥 왔다. 옛 성터에서 원시적 자유를 누리는 현대인까지 보았으니 오늘의 소득도 쏠쏠하긴 하다. 그러나 가슴 한편은 시퍼런 멍이 든 기분이다.

찬샘 마을엔 내 차가 혼자서 주인을 기다리고 있었다. 집으로 돌아오는 길이 가볍다. 차 안의 베드신이 눈앞을 가로막지는 않았다. 산성에서 밤을 새우는 하급 군사들의 두런거림만 귀를 괴롭혔다.

직동 성치산성

- 소재지: 대전시 동구 직동 산 4번지 성치산(해발 210m)
- 시대: 백제시대
- 문화재 지정: 대전광역시 기념물 제29호
- 규모: 둘레 160m, 폭 4.3m, 높이 2.4m
- 형태: 타원형 석축산성
- 답사일: 2011년 5월 14일

호점산성虎岾山城은 백제와 신라의 전방 기지

오후에 보은 회남면에 있는 호점산성을 가기로 했다. 호점산성은 고리산성, 백골산성에 이어지는 산성의 고리 중에 하나라 할 수 있지만 규모는 두 성보다 크다. 호점산성의 매력은 보은지역에 많은 점판암으로 차곡차곡 쌓아 올린 성벽이 고스란히 남아 있다는 것이다. 높은 곳은 높이가 거의 7, 8m나 되는 성벽이 고스란히 남아 있어 찾아갈 때마다 흥분시킨다. 문지나 성벽에 장대나 나무기둥 세웠던 흔적도 그냥 남아 있다. 게다가 등산로가 약 3.5km나 되어 숲속을 2시간 남짓 걸으

호점산성

며 대청호의 절경을 내려다볼 수 있어 한 번 다녀오면 또 가게 된다. 1시간쯤 승용차로 달려서 2~3시간 정도 등산한 다음 회남면 소재지서 보은 생삼겹살구이로 저녁식사를 하고 저녁노을에 빛나는 대청호를 바라보며 돌아오는 재미가 쏠쏠하다.

피반령으로 가는 길이 빠른데도 굳이 문의면 초입에서 좌회전하여 청남대로 들어가는 척하다가 구사리, 산덕리를 슬그머니 지나서 염티재를 넘으면 남대문리이다. 염티재는 전라도 신안에서 들어오는 소금배가 금강나루에서 짐을 풀면 짐꾼들이 소금가마니를 지고 보은으로 넘어가던 소금고개이다. 또 호점산성이 있는 용곡리 사람들이 나무를 지고 이 고개를 넘어 문의 장에 다녀왔다고도 한다. 염티재는 지금도 험하다. 밤을 도와 소금을 지고 넘던 짐꾼들이 염티에서 호환虎患을 만나기도 한 것은 그리 오래된 일이 아니라고 마을 어른들은 말한다.

남대문리는 호점산성 남대문 바로 아랫마을이라는 뜻이다. 남대문리에서 호점산성 정문으로 오르는 된비알길이 있다. 남대문리를 지나 571번 지방도로에 접속하여 좌회전하면 대청호수에 놓인 남대문교라는 큰 다리를 건너게 된다. 그러면 바로 회남면 소재지이다. 소재지를 지나 대청호 둔치에 아름다운 갈대숲이 보이면 좌회전해야 보이스카우트 회룡야영장이 나온다. 다리 위에 차를 세우면 물 빠진 대청호 둔치에 우거진 갈대를 바라볼 수 있다. 갈대숲과 어우러진 자잘한 버드나무도 절경에 한 몫 보탠다. 아름다운 갈대숲이 붙잡는 소매를 뿌리치고 차 한 대 겨우 다닐 수 있는 농로를 2km쯤 달리면 호점산성 주차장에 차를 세울 수가 있다. 보은군에서 마련한 산성 개요도와 안내 표지판을 읽고 출발한다.

주차장에서 남쪽으로 잘 다듬어진 등산로 통나무 계단을 밟아 작은 고개를 넘어서면 좁은 골짜기로 들어간다. 옛날 옛적 어떤 할머니 할

부흥백제군 발길 따라 백제의 山城 山寺 찾아

아버지가 어린 손자를 데리고 살았다는 전설 같은 골짜기다. 맑은 물이 졸졸 흐르고 인적은 없다. 물줄기를 따라 올라가면 감추어진 산성의 비밀이 나올 것 같은데 숲이 깊어 엄두가 나지 않는다. 개복숭아나무에 초록빛 열매가 소복하다. 산뽕나무에 어미돼지 젖꼭지처럼 새까만 오디가 올망졸망 매달렸다. 인적이 없어 잡초가 우거지고 청미래덩굴이 가랑이에 매달린다. 계곡을 건너는 나무다리는 잡초에 덮여 있다. 여기가 호점산성의 들머리 동문지이다. 어느 쪽으로 가든지 산성을 따라 한 바퀴 돌아오면 바로 이곳으로 돌아오게 되어있다.

북쪽으로 가파른 오솔길을 타고 올라간다. 고라니 한 마리가 불청객의 이야기 소리에 놀라 산줄기를 타고 튀어 오른다. 길은 가팔라도 통나무를 놓아 걷기엔 불편이 없다. 올라갈수록 길은 더 가팔라지는데 줄난간을 만들어 놓아 잡고 쉽게 올라간다. 올라가는 길에도 전장의 흔적이나 기왓조각이나 선인들의 삶의 흔적을 찾으려고 두리번거렸다. 기록에 의하면 토기나 기와편이 나왔다고 하는데 내 눈에 띄지 않았다. 최영 장군의 태묘도 있고, 금칼도 어디엔가 숨겨 있다는 전설도 있으나 눈에 뜨일 리는 없다. 주변은 온통 납작납작한 점판암이다. 그러면 이곳이 강이나 바다였다는 말인가. 이 돌은 성을 쌓기에 아주 편리할 것 같았다. 구들장처럼 납작하여 무겁지 않은 데다가 다듬을 필요도 없이 기와를 올리듯 쌓기만 하면 되니 부녀자들도 가능할 것 같았다.

고갯마루에 오르면 등마루를 타고 쌓은 성벽이 남아 있다. 혹 무너지기도 하고 혹 성벽의 모습이 남아 있기도 하다. 여기가 북문지이다. 북문지는 낙엽 더미에 묻혀 있긴 해도 그런대로 원형을 알아볼 수 있다. 안부에서 호점산성 주차장이 보인다. 타고 온 승용차가 바로 코밑에 있다. 누군지 성돌을 모아 장난삼아 탑을 쌓아놓은 흔적도 있다. 잠깐

동안 재미있는 놀이로 문화재는 무너져 원형을 잃는다.

또 한 차례 된비알을 숨을 몰아쉬며 오르면 이제 평탄한 등마루다. 건물이 있었을 것 같은 너른 대지가 나온다. 납작한 슬레이트 같은 돌로 쌓아 나지막한 성벽을 만난다. 마치 어느 농가의 얌전한 담장으로 보인다. 다정한 고향 마을 골목을 걷는 기분이다. 아내와 나는 호젓한 산길을 여유 있게 걸었다. 숲이 우거진 속에도 성 안쪽으로 등산객이 다녀서 길이 잘 나 있다. 그러나 담장을 넘어 성밖은 7~8m는 족히 되는 성벽이다. 가파른 사면에 까마득하게 쌓았다. 등산로는 울창한 참나무 숲길이다. 숲 사이로 마루금이 뚜렷하다. 능선을 따라 쌓은 성의 전체 윤곽이 손에 잡힐 듯하다. 골짜기를 감싸 안고 축성한 완연한 포곡식 산성이다. 온전하게 보존된 모습이 예사롭지 않다.

이쯤에서 성벽 아래로 내려가 성을 올려다보아야 한다. 가시덤불을 헤치고 성벽에서 자라난 나뭇등걸을 잡고 성 아래로 내려간다. 아, 위에서 보는 것보다 더 높아 보인다. 두께 10cm 정도, 너비 30cm 안팎의 납작한 돌을 켜켜이 쌓은 모습이 살라 놓은 시루떡의 단면을 보는 듯하다. 판축식 토성이 층을 이루어 돌로 굳어버린 것처럼 보인다. 경이로운 성벽에 취해 올려다보다가 발아래를 보니 취가 지천이다.

갈미봉에서 전망대까지 길은 아주 평탄하다. 따뜻한 담장 밑을 거니는 기분이다. 담장 같은 성벽이 중간에 뚝 끊어진 곳이 있었다. 성이 무너진 부분인가 했더니 아니다. 서문지이다. 전하는 말에 의하면 동문이 있고, 북쪽, 서쪽에 문이 한 곳씩 있다고 하고 남쪽으로 대문이 있다고 한다. 내부에서 보면 담장처럼 나지막한 성벽도 외벽을 보면 아찔하게 높다. 안쪽 성벽에 나무기둥을 세웠던 자리인지 성벽에 홈이 보인다.

부흥백제군 발길 따라 백제의 山城 山寺 찾아

어떤 기둥을 세웠을까. 호점산성은 발굴 조사한 적이 없어 학술적 기록을 찾아볼 길 없다.

전망대에 오르면 염티에서 내려오는 자동찻길이 굽이굽이 한눈에 보인다. 골짜기에 옹기종기 남대문리 마을이 정겹다. 산은 치알봉이 정상이고 성은 전망대가 중심이다. 여기서 남쪽으로 청주 대전 간 도로가 훤히 보이고 대청호가 한눈에 들어왔다. 북서쪽으로 샘봉산에서 피반령으로 뻗어가는 팔봉지맥이 훤히 내려다보인다. 동으로는 산성의 안동네 아늑한 골짜기를 품고 있다. 아무래도 여기에 가장 높은 망루가 있었으리라.

숨을 고른 다음 정상인 치알봉을 향해서 걸음을 옮겼다. 가파르지 않은 내리막길이다. 내리막길 부분에 마치 망루라도 있었던 자리인지 다른 곳에 비해 좀 더 높고 큰 성벽을 발견했다. 쌓은 방법도 정교하고 더 높다.

호점산성 거대한 성벽

정방형 성곽이 치성처럼 밖으로 툭 튀어 나갔다. 너비도 훨씬 더 넓다.

높은 데서 바라보면서 궁리해보아도 답은 없다. 대체 언제 축성한 것이며 어떤 용도였을까. 이렇게 원형이 거의 남아 있는 산성에 대하여 연구가 되지 않았을 리 없다. 내가 더 연구하고 찾아봐야 할 것 같다. 섣부른 짐작은 금물이지만 청주의 부모산성을 중심으로 삼년산성, 호점산성, 문의의 구룡산성이 연결되는 어떤 방어망이 형성되지 않았을까 하는 생각이 들었다. 삼년산성보다 규모도 더 크다. 보은에서 청주로 가는 길목이기에 신라라면 삼년산성을 방어하는 보조성 역할을 했을 것 같고, 고구려라면 삼년산성을 공격하는 거점이 되지 않았을까 하는 생각이 들기도 했다. 또한 백제라면 계족산성의 전진기지쯤 될 수도 있을 것이다. 이것이 무지한 추측이겠지만 연구는 추측과 가정에서 시작되는 것이다.

354봉에서 남대문리로 향하는 이정표를 만났다. 여기서 남대문리가 1km라고 한다. 그쪽으로 내려가 보고 싶었지만 차 있는 곳으로 가야 한다. 치알봉으로 향했다. 아주 가깝다.

내려가는 길은 가파르다. 주차장 정자에 앉아 호점산성을 마음속으로 정리해본다. 궁금증이 계속 꼬리를 문다. 특히 성을 쌓은 시대 정치적 상황은 어떠했을까. 호점산성은 무엇으로 쓰였을까. 전설처럼 최영 장군과 관련 깊은 산성일까. 금칼이 숨겨졌다거나 최영 장군의 태묘가 있다거나 우리나라 사람이 3일간 먹을 양식이 감추어져 있다는 것은 단순한 전설일까, 의미 있는 역사적 사실일까? 오늘을 사는 우리가 풀어야 할 과제는 이렇게 많다. 아무리 그래도 삼년산성이 사령부라면 호점산성은 삼년산성의 전진기지인 것은 틀림없을 것 같다. 아니면 시대에 따라 관산성의 전진기지일 수도 있다.

부흥백제군 발길 따라 백제의 山城 山寺 찾아

호점산성

- **소재지**: 충북 보은군 회남면 남대문리, 회인면 거교리 호점산(해발338m)
- **시대**: 삼국시대
- **규모**: 둘레 약 2,722m, 높이 석축 1.8m, 토축 부분 2.3m 높은 곳은 10m 이상, 문지 6개, 우물 1~3개소
- **형태**: 해발 280m에서 338m 봉우리 5개와 계곡을 둘러싼 포곡식 토석혼축 산성
- **답사**
  - 2010년 5월 16일(아내 송병숙 동행)
  - 2011년 6월 18일(충북고 토요등산회원 11명 동행)

잡목 속에 묻힌 낭비성娘臂城

청주시 청원구 북이면 부연2리, 토성리, 광암리에 걸쳐 야산에 남아 있는 석축 테뫼식 산성인 낭비성娘臂城 혹은 낭자곡성娘子谷城에 대하여는 여러 가지 설이 있다. 낭비성이란 이름의 성이 북이면 부연리 해발 250m 야산에 있는 산성일 가능성, 또 청주시 산성동 상당산성일 가능성, 충주에 있을 가능성, 경기도 파주시 적성면에 있는 성일 가능성이 있다고 학자들마다 주장하고 있다. 가만히 생각해 보면 우리 고장인 청주를 예로부터 낭비성, 낭자곡성娘子谷城, 낭성으로 불러 왔고, 지금도 낭성면이 있으며, 삼국사기 대동지지 신증동국여지승람 등의 문헌에서 청주 지역을 낭비성이라 불렀고 현재의 상당산성보다 부연리 석축 테뫼식 산성이 그것일 가능성을 강하게 시사하고 있다.

삼국시대 쌓은 산성인 낭비성을 삼국 중 누가 쌓았는지에 관해서도 설이 많다. 고구려의 남하정책에 의해서 쌓았을 가능성도 있고, 고구려의 남하정책을 방어하기 위해 신라가 쌓았을 가능성도 있고, 백제가 신라로부터 한강 유역을 방어하기 위해서 쌓았을 가능성도 있어 확실하게 밝혀지지 않았다. 태종무열왕의 아버지 김용춘 장군이 부장 김유신 장군과 함께 이곳에서 고구려 군사 5천 명의 목을 베고 승리했다는 기록은 남아 있으며, 훗날 후백제의 견훤이 이곳에 진을 치고 구녀성에 주둔해 있던 궁예와 싸웠다는 기록도 삼국사기에 남아 있다.

아무튼 낭비성의 위치를 고증해내는 것은 역사가들의 일이고 그렇게 문제 되는 성을 찾아가는 것이 내 몫이라고 생각한다. 내가 가서 답사한

부흥백제군 발길 따라 백제의 山城 山寺 찾아

다고 해서 여러 가지 학설 중에서 어느 하나가 맞다고 고증해낼 능력은 없다. 다만 그런 역사 현장이 궁금하고 거기서 나는 어떤 생각이 나는지 직접 찾아가 보고 싶은 것이다. 역사적으로는 매우 중요한 배경이었던 낭비성, 특히 청주 역사의 근간이 된다고 짐작되는 성이 아직 확실하게 고증되지 못한 채 풀더미 속에 묻혀 있다는 것 자체가 안타까운 일이다.

점심을 간단히 먹고 내비게이션에 부연2리에 있는 작은 암자인 강선암을 입력하고 출발했다. 지도상으로 보면 강선암에서 산성의 들머리를 찾을 수 있을 것이라 생각했다. 부연리 저수지 낚시터를 지나 꼬불꼬불 농로를 지나가니 부연2리 마을이 나왔다. 아담한 남향 마을이다. 산성이 있을 법한 뒷산이 삼태기처럼 마을을 둘러싸고 있었다. 마을 경로당 겸 회관 앞에 주차하고 산성의 위치를 가늠해 보았다. 마을의 진산처럼 보이는 산의 정상 부분에 나무가 자라지 못한 테두리가 보였다. 산성의 위치는 짐작했으니 들머리를 찾아야 한다.

무너진 낭비성 돌무더기

경로당 문을 두드렸다. 할머니 말씀대로 금방 공사를 했는지 색깔도 바래지 않은 아스콘 포장길을 걸어서 절 쪽으로 올라갔다. 산 어귀에 다다르니 굴삭기가 파헤친 곳이 있다. 따라 올라가 보았다. 묘를 이장 한 것 같다. 아, 지금은 윤달이다. 윤달에는 귀신들도 인간이 무얼 하 는지 관심이 없단다. 그러니 고구려군 5천 명이나 죽은 산성에 올라가 도 관심이 없을 것이다. 안심해도 된다.

파묘 터를 지나자 길이 없어졌다. 성에 다니면서 묘를 만나면 길을 잃 는 경우가 많다. 오늘도 그런가? 그런데 우거진 아카시나무 가지 속에 길이 있다. 아카시나무 가지 사이로 잡초가 누운 곳이 있다. 산불 감시 원이 올라간 자국이다. 산에는 여름에도 겨울 눈 위처럼 발자국이 난 다. 마지막 날망 가까이에 산소 3기가 또 있다. 산소 위에 쓰러진 고사 목을 타고 넘으니 능선이다. 미국 자리공이 키를 넘을 듯하다. 나무지 팡이를 하나 주워 자리공을 헤치며 산불 감시탑으로 가보았다. 아무도 없다. 삼각점과 기준점만 있다. 풀은 허리까지 올라온다. 나무들이 흰 곰팡이병에 걸렸는지 온몸에 하얀 곰팡이를 뒤집어썼다. 나도 하얗게 뒤집어썼다. 산성은 흔적도 없다.

다시 내려와 동쪽 산봉우리로 향했다. 길은 없고 고사목만 무너져 등마루 길을 가로막고 있다. 활엽수 낙엽이 떨어져 길을 다 덮어 버렸 다. 여기도 성이 없나 보다. 다 땅속에 묻혔나 보다. 정상 부분 아카시 나무 숲을 꿰뚫고 산불감시 폐쇄회로 카메라가 눈을 부라리고 내려다 본다. 이미 내 영상이 어느 기관에 전달되었을 것이다. 성을 못 찾았으 니 이제 그만 돌아갈까 하는데 봉우리로부터 경사가 급한 비알에 돌이 굴러 있었다. 성석이다. 돌은 아주 무질서하게 굴러 제멋대로 흩어져 있고 그 위에 낙엽이 덮였다. 성의 윤곽을 전혀 짐작할 수 없다. 무너진 돌무더기를 밟으며 성벽 아래로 짐작되는 곳으로 걸어 보았다. 나뭇잎이 쌓여 성돌을 거의 덮었으니 발을 바로 디딜 수가 없다. 잘못 디디면 크레바스crevasse에 빠지듯 아주 깊은 나락으로 떨어질 것만 같다. 아니면 발목이라도 골절될까 봐 조심조심 기우뚱거리며 걸었다.

무너진 돌무더기로 봐서 성은 상당히 높았었나 보다. 아무래도 6~8m는 되지 않았을까. 돌은 검은색으로 산화된 화강암이다. 매우 단단하다. 크기는 일정하지 않다. 그러나 사람이 들고 나르기 좋은 30cm×40cm 정도 되는 자연석이다. 깎고 다듬은 흔적은 없으나 쌓기 좋은 면을 살려 쐐기돌을 박아가며 쌓았을 것이다. 조금이라도 축성의 방법을 짐작할 수 있는 곳을 찾아보았으나 없다. 성석 사이에서 기왓조각이라도 발견될까 해서 나뭇잎을 헤집어 보아도 찾을 수 없다. 선답자들이 이곳에서 기왓조각과 토기조각을 찾았다 하니 그들은 참으로 행운이다.

성벽을 간신히 한 바퀴 돌고 성안으로 들어갔다. 내부는 봉우리가 없고 평평하다. 산봉우리를 다듬어 평평하게 하고 그곳에 건물을 지었을 것이다. 잡목이 우거져 헤아리기 어렵지만 대략 한 300~400평 정도 되어 보였다. 생각보다 훨씬 평평하다. 건물이 얼마나 많이 들어서 있었는지 모르지만 이곳에서 체조도 하고 훈련도 가능했을 것 같다. 나무지팡이로 땅을 파보니 해마다 떨어진 낙엽이 30cm 이상 쌓여서 썩은 것 같다. 그 아래 지표조사를 하면 유물이 나올 것이다. 평평한 대지 위에 약간 움푹한 부분도 있다. 급수할 수 있는 곳이라 혼자 생각해 버렸다.

나무 사이로 마을이 내려다보인다. 마을은 예나 지금이나 평화롭다. 여기서 성을 한 바퀴 돌아보니 신라 김용춘 장군이 고구려 군사 5천을 베었다는 것은 아무래도 과장 같아 보인다. 아니면 김용춘 장군의 전적은 상당산성에서 있었던 일을 낭비성이라 했을지도 모른다. 이 성은 정북토성의 세곡을 지키고, 청주읍성을 방어하며, 와우산토성의 배후 산성이라 할 수 있는 상당산성을 방어하는 전초기지라는 생각이 들었다.

우리나라의 옛 산성은 혼자 존재하지 않는다. 산성들이 고리처럼 연결되어 있다. 그 연결고리 역할을 하는 것이 성과 성 사이의 작은 석축 보루이다. 물론 석축 보루만 있는 것이 아니고 흙으로 쌓은 보루도 있었을 것이다. 옛 성을 연구하는 학자들도 보루가 성과 성의 연결고리라는 생각보다 자성子城으로서의 보조 역할만 생각한 것 같다. 숨어 있는 산성을 찾아내는 것은 쉬운 일이 아니다. 역사서를 읽고 산성의 위치와 역할을 고증하는 일도 쉬운 일은 아니다. 때로 기분 좋은 일은 산성에 문외한인 내가 추정한 내용을 고고학자들도 똑같은 견해로 해석한 글을 읽을 때이다. 고명한 학자의 이론에서 잃어버렸던 나의 영감을 발견하는 일만큼 기분 좋은 일은 없다.

성안에 낙엽을 깔고 한참 앉아 있었다. 멧돼지도 고라니도 다 어디로 갔을까? 오늘은 까마귀도 짖지 않는다. 윤오월 썩은 달이라 그런가 보다. 산속에서는 고요가 사람을 더 소름 끼치게 한다. 내려오는 길은 잘 찾아 쉽게 내려왔다. 강선암에 들렀으나 참배할 마음이 나지 않았다. 마을은 한없이 고요하다.

이제 낭비성도 다녀왔다. 낭비성은 보민용 산성이 아니라 청주지역을 방어하거나 공격하기 위한 성인 것만은 틀림없다. 그래서 그냥 여기가 낭비성이라 믿으려 한다. 그렇게 생각하고 나니까 안내 표지판 하나 세워지지 않은 것이 매우 섭섭했다.

청주 낭비성

- 소재지: 청주시 청원구 북이면 부연2리, 토성리(해발 250m)
- 시대: 삼국시대
- 규모: 둘레 238m
- 형태: 테뫼식 석축산성
- 답사일: 2017년 6월 25일

전설과 함께 남은 구라산성 謳羅山城(구녀성)

　정오가 다 되어 구라산성으로 출발했다. 미원면과 내수읍의 통로인 이티재 휴게소 마당은 이제 휴게소가 아니다. 상당산성에서 내려오는 한남금북정맥 마루금이 이티재를 건너면 바로 구라산성을 지나 질마재로 향하게 되어있다. 그런데 구라산성으로 올라가는 정맥을 마구 훼손하여 건물을 짓고 있다. 새 건물의 규모가 커서 진입로를 찾을 수 없다. 이티는 보은에서 미원 낭성을 거쳐 고개를 넘어 초정을 지나 내수, 진천 소두머니를 지나면 농다리를 건너 진천 만뢰산성으로 통할 수 있는 중요한 통로이다. 농다리 주변 마을에서는 진천에서 구라산성을 가기 위해 농다리를 지었다는 이야기도 전해지고 있다.

　공사장이 끝날 무렵 한남금북정맥 들머리를 발견했다. 오솔길에 들

구라산성 남쪽 성벽

　　　　　　　　　부흥백제군 발길 따라 백제의 山城 山寺 찾아

어서니 바로 아름다운 솔숲이다. 솔바람이 불어 땀을 씻어간다. 이티재에서 구라산성까지 2km도 안 된다. 호젓한 오솔길에 질마재부터 걸어온다는 노인 한 분을 만났다. 땀도 흘리지 않는다. 도사 같다.

마지막 된비알을 한 10여 분 숨 가쁘게 올랐다. 잡목 사이로 성벽이 보였다. 질현성보다 더 높고 규모가 크다. 바로 성벽으로 갈까 하다가 잡목이 너무 많아 그대로 성으로 올라갔다. 남문지로 보이는 성벽 위이다. 버릇처럼 오른쪽으로 성벽 위를 걸었다. 돌은 검게 산화되었다. 자연석을 다듬지 않고 그냥 쌓았는데 거의 무너졌다. 그런데 언뜻 보아도 내외 협축 석성이다. 외벽과 내벽의 높이는 달라도 내외의 성벽이 모두 석성이다. 길은 전혀 없다. 기록에 둘레가 860m 되는 테뫼식 석축산성이라니까 상당히 큰 성이다. 우거진 나뭇가지를 헤치고 성벽 위를 걸으면서도 계속 외벽을 살폈다. 성벽이 워낙 높고 수직이라 외벽이 보이지 않는다. 한 150m쯤 가다가 되돌아왔다.

성의 내부는 평평한 대지이다. 평평한 곳에 우물도 건물지도 찾을 수 없

구녀의 무덤

을 만큼 나무가 우거졌다. 구려사라는 성내 사찰이 있어서 절터와 최근까지 탑이 남아 있었다고 하나 찾을 수 없다. 서벽 위를 걸었다. 성은 구라산의 정상에 띠를 두르듯이 돌려 축성한 것이 아니라 동남쪽 50m 아래로 비스듬히 내려가 있다. 서벽은 남벽에 비해 높지 않고 거의 무너졌다.

남벽이 궁금해져서 견딜 수 없다. 구녀성 전설에 나오는 무덤 11기를 확인해야 한다. 구녀산 정상까지 갔다가 되돌아 내려오니 동쪽 구릉에 무덤이 있었다. 무덤은 아래위로 나뉘어 11기가 있고 위에는 상돌도 있었다. 누군가 상돌에 술잔을 부어 놓은 흔적이 남았다. 이곳까지 올라와 잔을 따르는 정성이 아름답다. 우리나라 사람만큼 낭만적인 민족도 없을 것이다. 그리고 보니 나는 정작 산성에 다니면서 말로만 안타깝다 되뇌며 딱한 영혼들에게 맑은 술 한잔 베풀 줄 몰랐다. 왜 그 생각을 못 했을까. 나의 좁은 아량이 부끄럽다. 묘지는 누군가 해마다 벌초까지 하는 것 같다. 봉분이 뚜렷하지는 못하지만 깨끗이 정리되어 있다. 제절에 패랭이꽃이 처절하다. 구녀성에도 전설이 전해 내려온다.

<구녀성 전설>

오랜 옛날 구녀산 정상에 아들 하나와 아홉 딸을 가진 홀어미가 있었다. 그런데 이들 남매들은 사이가 좋지 않아 항상 다툼을 계속하였는데 마침내 생사를 걸고 내기를 하기에 이르렀다. 아홉 자매가 구녀산정에 성을 쌓는 동안 아들은 나막신을 신고 서울을 다녀오기로 했다. 내기에서 지는 편은 스스로 목숨을 끊는 것으로 약속했다.

이리해서 마침내 아홉 딸은 돌을 운반해서 성을 쌓기 시작했고, 아들은 나막신을 신고 서울을 향해 출발했다. 한편 자식들의 이와 같은 생사를 건 내기를 비탄한 마음으로 바라다보던 어머니는 몇 번이나 말렸으나 듣지 않아 체념

부흥백제군 발길 따라 백제의 山城 山寺 찾아

하고 말았다. 내기를 시작한 지 5일 되던 날, 아직 서울 간 아들은 돌아올 기미가 없는데 딸들이 시작한 성 쌓기는 거의 마무리 단계에 들어가고 있었다. 이대로 나간다면 필연코 아들이 져서 약속대로 죽음을 면할 수 없으리라 생각한 어머니는 커다란 가마솥에 팥죽을 한 솥 끓여 딸들에게 먹고 하라고 권했다. 이에 아홉 딸들이 팥죽을 먹기 시작했다. 팥죽이 어찌나 맛이 있었는지 수저를 놓을 생각이 없었다. 그 사이에 아들은 발가락에 피를 흘리며 당도했다.

내기에 패한 아홉 딸들은 그들이 쌓아 올린 성벽에 올라가 몸을 던져 죽고 말았다. 아홉 누이의 시체를 앞에 놓고 부질없는 불화로 목숨을 잃게 한 동생은 홀어머니에 불효한 것을 크게 뉘우치고 그곳을 떠나 개골산으로 돌아가 누이들의 명복을 빌며 다시는 이 세상에 나오지 않았다. 멀리 떠난 아들의 소식을 기다리며 홀어머니는 먼저 죽은 영감의 무덤 앞에 아홉 딸의 무덤을 만들어 놓고 쓸쓸한 여생을 보내다가 끝내 아들을 만나보지 못한 채 숨을 거두고 말았다. 이에 마을 사람들이 그 영감 곁에 홀어머니의 무덤을 만들어 준 것이 오늘의 열한 무덤의 유래라고 전해져 내려오고 있다.

이 전설은 우리나라 산재한 '오누이 성 쌓기 내기 전설' 유형을 지니고 있다. 비극적 결말을 가진 이 이야기는 성이 완성된 후에 근동 사람들에 의해 구전되면서 가감되어 모든 이들의 마음을 울렸을 것이다. 임존성의 묘순이 바위, 부강 노고산성의 노고할미 이야기가 모두 조금씩 다르기는 하지만 이런 유형의 전설이다.

이 이야기가 만들어진 것은 구라성에서 구려성, 구녀성으로 명칭이 변천되는 과정과도 관련이 있을 것이다. 일설에 의하면 고구려산성이라는 뜻에서 구려산성이었다가 고구려와 신라의 산성이란 뜻으로 구라산성이 되고 구려산성이 구녀산성이 되었다고 한다. 구녀산성이란 명칭이 생기니까 아울러 '구녀九女'란 말을 토대로 이 전설이 만들어졌을 것이다. 전설이 구전되면서 주변에 알려지니 자연스럽게 구녀산성이라 불리어 지금까지 이어온 것이 아닐까 한다.

남벽으로 갔다. 나무와 풀을 헤치고 남벽 바로 아래까지 갔으나 도
저히 가까이 갈 수 없다. 다시 성벽 위로 올라가서 벽을 타고 내려갔
다. 돌이 무너질 수도 있고, 잘못 밟아 미끄러지면 풀섶에 내동댕이쳐
진다. 돌 틈에서 뱀이 나오는 수도 있다. 조심조심 내려갔다. 성벽 바로
아래에 내려가서 올려다보면서 내 키로 가늠해 보니 남은 성벽의 높이
가 5m는 족히 될 것 같았다. 자연석을 다듬지는 않았으나 매우 정교하
게 쌓아서 견고해 보였다. 그래서 아직도 원형이 보존되었을 것이다. 무
너진 단면을 살펴보니 외벽과 내벽을 쌓은 다음 가운데는 자갈과 흙을
넣고 다진 것 같았다. 외벽은 비교적 큰 돌을 반듯한 면이 밖으로 향하
게 쌓았다. 성석에는 돌이끼가 끼었으나 앞으로도 천년은 더 견딜 수
있을 것 같았다. 나뭇등걸을 잡고 다시 성벽 위로 올라갔다.

청주 상당산성을 중심으로 한 이 지역은 삼국 세력 확장의 각축장이
다. 세력 우열에 따라 주인이 바뀌었다. 처음엔 이곳이 백제 땅이었다.
백제는 다루왕 36년(AD63) 이곳을 차지해 버린다. 그 후 장수왕의 남
하정책으로 고구려의 손으로 넘어간다. 백제는 고구려의 세력을 피해
한성백제시대를 접고 웅진으로 천도한다. 신라도 단양의 죽령 이북 땅
을 고구려에게 잃었다. 그러다가 신라 진평왕대에 이르러 진천에서 태
어나 이곳의 지형을 잘 아는 김유신 장군이 낭비성에서 고구려 군사 5
천을 베고 차지하는 바람에 신라 땅이 된다. 후백제시대에도 견훤과
궁예가 구녀성을 빼앗고 빼앗기기를 반복했다고 한다. 그래서 그만큼
견고하게 쌓게 되었을 것이다.

내려오는 길은 땀에 범벅이 되어 기진맥진했다. 단순한 등산과 다르

게 산성답사는 진을 빼앗기는 기분이다. 낮은 산에 있는 무너진 성을 돌아보고 내려오는데도 탈진 상태가 되곤 했다. 딱한 영혼들에게 술 한 잔 베풀지 못한 옹색한 나의 주변머리도 탈진을 알긴 아는구나. 맑은 술 한잔으로 짓는 복이 있음을 왜 이제야 깨달았을까. 술 한 병과 북어 한 마리면 한 맺힌 영혼도 위로하고, 마음 편하게 성터를 돌아보고 내려올 수 있었을 텐데 청주지역 산성 답사를 마무리하면서 이제 그런 생각이 들었을까. 뼈저린 회한을 남기며 청주지역의 산성 답사를 마무리한다.

구라산성

- **소재지**: 청주시 상당구 미원면, 내수읍(구라산 또는 구녀산 해발 497m)
- **시대**: 삼국시대(6세기경)
- **규모**: 둘레 860m, 높이 5m 이상
- **시설**: 문지, 수구문, 우물, 건물지, 사찰지(구려사)
- **형식**: 내외 협축 테뫼식 산성
- **답사일**: 2017년 7월 9일

와우산토성은 청주 나성羅城

와우산토성 성곽길

미루고 미루었던 와우산토성을 답사하기로 했다. 무심천이 청주의 상징이라면 우암산은 청주의 진산이다. 청주 시민들은 우암산 품에 안기어 살고 무심천을 마음에 품고 산다. 교가에 우암산 무심천이 언급되지 않은 청주 시내의 학교는 거의 없다. 다만 본래 '와우산'이었는데 언제부터인지 '우암산'으로 바뀌어 불리게 되었다. 와우臥牛는 누워 있는 소라면, 우암牛岩은 소를 닮은 바위이다. 와우는 생명이 있지만 우암은 생명이 없다. 이름을 바꾸어 부르게 된 데에 정치적 의도가 있었다면 이것은 매우 섭섭한 일이다. 또 평범한 시민들은 우암산 등산로 중에서 일부분이 와우산토성이라는 사실은 잊고 지낸다.

시민들은 와우산토성을 잊고 지내지만, 청주 지방의 학계에서는 이미

부흥백제군 발길 따라 백제의 山城 山寺 찾아

1980년대부터 연구를 시작하여 성의 존재에 대해 개괄적 파악은 하고 있다. 그런데 부모산성처럼 지표조사를 통하여 축성 시기나 용도, 당시 유물을 확실하게 밝혀내지는 못한 것 같다. 다만 기록에 의해서 성의 존재를 확인하고, 간단한 지표조사 결과 축성방법, 성곽의 외양을 추정하였으며, 와편들을 토대로 축성 시기를 추정하는 정도인 것 같다.

와우산토성은 우암산(해발 338m) 정상에서 서남쪽과 동남쪽으로 뻗은 능선 사이에 길게 형성된 골짜기를 둘러싼 포곡식 산성이다. 다시 말하면 우암산 정상에서 성공회 쪽으로 벋은 서쪽 능선과 용담동쪽으로 서남향하여 뻗어 내리다가 당산으로 가는 동쪽 능선을 타고 쌓은 토성이다. 성 줄기는 당산에 남아 있는 테뫼식 산성과 연결된다. 산성 전체는 도심을 향하여 골짜기로 내려서는 나성구조羅城構造의 외축내탁外築內托으로 축성했다. 내성의 전체 둘레는 약 2,997m이고, 외성까지 합하면 약 4㎞가 된다고 한다. 동쪽 성벽에 있는 토성 동문지와 서쪽 성벽에 있는 토성 서문지에서 성의 내부인 골짜기 아래 토성 수문지를 향하여 성벽이 확인된다. 그러므로 엄밀히 말하면 단순한 포곡식 산성은 아니다. 테뫼식 산성인 당산성에 연결된 것까지 고려하면 포곡식 산성과 테뫼식 산성의 혼합된 형태라고 할 수 있다. 문지는 북문지·서문지·동문지가 확인되며, 골짜기 한가운데 수구 쪽에 정문인 남문지가 보이며, 서벽과 북벽에 3~4개소의 문이 있었던 자리가 발견된다. 성안 골짜기는 비교적 넓은 편이고 샘이 있어 물도 충분했을 것으로 보인다.

나성羅城은 우리나라의 독특한 성곽제도이다. 전쟁이 일어나면 빠르게 산성으로 민간을 대피시켜 적으로부터 백성을 보호할 수 있는 시설이다. 우리나라 나성의 대표적인 형태는 사비도성을 들 수 있고 현재도 남아 있어 발굴조사 중이다. 와우산토성은 청주의 평지인 청주읍성과 연결되는 나성구조를 이루고 있는 특이한 형태이다. 와우산토성의 배후 산성으로 상당산성이 있는 것도 예사롭지 않은 일이다.

성공회 수동 성당에 들어가 너른 주차장에 주차했다. 사실은 정문에 외부 차량 주차 금지라는 표지가 보였다. 주차장이 텅 비어 있기도 했거니와 청주 와우산토성 답사를 하는 것이니 이해해 줄 것이라 믿었다. 성공회 정문에서 마주 보이는 골목으로 들어서자 조용하고 정원이 깨끗한 집들이 있고 주택들에 의해 작은 골목이 형성되어 있었다. 별장처럼 아름다운 집도 있었다. 이 동네에 사는 사람들은 모두 꽃을 좋아하는지 집집마다 마당에 맨드라미, 분꽃, 봉숭아 같은 꽃을 심어 가꾸어 야릇한 향수를 느끼게 하였다.

전에 이 길을 이용하여 가끔 우암산에 올랐지만 미처 성곽이라는 생각은 하지 못했었다. 우리는 성곽 위에 난 등산로에 바로 올라섰다. 길을 걸으면서 좌우를 살펴보니 토성이라는 것을 뚜렷하게 알 수 있었다. 수목이 우거져 있지만 좌우가 언덕처럼 경사가 급하고, 길 가운데 돌이 많이 눈에 띈다. 그리고 돌 사이에서 가끔 기왓조각도 보인다. 등산로의 너비는 약 2m~2.5m 정도 되지만 풀이 우거진 부분까지 하면 더 넓다고 할 수 있다. 등산로가 바로 평탄한 성곽길이다. 성곽길을 걸으며 보이는 양면은 사람의 힘으로 쌓은 흔적이 뚜렷하다.

평탄하던 등산로는 급경사를 만난다. 급경사 길을 오르면 와우산수도원에서 올라오는 길과 만난다. 이곳에 평평하고 넓은 터가 있는데 여기에는 기왓조각이 다른 곳보다 더 많이 널려 있다. 여기가 서문지라고 한다. 기왓조각들은 고려시대의 것이라고 하는데 그렇다면 여기에 있

부흥백제군 발길 따라 백제의 山城 山寺 찾아

던 건물들이 고려시대 건물이라고 볼 수 있다. 기록에 의하면 신라 신문왕 9년(689년)에 쌓은 서원경성이 이 성일 가능성이 있고, 또한 고려 태조 2년(919년)에 태조 왕건이 청주에 행차하여 성을 쌓았고, 같은 왕 13년(930년)에 다시 행차하여 나성을 쌓았다고 한다. 이 두 기록을 종합하여 보면 신라 때 쌓은 성을 고려 태조가 개축한 것으로 생각할 수 있다. 그렇다면 지금 발견되는 흔적들은 고려시대 축조되었다는 이야기가 맞는 이야기일 것이다.

건물지를 지나면 다시 경사로가 나온다. 경사로에도 크고 작은 기왓조각이 쌓이다시피 했다. 기왓조각들은 대부분 무늬가 없다. 민무늬 와편 속에 줄무늬 조각이 눈에 띄는데 이것은 기왓조각이 아니라 토기의 조각일 수도 있다는 생각이 들었다. 왜냐하면 이 성곽 주변에 세워진 건물들은 대부분 같은 시대에 건축되었을 테니 같은 민무늬이고 그와 다른 토기는 또 그 시대의 것이므로 같은 모양을 하고 있었을 것이다. 함께

기왓조각

간 친구 이효정 선생은 기왓조각이 워낙 많이 발견되니까 아마도 토성 위에 담을 쌓고 담을 기와로 이은 공법이 사용된 것일 수도 있다는 의견을 제시했다. 역시 정말 그럴듯한 추정이라는 생각이 들었다. 그러나 우리가 고고학자가 아니므로 확증할 수 없는 것이 안타까웠다. 나중에 발굴조사에 의해 밝혀졌는데 우리의 생각이 거의 맞았다. 충북대학교 호서문화연구소에서 발굴 조사한 보고에 의하면 축성할 때 기초 부분에 대석재를 이용하고 성벽 바깥쪽에 정연한 석축으로 1.35m를 쌓은 다음 안쪽으로 60cm 정도 조잡한 석재를 채우고 다시 흙을 채우고 다지는 전형적인 외축내탁外築內托 방법으로 쌓은 것이 확인되었다고 한다. 또 토성 위에 다시 돌로 쌓은 여장 형태가 발굴됐는데, 이러한 형태는 전국적으로 그 유례가 없다고 한다. 그만큼 성의 중요성을 짐작할 수 있다.

성곽길을 따라서 송신소 쪽으로 계속 올라갈수록 와편은 더 많고 경사로는 바깥쪽으로 성곽의 모습이 뚜렷하다. 송신탑에서 또 한 번의 나무 계단 길을 올라가면 너른 대지가 보이고 청주대학교 후문에서 올라오는 길과 만나게 된다. 여기가 북문지라고 한다. 북문지에서는 성안으로 통하는 찻길이 나 있고 이곳을 통해서 차량이 송신탑으로 올라가는 것을 알 수 있었다. 사람들도 여기까지 차량으로 이동해서 우암산 정상을 가는 사람도 있는 모양이다. 이곳이 바로 천흥사 터라고 한다. 옛 성에는 대개 사찰이 있었다는 내 생각을 실증하는 것이다. 여기 샘이 있으나 폐쇄되어 물은 나오지 않았다.

여기서는 한 구비만 올라서면 우암산성 길은 문득 끊어지고 정상으로 착각할 정도로 높은 곳이다. 여기서 성은 갑자기 동쪽으로 틀어 용담동 쪽으로 내려가는 산줄기를 따라 당산토성으로 향한다. 정상 부근

부흥백제군 발길 따라 백제의 山城 山寺 찾아

에 또 하나의 송신소가 있고 이곳에 홍천사라는 절이 있었다고 한다.

용담동 쪽으로 방향을 돌려 조금만 걸으면 우암산 정상 표지석이 나온다. 해발 339m이다. 사람들이 운동하고 산바람을 쐬고 있었다. 우리는 의자에 앉아 물을 마신 다음 다시 용담동 쪽으로 하산로를 찾았다.

용담동 쪽으로 내려가는 성곽길은 청주시에서 관심을 가지고 관리를 하는 흔적이 여기저기 보였다. 목책을 세우고 줄을 쳐서 통행을 막고 군데군데 성곽 보호에 대한 문구가 보인다. 그런데 왜 수동 쪽에는 아무런 표지판이 없는지 알 수가 없다. 생각 없이 지날 때는 몰랐으나 이곳이 성이라는 생각을 가지고 걸으니 토성의 윤곽은 더욱 뚜렷하게 보였다. 성안 쪽으로는 성벽이 완만하고 성 바깥쪽으로 성벽이 더 높고 거의 수직에 가깝다. 거기에 나무와 풀이 무성하다.

우거진 숲길을 걸어 내려가니 지금도 흔적이 뚜렷한 넓은 동문지가 나타났다. 여기서 토성의 한 줄기는 성내로 나뉘어 들어간 흔적이 보였다. 우리는 당산 방향으로 계속 걸어 내려왔다. 이 지점에서 조금 떨어진 곳에 숲으로 둘러싸인 청주향교가 지붕만 보였다. 가까이에서 보는 것보다 훨씬 아름답다.

갑자기 비가 쏟아진다. 성곽은 끝나지 않았는데 마을이 나타났다. 청주향교로 내려가는 골목이 시작되는 지점에서 남쪽으로 길게 능선이 형성되어 있는데 민가와 채소밭이 있다. 그래서 용담동과 경계를 이루는데 이 능선에 성곽의 흔적은 희미해졌다. 성벽이 희미해졌지만 당산 토성에 이어진 것은 분명하고 청주읍성에 연결되어 청주 나성의 형식을 갖춘 것은 틀림없을 것이다.

와우산토성이 용도에 대해서는 추측하는 이론이 많다. 대부분은 당시 청주 지방의 주요 관아가 있었을 가능성도 있고, 또는 지방 권력자의 주거지가 아닐까 생각해 볼 수도 있다. 여지도서 청주목 산천조與地圖書淸州牧山川條에 보면 청주읍의 보좌처로서 시내에 있는 청주읍성과 청주산성이 연결되었다고 한다. 여기서 얘기하는 청주산성은 바로 와우산토성을 의미할 것이다. 앞에서도 밝혔지만 이 성은 다시 상당산성으로 이어진다.

와우산토성에는 옛 사찰이 모여 있던 흔적이 있기도 하다. 사찰의 유적지가 많은 것을 토대로 추정하면 사찰촌으로 생각할 수도 있다. 고려시대 사찰 지대로 운천동 흥덕사지라든지 산남동 원흥사지 주변을 드는데 이곳도 그런 곳으로 추정할 수도 있을 것이다. 목암사지, 목우사지, 대성사지, 천흥사지, 흥천사지가 남아 있어 지금도 그윽한 목탁소리가 그치지 않는 듯하고, 흥천사 동종의 맥놀이 여음이 동그라미를 그리며 귓전에 맴도는 듯하다. 관음사를 비롯하여 보현사와 와우산수도원도 이곳에 있다.

우암산은 소백산에서 갈라져 나온 지맥으로 한남금북정맥의 한 봉우리인 상당산에서 남서쪽으로 갈려 나온 산이다. 그런데 지금은 상당산과 우암산 사이 바람매기고개가 매우 낮아서 독립된 산으로 생각된다. 이 고개

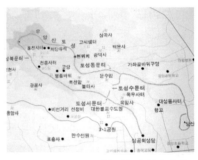

와우산토성 성곽 개념도

를 넘어가는 청주 동부우회도로에 인조 터널을 만들어 상당산과 우암산의 맥을 형식적으로나마 잇고 있다. 이렇게 우암산의 혈맥을 이으려고 애를 쓰는 것은 그만큼 청주 시민이 우암산을 사랑하기 때문일 것이다. 심지어 청주 시민들은 우암산을 대모산大母山, 모암산母岩山이라 부르기

도 하여 시민의 큰 어머니로 생각했다고도 할 수 있다. 최근에 수동 상좌골에서 용담동 가좌골로 통하는 도로가 개통되었다. 이 도로의 개통으로 와우산토성에서 당산토성으로 연결되는 성벽 아래 교동터널이 뚫려 훼손 위기에 있다. 시민들의 반대로 겨우 명맥을 유지하긴 했으나 이 터널을 지날 때마다 가슴 졸여야 하니 참으로 안타까운 일이다.

와우산토성

- **소재지**: 청주시 상당구 우암동 우암산(해발 339m)
- **시기**: 삼국시대
- **규모**: 길이 2,400m, 2,700m 혹은 2,997m
- **형식**: 포곡식 토성
- **답사일**: 2009년 6월 30일(친구 이효정 동행)
- **특이점**: 2013년 호서문화 연구원이 조사하여 원삼국시대 토성을 판축기법으로 축성한 위에 여장을 석축한 것으로 판명되었다. 여장은 국내 유일한 것이며, 청주읍성, 당산토성, 우암산 토성, 상당산성에 연결되는 청주 나성이 된다고 보았다.

청주 읍성의 배후, 상당산성

✳ 상당산성과 청주 시민

청주 시민들은 상당산성을 그냥 '산성'이라고 부른다. 그만큼 친근한 시민의 안식처이다. 역사적 의미를 지닌 사적지라기보다 심신을 다지고 친목을 돈독하게 하는 든든한 배후이다. '산성에 간다'는 것은 청주 시민에게는 긍지이고 자부심이다. 산성에 갈 수 있을 만큼 체력을 유지해 왔다는 것이고, 산성에 갈 수 있을 만큼 여유가 있다는 것이고, 산성에 함께 갈 수 있는 마음 통하는 친구가 있다는 것을 의미한다. 은퇴 이후에 상당산성에 갈 수 있는 것은 아직도 든든한 꿈을 지니고 있다는 의미이다. 그래서 청주 사람들은 '어제 산성에 갔다가 친구들하고 막걸리 한잔했어'라고 은근히 자랑한다.

나는 대개 산성에 혼자 간다. 누구랑 시간을 맞추어 만나서 올라갈 여유도 없거니와 와자하게 성을 돌고 싶은 마음도 없다. 내 마음 내키는 대로 시간 나는 대로 백화산 쪽으로 올라가서 상당산성 미호문彌虎門까지 갔다가 되돌아오기도 하고, 때로 공남문控南門까지 갔다가 돌아오기도 한다. 심하게 변덕이 난 날은 한 바퀴 일주하기도 한다. 그리고 되짚어 내려온다. 서너 시간 걸리므로 하루 운동량은 충분하다. 그게 전부이다. 그런 날은 상당산성이 내게도 그냥 '산성'이고, 나는 긍지를 지닌 청주 사람이다. 참 많이 다녔다.

오늘은 답사란 이름으로 상당산성에 간다. 공남문 앞 주차장에서 8시 40분에 출발한다. 둘레 4.2 km를 일주하는데 1시간 30분이면 충분하지만 답사니까 2시간 30분을 예정한다.

　어떤 사람은 상당산성은 조선 숙종대에 쌓은 것이라 한다. 또 어떤 이는 고구려가 청주를 점령하여 쌓았다고 하고, 어떤 이는 백제가 쌓았다 하고, 신라가 손을 댔다고도 한다. 승장 영휴靈休가 쓴『상당산성고금사적기』에는 궁예는 상당산성을 쌓고 견훤은 정북동토성을 쌓아 맞서 싸웠다고 한다. 견훤과 궁예가 각각 정북동토성과 상당산성에서 대치했을 수는 있어도 산성을 쌓았다고 하기에는 그들이 청주에서 머문 기간이 너무 짧다. 그러나 다 맞는 말이라고 하자. 그만큼 상당산성은 우여곡절이 많았다. 청주는 삼국 힘겨루기의 각축장이다. 청주는 삼국의 세력 구조에 따라 주인이 바뀌었다. 그래서 상당산성이 필요했을 것이다.

　'상당'이란 이름은 백제시대 '상당현上黨縣'으로 불렸던 것으로부터 연유된다. 조선 영조 40년 (1764년) 충청병사 이태상이 그려 올린 상당산성도를 토대로 상당산 정상부에 상당산성 치소가 있고 최근에 이를 발

상당산성 공남문

굴 조사하는 것을 보았다. 이곳에 치소가 있었다고 상당현 치소가 상당 산성에 있었다고 해석하는 것은 잘못이다. 치소가 있었기에 정상부를 상당산이라 했을 것이다. 백제가 최초로 상당현이란 말을 사용했다면 이곳에 처음 성을 지은 것은 백제이다. 조선 숙종 때 기록에 '상당의 성 터에 석축으로 고쳐 쌓았다(上黨基址 改石築)'란 말이 있는 것으로 봐 서 조선 숙종 때 고쳐 쌓은 것이지 처음 쌓은 것은 아니다. 공남문 근처 에 보면 지금도 토성의 흔적이 남아 있다. 이를 보면 토축산성의 귀재인 백제가 토축한 것을 조선 숙종 때 석축한 것으로 결론은 났다. 어떤 사 람은 토축 당시의 판축 흔적이 발견되지 않았다 해서 토성이 아니었다 고 말한다. 그런 주장은 신을 보지 못했다 해서 신이 존재하지 않는다 는 식의 주장과 비슷한 논리의 오류이다. 신라는 잠시 차지했을 때 수리 해서 사용했을 것이다. 고구려 군사가 낭비성까지 내려왔는데 신라의 김 용춘 장군이 김유신과 함께 5천 명의 목을 베었다고 한다. 그래서 고구 려가 쌓았다고 하는 것도 억측이다. 그 일은 부연리 낭비성인지 상당산 성인지 확실하지는 않지만 아마도 상당산성을 중심으로 한 낭비성, 노 고성, 구라성인 것을 그냥 낭비성이라 표현했을 것이라고 본다.

상당산성은 유사시에 관아는 물론 백성의 생명과 재산을 적으로부터 보호하는 보민保民 산성이다. 청주읍성이 있으나 청주읍성이 위험할 때 우암산 토성으로 피했다가 상당산성으로 피할 수 있는 보민용 산성이다. 그래서 나는 청주읍성에서 당산토성, 와우산토성, 상당산성으로 이어지 는 산성의 고리를 '청주 나성羅城'이라 하고 싶다. 아니 청주나성이다.

1728년 조선 경종의 뒤를 이어 연잉군이었던 영조가 즉위하였다. 경종 을 지지하던 소론 정권이 축출되고 영조를 지지한 노론 정권이 세력을

부흥백제군 발길 따라 백제의 山城 山寺 찾아

잡았다. 이에 불만을 품은 이인좌는 반란군 대원수가 되어 1728년 충청 병사 이봉상을 죽이고 청주성을 함락시켰다. 이인좌는 청주성의 배후산성인 상당산성까지 손에 넣었다. 반란군은 황간·회인·청안·목천·진천을 차지하고 창고를 열어 백성에게 관곡을 나누어주고 죄인들을 석방하고 하층민을 규합하여 세력을 확장하려 했다. 반란군은 영남 호남에서 패하였으나 도성을 향하여 진천, 안성, 죽산으로 진격했다. 그러나 3월 24일 안성·죽산에서 관군에게 격파되어 이인좌는 능지처참형을 당했다. 그래서 결국 청주읍성과 여기 상당산성이 한때 반란군의 휘하에 들어가기도 했었다. 이인좌의 난으로 영조는 인사정책을 새롭게 바꾸고 제도를 개선했다고 하니 이인좌가 반란을 일으킨 목적이 자신의 영달이 아니라 진정 나라를 위한 것이었다면 지옥에 가서도 빙그레 웃었을 것이다.

공남문으로 올라가는 오른쪽에 비석이 하나 있는데 '戊申倡義事蹟碑'이다. 이인좌가 반란을 일으킨 1728년이 무신년이기에 무신년 반란에 청주 지방 유생 14명이 목숨을 걸고 청주읍성과 상당산성을 지킨 미덕을 기리기 위해 지역 유생들이 세운 기념비이다.

✳ 공남문에서

상당산성 공남문은 산성 공부하기 좋은 산성 교실이다. 여기서 상당산성이 우리나라 보민 산성의 전형적인 모습을 갖추었다는 것을 실감할 수 있다. 우선 성문은 홍예문으로 되어있다. 홍예문은 무지개 모양으로 된 성문을 말한다. 견고한 대리석으로 어떻게 이렇게 정교하고 아름다운 석문을 지어냈을까 감탄한다. 문에 들어가기 전에 오른쪽에 치성雉城이 있다. 치성의 전형적인 모습이다. 치성은 성벽에서 밖으로 돌출시켜 각이 지게 쌓아서 외부에서는 공격이 어렵고 내부에서는 방어를 쉽게 하려는 지혜로운 축성법이다. 치성은 왼쪽으로 성 위 길을 걸으면서 올라가면 바로 또 있고 서남암문에도 있다.

공남문을 들어가면서 천장을 보면 두꺼운 널빤지로 되어있다. 적에 의해 성문이 열렸을 최후의 순간에 누각 위에서 널빤지를 하나씩 걷어내면서 문을 밀고 들어오는 적에게 뜨거운 물세례를 할 수도 있고 기름을 끓여 부을 수도 있다. 갖가지 공격이 가능하다는 말이다. 성문의 양쪽을 보면 커다란 구멍이 있는데 이곳은 장대로 가로막는 시설이다. 설사 성문을 열고 안으로 들어갔다 하더라도 적은 안심할 수 없다. 문안에 옹성甕城이 있어서 사방에서 공격해오는 방어군으로부터 목숨을 잃을 수도 있다. 옹성은 대개 밖에 있을 때 매우 효과적이지만 상당산성 공남문은 밖의 지형적인 특징으로 옹성이 크게 필요하지 않으니 내옹성을 마련했을 것이다.

성문의 양쪽 벽에 흐릿하게 축성 책임자의 이름과 소속을 새겨 넣은 것을 발견할 수 있는데 대부분의 읍성에 이런 표식이 남아 있다. 공

치성

부흥백제군 발길 따라 백제의 山城 山寺 찾아

남문 누각에 올라서 동쪽으로 나가보면 성첩이 있다. 이른바 성가퀴라고 한다. 조선 순조 때 훼손된 것을 1970년대 공남문을 복원하면서 성첩도 복원한 것이라고 한다. 본래의 모습을 살리느라 애쓴 흔적이 보인다. 성첩에서 포를 쏠 수 있는 구멍인 사혈射穴을 보면 몇 개는 평평하게 또 몇 개는 아래로 비스듬하다. 슬기롭지 않은가.

 공남문에서 연못으로 내려가는 길도 석축했다. 이곳에서 성안 마을이 다 보이고 동장대(보화루)가 슬쩍 보인다. 가만히 내려다보면 마을 안에 있는 연못을 다만 성내의 용수를 위한 것이라고만 말할 수 없다. 조금만 더 생각하면 연못도 성벽의 일부이다. 성밖에 운하를 만들어 적의 침입을 막는 해자垓字와 비슷한 역할을 한다. 인도 암베르성은 둘레가 14km나 되는 대규모 포곡식 산성이다. 이 성에도 상당산성의 연못과 같은 인공저수지가 있다. 상당산성을 보고 가서 공사한 것처럼 포곡식 산성의 골짜기 터진 부분에 인공저수지를 만든 것이다. 암베르성에는 약 7,000명의 군사와 민가가 있었다는데 인공저수시설은 이들의 용수를 충족시키기에는 어림도 없었다. 인도의 성들의 특색은 서구에서 볼 수 있는 영주의 거주를 위한 성과 우리나라를 포함한 동양의 보민 산성의 장점을 보완 결구한 형식이었다. 상당산성이 바로 그렇다. 연못은 석성의 일부로서 용수도 충족시키는 일석이조의 기능을 한다. 상당산성에는 이 외에도 연못이 또 하나가 있었다고 하니 아마도 물의 용도를 달리했을 것이다.
 문루에서 내려와 다시 성문 밖으로 나가면 아주 작고 아담한 비가 하나 서 있다. 구룡사 사적비이다. 성안에 있다가 폐사된 사찰 구룡사의 사적을 적은 비이지만 마모되어 읽기는 어렵다. 구룡사는 1720년 충청병마절도사 이태망과 상당산성을 책임진 병마우후 홍서일이 성안의 군영을 건축하면서 창건했다고 한다. 구룡사는 전각의 총 규모가 66칸이라고 하니 그 크기를 짐작할 만하다. 극락보전이 있었다는 것은 성안이나 부근에 있는 우리나라 사찰의 공통점이다. 구룡사 이외에도 규모가 비슷한 남악사와 좀 작은 당대사가 있었다니 성의 규모와 당시의 위상을 짐작할 만하다. 하긴 3천5백 명의 군사와 승군이 이곳에 주둔하면서 성을 보존하고 청주를 수호했다고 하니 청주읍성의 배후 산성으로서의 역할을 톡톡히 한 것이다.

✳ 서남암문에서

공남문에서 성벽 위로 난 길을 걸으면서 성을 돌아본다. 상당산성은 외축내탁법으로 축성했다. 돌로 외벽을 쌓고 안에서 흙과 자갈을 다져 넣는 방법이다. 대부분 읍성은 이런 형식으로 쌓게 되어있다. 이유는 외벽은 적의 공격을 어렵게 하고 내벽은 특별히 오르내림 시설이 없이 아무 곳으로나 군사와 백성이 오르내릴 수 있도록 비스듬하게 쌓는 것이다. 읍성이 고스란히 남은 해미읍성이 그렇고, 일부만 남아 있는 홍주읍성이 그렇다. 서천 한산읍성은 좀 달라서 남아 있는 일부 구간은 내외협축석성이었다. 상당산성은 안쪽이 비스듬한 흙으로 되어있다.

조금 올라가면 성첩의 모습이 확실하게 남은 성벽을 발견할 수 있다. 본래의 성벽에서 세로 약 1.8m, 가로 2.5m 정도 장방형으로 밖으로 튀어 나갔다. 치성이다. 이곳에 성첩이 있고 사혈이 있다. 치성 성가퀴에 앉아서 아래를 내려다보면 까마득하게 높다. 그런데 그 아래 분명 토성으로 보이는 언덕을 발견할 수 있다. 분명 토성이다. 저 흙을 파헤쳐 보면 그 속에서 갖가지 유물이 쏟아져 나올지 모른다. 백제시대에 최초에 쌓았다는 토성일 것이다. 조선 숙종 때 개축하면서 토성을 허물어 내고 그 자리에 석성을 쌓은 것이 아니라 토성 위에 석축했을 것이다. 산성 전체를 돌아가면서 보면 대부분 그렇다.

여기서 팍팍한 다리를 두드리며 올라서면 서남암문이다. 암문 바로 옆에 치성이 또 한군데 있다. 암문이라기에는 꽤 크다. 기어서 드나들어야 할 정도는 아니다. 높이 172cm, 너비 166cm라고 한다. 몰래 드나드는 문이다. 암문의 구조는 그냥 열려 있는 것 같지만 내벽에 구멍이 있어 가로대를 끼울 수 있도록 되어있고 암문 근처에 흙이나 다른 장해물을 장치할 수 있도록 조치를 했을 것이다. 안내판에 보면 여기서 것대산 봉수대까지 1.7km라고 하니 옛날 장정걸음으로 30분이면 도착할 수 있을 것이다. 내부의 연락사항을 것대산 봉수대를 통하여 진천 봉화산으로 연락했을 것이다.

이곳에서 청주 시내 전망을 보면서 성벽 위를 걷는 맛으로 시민들이 산성에 오를 것이다. 이곳에서 땀을 식히는 분들도 많다. 여기서 것대산 쪽으로 가면 낙가산을 거쳐 보살사로 하산할 수도 있고, 계속 산줄기를 타면 용암동 성당으로 내려갈 수도 있다. 여기부터는 거의 평지나 다름없는 성길을 편안하게 걷는다. 우암산이 바로 아래고 우암산 동남쪽 기슭에 국립청주박물관이 보인다. 청주시의 남부지역과 북부지역 멀리 내수읍, 오창읍, 오송읍, 옥산까지 훤하게 터졌다. 우암산에서 산성으로 꿈틀거리며 오르는 산줄기가 마치 성벽처럼 보인다.

미호문으로 향한다. 미호문으로 가는 중에 수구를 몇 군데 발견했다. 여기서 바라보는 상당산성 서벽은 예술품처럼 아름답다. 본래 산의 형세에서 흙 한 삽도 허물지 않고 그대로 살려 축성했다. 용이 천천히 용틀임을 하는 것처럼 그렇게 아름답다. 그런 성벽 위에 공남문보다 작지만 아름다운 미호문이 있다. 이쯤에서 성벽 바로 아래에서 칡잎을 뜯어 먹는 고라니 한 마리를 발견했다. 상당산성은 시민의 휴식처만이 아니라 자연이 와서 노는 곳이다.

＊ 미호문에서

미호문은 서문이다. 서문이란 말은 안 쓰는 것이 좋다. 본래 이름이 미호문이므로 그렇게 불러야 한다. '미호문弭虎門'은 상당산 정상에서 보면 우백호에 해당하는 곳인데 산세가 호랑이가 뛰려고 움츠린 모습이기에 호랑이가 달아나면 상당산성의 기운이 쇠하여지므로 호랑이 목에 해당하는 부분에 문을 세워 제압한다는 의미이다. 내가 상당산성을 운동이나 등산을 목적으로 오를 때 주로 통과하는 문이다. 백화산을 거쳐 이곳에 오면 1시간 40분 정도 걸린다.

미호문은 공남문보다 작지만 매우 아름답다. 문은 공남문과 달리 평문이다. 문의 천정도 화강암으로 마감해서 공격이 용이한 것은 아니다. 미호문에도 치성이 있다. 서남암문 근처에 있는 치성에 비해 규모는 작지만 분명한 치성이다. 그런데 왜 상당산성 치성이 3곳이라 했는지 모르겠다. 미호문 문루에서 가만히 서서 북으로 가는 성벽을 바라보면 언제 그랬는지는 모르지만 성벽이 안쪽으로 옮겨진 것을 발견할 수 있다. 또 문루에서 밖을 향하여 오른쪽으로 보면 문지가 있다. 미호문도 안쪽으로 옮긴 것이다. 본래의 미호문은 백화산 쪽으로 통하는 문이 아니라 주성동 마을 쪽으로 내려가는 계곡에 길이 있었던 것 같다. 문과 성을 옮겨 쌓은 것이 뚜렷하게 보인다. 미호문에도 축성의 책임자를 돌에 새겨 넣었다.

부흥백제군 발길 따라 백제의 山城 山寺 찾아

미호문으로 가는 아름다운 성곽 길

미호문에서 북쪽으로 걸어가면 본래 이곳에 있던 커다란 바위를 성벽처럼 이용한 부분이 있다. 거기서 조금 더 올라가면 15개 포루砲樓 중의 하나인 포루지가 나온다. 포루지를 보면 이 성은 서쪽에서 오는 적을 막는 것을 목적으로 했던 것 같다. 수구지를 몇 개 더 지나면 성벽은 갑자기 꺾이어 남쪽을 향하게 된다. 여기는 내리막이다. 그렇다고 성벽이 흐지부지되지는 않았다.

✳ 진동문에서 보화루까지

진동문 가까이에 동암문이 있다. 생각 없이 걸으면 그냥 지나칠 수도 있다. 암문이라 숨어 있다. 서남암문이 것대산 봉수대로 간다면, 동암문은 구라산성으로 통할 것 같다. 동암문으로 살그머니 빠져나가 한남금북정맥 등마루를 밟으면 이티재를 만나고 30분만 올라가면 구라산성이다. 동암문 서남암문으로 슬그머니 빠져나간 군사들이 공남문으로 대드는 적의 꽁무니를 칠 수도 있다. 동암문은 서남암문과 달리 안에서 보면 내옹성처럼 나가는 길이 직각으로 구부러졌다. 그러나 밖에서 보면 치성도 없다.

동암문을 지나 진동문으로 내려가는 길에 뚜렷한 토축 내벽을 발견할 수 있다. 외벽은 돌로 튼튼하게 쌓고 내벽은 흙으로 비스듬하게 쌓았는데 분명 성벽이다. 여기에 소나무가 멋지게 자라고 있다. 이쯤에서 최근에 복원한 진동문의 위용이 보인다. 전에는 암문처럼 문루가 없었는데 주변 정리를 하고 석축을 다듬어 쌓고 누각을 세웠다. 단청이 아름답다. 사실 이렇게 복원한들 본래의 것이 아니므로 큰 가치는 없는 것이다. 본래의 문화재를 잘 보존해야 한다.

보화루는 동장대이다. 말하자면 지휘소이다. 서쪽에서 적이 온다는 것을 가정하면 동장대는 매우 안전한 곳이다. 장수가 적진을 바로 보고 작전을 세우고 명령을 내릴 만한 위치는 아니라는 생각이 든다. 그래서 서쪽 날망에 서장대지가 있다. 평화 시에는 먹고 마시기 좋은 위치이다. 전시에도 장수들이 모여 작전회의를 하기도 편리한 위치이다.

동장대에서 되돌아보면 상당산성은 참으로 기묘하다. 포곡식 산성이라고 하지만 뚜렷하게 정상이라고 할 만큼 높지 않은 상당산과 함께 산줄기 자체가 크게 원을 그려 하나의 포곡식 산성이다. 산의 형국이 이마에 머리띠를 두른 것처럼 골짜기를 감싸 안은 테뫼식 산성처럼 보인다. 한국전쟁 때 알려진 강원도 양구군 해안면 펀치볼Punch Bowl 지형과 비슷하다. 산당산성은 작은 펀치볼이다.

동장대에서 내려와 발굴조사를 하는 연못 아래에 가보았다. 성석을 찾아 정연하게 쌓아놓았다. 다듬은 돌도 있고 자연석 그대로도 있다.

부흥백제군 발길 따라 백제의 山城 山寺 찾아

궁금한 것은 연못의 둑에 해당하는 부분에 성벽이 있었을까, 그냥 댐처럼 둑만 있었을까 하는 것이다. 지금 형태로 보면 그냥 둑만 있었는데 둑을 성벽처럼 쌓았을 것이라 추정한다.

마을 안에는 시민들이 참 많이 와 있다. 가족 동반으로 산책 나왔거나 친목 모임으로 온 사람들이다. 연못을 한 바퀴 돌면서 마을 안을 본다. 여기에 민가도 있고 관아도 있고 남쪽 기슭에 사찰 3곳이 있었다고 한다. 관아는 청주병마우후가 업무를 보는 곳이었을 것이다. 그런데 대대적으로 토속음식점을 지으면서 관아를 짓지 않았을까 궁금하다. 사찰도 복원하면 안 될까? 백제의 산성을 답사하면서 느낀 것은 천오백 년 고성古城이 있으면 천오백 년 고찰古刹이 있었다. 그리고 대부분 극락보전이 있어 성에서 명을 달리한 사람들의 왕생극락을 기원하고 있었다. 보민의 성에 사찰이 있으면 피신한 백성에게 정신적인 안정을 줄 것이다. 유럽의 성 몇 군데를 보니 성안에 성당이 있었다. 인도의 암베르 성에도 몇 개의 힌두사원이 있었다. 신을 우러르고 발원하는 마음은 동서가 다르지 않다.

상당산성의 특징은 우선 보민 산성의 원형이면서 청주읍성, 당산토성, 우암산토성과 연결되어 하나의 나성구조를 이루었다는 점이다. 청주읍성의 충실한 배후 산성이다. 둘째는 산성의 양식을 제대로 갖춘 훌륭한 건축예술이다. 안으로 관아와 사찰, 연못 등이 있고 성에도 치성, 내옹성, 문지, 암문, 수구, 포루를 모두 갖추고 정상에 치소까지 있다. 또 평화 시에는 군사들의 훈련을 할 수 있는 충분한 터전이 되고 승병들이 수도와 수련을 할 수 있도록 사찰이 3개나 있었다는 점이다. 과거에는 적으로부터 백성의 생명을 보호하는 보민 산성이었다면 현대는 시민의 몸과 마음을 지켜 치유하는 참살이의 보민 산성이다. 다만 찾아오는 이들이 역사와 문화에도 관심을 가지면 한결 선진적인 참살이가 될 것이라는 생각이다. 다시 공남문으로 나왔다. 잔디밭에 매월당 김시습의 시비가 있다. '유산성遊山城'이라 한 것을 보면 자연을 아는 매월당이니 그냥 놀기만 한 것이 아니라 깨닫고 느낀 것이 많은가 보다.

정오가 가깝다. 3시간도 더 걸렸다. 배는 고팠지만 그냥 구라산성으로 향했다.

상당산성

- **소재지**: 청주시 상당구 산성동(상당산 해발 419m)
- **시대**: 삼국시대 백제가 짓고 신라가 개축, 조선 숙종 때 1716년(숙종 42) 대대적인 개축
- **문화재 지정**: 사적 제212호
- **규모**: 둘레 4.2km, 높이 3~4m, 내부 면적 704,609㎡(2십만 평정도)
- **시설**: 공남문, 미호문, 진동문, 치성 3개, 암문 2개, 장대 2개, 포루터 15개 곳, 연못 2개소, 공남문 주변에 3개의 치성과 4포루
- **형식**: 포곡식 석축산성
- **답사일**: 2017년 7월 9일

상당산성 저수 시설

부흥백제군 발길 따라 백제의 山城 山寺 찾아

부처님 오신 날의 낙가산 보살사

불기 2561년 부처님 오신 날, 아내는 이른 새벽 낙가산보살사로 올라 갔다. 오늘은 내가 '우리 절'이라 마음에 새겨 놓은 보살사뿐 아니라 사찰 세 군데를 더 순례하고 등을 달겠다고 마음먹었다.

우리 보살사에는 그래도 원각스님께서 지키고 계시지 않은가? 신도들이 모두 존경하는 종산 큰스님께서 병환에 계시자 상좌인 원각스님이 대신 지키고 있다. 여러 가지 생각이 교차되지만 '그래도~'라고 생각하기로 했다.

차를 몰고 보살사로 가면서 우선 법요식이 끝나는 대로 순례할 사찰을 정했다. 그렇다. 세종시 연화사, 비암사, 고산사를 순례하는 것이다. 비암사는 백제 부흥군의 왕생극락을 기원하는 사찰일 뿐 아니라 계유

보살사 극락보전

명전씨아미타불삼존석상을 비롯한 불비상 3점이 발견되었다. 연화사에는 무인명불비상및대좌, 칠존불비상비석 등 불비상 진품 두 점을 모시고 있다. 고산사에는 백제 역대 국왕과 부흥군의 왕생극락을 비는 백제극락보전이 있고 백제부흥운동 연구에 온갖 정열을 다 바친 최병식 박사의 시주로 창건한 사찰이다. 이 절을 찾아가는 것은 부처님 오신 날을 맞아 한 맺힌 부흥백제군에 대한 나의 작은 사랑의 표현이다.

보살사에는 아직 신도들이 많이 모이지는 않았다. 경찰관의 안내에 따라 종산스님께서 계신 큰 법당 앞에 주차하고 극락보전으로 올라갔다. 차는 없어도 신도들은 많이 모였다. 마당을 가득 메운 연등이 아름답다. 법요식이 열릴 극락보전 앞에는 그늘막을 쳐놓았고 이벤트 회사에서 방송시스템을 설치하고 있었다. 법당에 들어가 삼배를 올리면서 원각스님과 눈이 마주쳤다. 아내는 절에서 살다시피 하는데 나는 초파일에나 얼굴을 내밀자니 스님 뵙기 민망했다. 한심하다 생각하지는 않을 것이라 믿는다. 스님께서 감동이 있으면 올라오라 했으니 말이다. 합장으로 인사했다. 상호가 인자하다. 욕심이란 찾아볼 수 없이 늘 잔잔한 미소를 머금고 있는 얼굴이다. 민망함이 조금 가신다. 밖으로 나왔다. 연등 접수를 맡은 아내에게 가서 눈인사했다. 절은 많이 깨끗해졌다. 화장실도 깨끗하고 법당 주변에 잡초도 없다. 스님들이 부지런하신 흔적이다. 천년 고찰의 겉모습이 젊어졌다.

보살사는 청주시 용암동 낙가산 기슭에 자리 잡고 있다. 청주 근방에서는 가장 오래된 절이다. 백제 위덕왕 14년(567년) 법주사를 창건한 의신스님께서 창건하여 오늘에 이르렀다. 이름대로 천년고찰이 퇴락하여 사람이 잘 찾아오지 않는데 종산 큰스님께서 주지로 오셔서 절에

생동감이 일기 시작했다. 영상회 괘불탱을 비롯한 문화재도 여러 점을 소장하고 있다. 무엇보다 보살사에 오면 돌아가신 어머니를 뵙는 것처럼 반갑고 마음 편하다. 주변의 산줄기를 바라보고 있노라면 근심도 걱정도 다 사라진다. 욕심도 누구를 미워하던 마음도 다 사위어 바보처럼 순해지는 기분이다.

아미타부처님을 모신 극락보전은 조선 숙종 때의 건물이다. 밖에서 법당을 보면 아름답기 그지없다. 특히 낙가산 정상에서 용암동 쪽으로 흘러내린 산줄기와 바로 너머 김수녕양궁장 쪽 용정동으로 흘러내린 산줄기가 마치 연꽃 봉오리처럼 곱다. 산줄기가 그냥 뻗어 내린 것이 아니라 볼록볼록 꽃잎을 만들면서 흘러내렸다. 꽃잎 여러 겹이 극락보전을 감싸 안고 있다. 극락보전은 마치 연꽃잎 속의 노란 꽃술과 같다. 그렇게 아늑한 곳에 아미타부처님의 연좌가 있다. 보면 볼수록 아름답고 그중에서도 부처님오신날 즈음해서 녹음이 시작될 무렵 더 아름답다. 게다가 법당 앞에 아름드리 느티나무 수십 그루가 버티고 서서 법당을 지킨다. 느티나무들은 각기 동방지국천왕이 되고, 서방광목천왕이 되고, 남방증장천왕, 북방 비사문천왕이 되어 부처님을 호위하고 있다.

극락보전의 기둥은 모두 배흘림기둥이다. 이 기둥은 부석사 무량수전만큼 아름답다. 무량수전에 가야 덤벙주추를 볼 수 있는 것만은 아니다. 여기서도 덤벙주추와 배흘림기둥을 볼 수 있다. 법당 안에 석조이존여래병립상이 있다. 어찌 보면 투박하고 어찌 보면 귀여운 불상이다. 극락보전의 또 하나 아름다운 것은 바로 현판이다. 그 힘찬 글씨를 보면 전각의 규모와 어울리지 않는다고 할 수도 있겠지만 감탄하지 않을 수 없다. 극락보전과 오층석탑이 잘 어울려 법당은 그런대로 천년고

찰의 위용을 갖추었다. 한 가지 아쉬운 점이 있다면 법당 외벽에 심우
도尋牛圖가 없다는 것이다. 누군가 마음 깨끗한 분이 심우도를 시주한
다면 보살사 극락보전을 찾는 신도들이 불법을 깨우치는 여정의 신비
스러움에 더욱 감동할 것이다. 법당 안에 있는 괘불탱 또한 아름답다.

극락보전 바로 앞에 오층석탑이 소박하게 서 있다. 고미술을 하는
분들은 이 소박한 석탑에서 수없이 많은 예술성을 찾아낸다. 그냥 보
기에 소박하고 깔끔하면서도 무언가 위엄을 지녔다고 생각하면 안 될
까? 고미술에 뚝눈인 나의 눈에는 그냥 신비롭고 고고하게만 보인다.

10시에 법요식이 시작되었다. 나는 사회를 맡아서 보살사의 유래와
문화재를 설명했다. 스님께서 올해는 어떤 법문을 하시려나 궁금하다.
갑자기 천상병 시인의 '귀천'이란 시를 염불하듯이 한 번 읊는다. 목소
리가 낙가산 산새 소리보다 더 청아하다. 스님께서 죽음에 관한 법문
을 했다. 석가모니부처님 탄생한 날 죽음을 말하는 것이 아이러니하지
만 결국 탄생은 죽음으로 가는 길의 출발이니 탄생을 말하는 것과 다
를 바가 없다. 크게 기억에 남는 법문은 아니었지만 그래도 듣는 순간
에는 마음을 울렸다. 기억에 남는 것이 무슨 소용이랴. 앉아 있는 순간
잠시라도 욕심도 집착도 삭아 없어졌으면 그만인 것이다.

보살사 점심 공양의 특징은 법요식에 참여한 사람보다도 공양하고
자 하는 중생이 더 많다는 것이다. 줄이 끝이 없다. 부처님 오신 날 보
살사 점심 공양은 신도 아닌 분들이 더 맛나게 먹는다. '불이不二'다. 불
계나 속계나 뭐가 다르랴. 하물며 신도나 비신도가 무슨 상관이랴. 부
처님은 세상을 둘로 가르지 않는다. 내가 맡은 사회는 끝나고 관욕의식
은 스님들께서 하신다고 해서 사무실에 가서 줄 서지 않고 공양을 했

관욕의식

법요식 사회

다. 밥의 양이 많은 데다가 어느 노보살께서 떡을 자꾸 권해서 과식했다. 그건 탐貪이 아니라 생각했다.

　날이 뜨거워진다. 스님께서는 아직도 아기부처님 관욕의식灌浴儀式에 참여하고 있다. 바로 차를 몰아 조치원 연화사로 향했다. 미워하는 마음이나 집착의 고통이나 다 절에 맡겨두고 떠난다. 연화사는 복숭아꽃, 배꽃, 벚꽃이 만발하여 꽃동산 속에 파묻혀 있을 것이다.

낙가산 보살사

- 소재지: 청주시 상당구 낙가산로 168(용암동)
- 시대: 백제 위덕왕 14년(567년) 창건
- 문화재 지정
  - 극락보전 (충북유형문화재 제56호)
  - 청주보살사 석조이존병립여래상(충북유형문화재 제24)
  - 오층석탑(충북유형문화재 제65)
  - 청주보살사 영산회 괘불탱 (대한민국의 보물 제1258호)
- 개요: 대한불교조계종 법주사 말사
- 답사일: 2017년 5월 3일